Edition
CONVERSO

ANTOINE
VOLODINE

Einige Einzelheiten über die Seele der Fälscher

ROMAN

Aus dem Französischen
und mit einem Nachwort
von Holger Fock

Dort standen die beiden, Ingrid Vogel und Kurt Wellenkind, die bewaffnete Untergrund-kämpferin und der Leiter der Sicherheitsgruppe, Hüfte an Hüfte am westlichsten Punkt des atlantischen Europas; eng umschlungen lehnten sie an einer zweihundert Jahre alten Kanone und beobachteten das lautlose Gleiten der Boeing in Richtung Flughafen.

Die Arsenalstraße in Lissabon: Galgen säumen den Weg.

»Was?«, fragte er. »Wie bitte? Was hast du gesagt?«

»Ja, Galgen«, bekräftigte sie und zuckte herausfordernd mit der Schulter.

Und: So wollte ich eigentlich meinen Roman beginnen lassen, mit einem Satz, der sie prügelt. Darauf er: Deinen Roman? Hast du wirklich vor, ihn zu schreiben? Wer prügelt wen? Und sie: Der sie prügelt, sie, Europas fette Sklaven, die Sklaven in den steifen Anzügen und die Krawattensklaven, die von Amerika aufgerüsteten Bosse und die Leibeigenen der Bosse, und all die armen Schweine, die von allen geknechtet werden, und die Sozialverräter und ihre Doggen, und auch dich, meine Dogge, auch dich.

Er spürte, dass sie abdriftete, erneut beinahe hysterisch wurde, dass sie drohte, den Bezug zur Wirklichkeit zu verlieren und die Aufmerksamkeit der Passanten auf sich zu ziehen, mit deren Nachsicht sie nicht rechnen könnte, dass sie Aufsehen erregen und damit eine Katastrophe für sich heraufbeschwören könnte, und infolgedessen auch für ihn, denn er steckte bis über beide Ohren in der Tinte. Der die Schwarte des westlichen Schweins prügelt, zischte sie grinsend. Sag bloß, du willst alles zertrümmern, maulte er weiter, durch einen Schmöker, der mit Hinweisen gespickt ist, in dem jeder deutsche Schnüffler genug Spuren finden kann, um dich in deinem Versteck aufzustöbern, und genug, um mich in meiner Versteckklosigkeit zu überraschen und zu vernichten, und genug, um auch das übrige Netz von euch Durchgeknallten zu zerschlagen. Vergiss nicht: Auch ich stecke bis über beide Ohren in der Tinte. Darauf sie: Kein Grund zur Aufregung, meine brave Dogge, entspann dich wieder, ich werde dich nicht verpfeifen. Für nichts auf der Welt würde ich dich verpfeifen. Und er: Da habe ich ja noch einmal Glück gehabt. Sie: Trotzdem wird mein Roman mit der Vision eines Galgens beginnen. Er: Völlig absurd. Schreib bloß nichts. Sie: Darf ich dich auf etwas aufmerksam machen? Wir gehen die Arsenalstraße in Lissabon entlang, und Galgen säumen den Weg. Wie übrigens überall in Europa. Er: Mit Verlaub, Herzallerliebste, du hast nicht mehr alle Bienen im Korb.

Hastig prüfte er die Botschaften, die ihre Pupillen aussendeten, tauchte sogleich in Schatten und Licht, die tief in diesem Tunnel zu ihrem Verstand führten. Sie hatte sich ihm zugewandt. Über ihrer Stirn steckte die Sonnenbrille im Haar, als sollte sie die Fluten einer prächtigen Mähne bändigen, doch sie trug das Haar schon seit fünfzehn Jahren kurz. Sie streckte das Gesicht einer vergrämten und harten jungen Frau in die Sonne, Züge, die von Leidenschaften, Hass und Angst zerfurcht waren. Ein trockener Schleier verwandelte das durchscheinende Blaugrün ihrer Augen und trübte die zuvor so klaren silbernen Pailletten darin; ein glühender Staubwind über einer lange Zeit blühenden Steppe, wo gegenwärtig alles, was lebendig war, der Versuchung des Wahns erlag. Sie ist wirklich auf dem besten Weg, verrückt zu werden, dachte er. Seine Niedergeschlagenheit wurde immer stärker. Sie verliert den Verstand, sie versinkt. Eine zynische Unruhe hielt ihn fest in den Klauen, und schon entwarf er Strategien dagegen, schon traf er – die Alarmglocken läuteten bereits – Vorbereitungen für den Notfall. Ihr beiderseitiges Wohl hing von einem Ränkespiel ab. Wenn Ingrid strauchelte, risse sie ihn im Fallen mit. Doch er, Kurt, hatte niemals vorgehabt, an ihrer Seite ins Nichts zu stürzen.

Unter dem Blick, den er ihr zugeworfen hatte, gefror ihr Lächeln, dann entzog es sich ihm wieder und wurde heiter; mit dem Kinn wies sie auf die Stockfische, die in Reih und Glied in den Eingängen der Lebensmittelgeschäfte hingen.

Und: Wie du siehst, lüge ich nicht, um uns herum hängen nur Leichen, entstellte Leichen. Darauf er: Ich hatte es falsch verstanden. Ich dachte, du wärst verrückt geworden. Und sie: Für einen Moment war ich wirklich versunken, aber ich tu nur so. Nur du, meine Dogge, nur du hast etwas bemerkt, mein feiner Spürhund. Er: Gib den Gedanken an das Buch auf. Man könnte viel zu leicht das Kielwasser sehen. Wozu Spuren hinterlassen? Gib die Literatur auf. Sie: Will mir meine Dogge, nachdem sie mir bereits die Pistole verboten hat, jetzt auch noch die Druckerschwärze verbieten?

»Es ist nur ein Zeitvertreib, um nicht einzugehen«, sagte Ingrid. »Mach dir keine Sorgen. Es bestehen die besten Aussichten, dass das Manuskript unvollendet bleibt. Solche Schriftstücke landen niemals auf dem Schreibtisch eines Verlegers, geschweige denn auf der Arbeitsablage eines BKA-Beamten.«

Und er: Da unten wirst du dich ruhig verhalten müssen, meine Liebste. Kommt nicht in Frage, dass du ein Tagebuch oder deine Memoiren schreibst. Ist das klar?

Das Entsetzen in ihr wurde größer, die Dämme barsten. Ihr Schicksal entschied sich. Plötzlich flutete das Entsetzen über. Nein. Ihr Schicksal war längst besiegelt. Bald würde sie sich für immer von ihrer ersten Haut losreißen: Kurt hatte ihr die Haut abgezogen, man würde sie ihrer Haut entkleiden, ihre Haut für immer verbrennen, eine Emigration ohne Rückkehr; Kurt warf sie zuckend auf die Schiffsbrücke, das Schiff bereit, ins Jenseits abzulegen; man würde ihr eine Ersatzhaut geben, die sie mehr schlecht als recht überstreifte, und dann müsste sie unter dieser amorphen Hülle da unten leben, in China oder in Korea, auf Sumatra oder der Komodo-Insel, und sich bis zu ihrem Tod ruhig verhalten. Schaum aus geschmolzenem Blei hatte ihre ganze innere Landschaft überdeckt. Bald würde sie die Welt verlassen. Die Abreise war auf das kommende Wochenende festgelegt, in drei Tagen, das Schiff lag schon im Hafen von Alcântara vor Anker, ein kleiner Passagierdampfer unter zweifelhafter holländischer Flagge. Es raubte ihr den Atem. Hinter ihr eine weite Ebene aus Asche, vor ihr: nichts. Keine Perspektive. Zum Leben mit falscher Identität herabgewürdigt, verdammt, unter den unwahrscheinlichsten Breitengraden zu vermodern, vergessen von ihren Freunden wie von ihren Feinden, vergessen von Kurt, das kann man kaum eine Perspektive nennen. Als Wrack in den Kolonien angeschwemmt und bis in den höchsten Rausch oder die tiefste Verzweiflung gierig, die Todesstunde zu erleben.

Und: Das soll eine Existenz sein? Darauf er: Trotz allem ein friedliches Exil, dem Lebenslänglich im fünften Stock von Stammheim allemal vorzuziehen, oder? Angesichts dieser Alternative empfand sie eine tödliche Angst und fasste allen Ernstes ins Auge, sich hier, in der Arsenalstraße, am Fuß einer Mauer niederzukauern, hier am Rinnstein niederzuknien und sich die Ohren zuzustopfen, um ein krisseliges Klagen, ein durchdringendes Röcheln besser von sich fernzuhalten, bis die Gaffer sie einkreisen und diese unheilvolle Aufführung endet. Schluss der Komödie. Die Herde versammelt sich, Kurt, ihre brave Dogge, verschwindet in der allgemeinen Verwirrung, zieht sich, um Scherereien und Verdächtigungen zu entgehen, irgendwie aus der Affäre, macht sich aus dem Staub. Der Krankenwagen trifft ein. Die Krankenpfleger nehmen sich ihrer an. Dann die Botschaft. Dann, mit blitzartiger Geschwindigkeit, die Antiterror-Einheiten des BKA.

Nein. Sie widerstand, baute neue Dämme, brach nicht zusammen, brachte Kurt nicht in eine unhaltbare Lage, verursachte keinen Menschenauflauf, schäkerte mit Kurt und lachte, warf den Kopf zurück und zog ihn an sich. Ich reiß mich zusammen, meine Dogge, ich werde dich nicht ruinieren, dachte sie, ich werde die ausgeklügelte Mechanik meiner Flucht nicht zerschlagen, ich werde dir nicht schaden, wo du doch so viele Gefahren auf dich genommen hast.

Und: Kurt, meine Dogge, meine liebste Dogge, ich werde dich weiterhin mit meiner Alles-geht-gut-Maske beruhigen.

Vor etlichen Jahren hatte sie im Philosophie-Unterricht ein Erlebnis, aus dem sie nicht unversehrt hervorgegangen war, und als sie heute Freude und Unbeschwertheit mimte, erinnerte sie sich wieder daran. Einige Minuten, nachdem ihr Lehrer den Schülern zum Abschied ironisch und desillusioniert ein Erörterungsthema diktiert hatte, jagte er sich eine Kugel durch den Kopf. Das Thema lautete: *Ist es eine Stärke oder eine Schwäche, so zu tun, als lebte man gern?*

Auf diese Frage wusste sie noch immer keine Antwort.

Und: Schau sie an, wie sie da hängen, die Leichen, in Trauben und *kreidebleich*, sie können aus ihrer Leblosigkeit nicht mehr heraus, und dennoch drücken sie etwas aus, nämlich durch ihren Geruch. Die letzte Ausdrucksform, die weiter besteht. Eine gleichförmige Sprechweise, seit sie an Haken und Schnur hängen. Darauf er: Gleichförmig und nichtswürdig.

Er beugte sich über sie und küsste ihr Haar. Nichts an seiner Haltung ließ darauf schließen, dass er begonnen hatte, ihr zu misstrauen.

Kurt umschloss Ingrids Taille mit seinem rechten Arm. Ihr Erscheinungsbild? Zwei deutsche oder dänische Sommergäste, über die die Blicke der Passanten hinwegglitten, ohne an ihnen hängenzubleiben: ab Juni ein Schlag Menschen, von denen es in der Hauptstadt nur so wimmelt, und die beiden hatten nichts an sich, das Interesse geweckt hätte. Immer mehr Gaffer belagerten die Bürgersteige; jeden Augenblick konnte man die harmlosen Gehängten streifen, die aus den Türen der Läden herausragten. Und sie: Zur Belehrung des Volks verkündet die Schiefertafel ihre Verbrechen. Weiter unten verstaubten noch wertlosere Reste in Plastikschüsseln, Kiemendeckel, elfenbeinerne, gipsgraue und mit der Bürste abgeschuppte Fischbündel, scheußliche Zungen in dicken Wülsten, auch ganze Leichen, aber nur die schwächlichsten. Und er: Mein Augenstern, dein Universum erstickt unter einer Capa des Todes.

Die Luft draußen vibrierte, säuselte, flimmerte. Im Gegensatz dazu beleuchteten die Neonröhren hinter den Mauern die Lagerräume nur schlecht, wo Enge und Gedränge zwischen den vielen Stapeln herrschte, wo offene Säcke standen, und auf den Säcken Schubladen um ihr Gleichgewicht rangen und dickbäuchige Korbflaschen auf alten Ölfässern thronten. Gewürze aller Art, Safran, Curry und die unterschiedlichsten Pfeffersorten, lagen offen herum und milderten den beißenden Bacalhau-Geruch, verliehen ihm eine orientalische Note. Sie tranken eine Tasse Kaffee am Tresen einer Konditorei und schlenderten im Zickzack weiter durch die Menge. Mit gut anderthalb Stunden Verspätung eilten die portugiesischen Bürokraten geschniegelt und gebügelt in ihre Ministerien am Handelsplatz.

Nachdem sie immer den Straßenbahnschienen gefolgt waren, erreichten sie die fast menschenleere São-Paulo-Straße. Ich erinnere mich noch an meinen ersten Besuch hier, es war 75, sagte sie. Und er: Ja, damals hat die Sicherheitsgruppe eine prächtige Gelegenheit verpasst, ihre Kartei auf den neuesten Stand zu bringen. Während der heißen Monate 75 hat sich euer ganzer Haufen hier unten getummelt. Und eure Wachsamkeit hatte schwer nachgelassen. Man hätte die Hinweise mit der Schippe einsammeln können. Darauf sie: Du verdammtes Bullenschwein, verdammte Dogge, du hast nichts im Kopf außer deinen

Tötungsauftrag, du stinkender Hurensohn der Bullizei und des Imperialismus, Lakai der Amerikaner, dreckiger Aufseher schmerbäuchiger Sklaven, du Hund, du bezahlter Killer der Sozialverräter, selbst verraten und verkauft, du verdammte Dogge, meine Dogge. Und er: Arme kleine Terroristensau.

Der Platz funkelte im hellen Sommerlicht. Nicht eine Wolke durchkreuzte das blendende Blau; das Getöse um sie herum war verstummt; die Hitze nahm zu, wenngleich sie noch von der Feuchtigkeit gelindert wurde, die vom Tejo hoch kam. »Mein Freund Tejo« hatte Ingrid ihn am Tag zuvor in einem Anflug von zärtlicher Erinnerung an die Estremadura getauft. Sie liebte Lissabon, und nicht nur wegen des roten Schimmers, der hier überall während des denkwürdigen Sommers aufflammte, um sich übrigens gleich wieder zu legen und langsam zu verlöschen; sie liebte Lissabon: Mit seiner Dreißigerjahre-Bevölkerung, seiner reglosen Atlantis-Atmosphäre hatte es ihr Herz erobert, mit dieser Atmosphäre einer mediterranen Stadt, die durch ein grausames Los verpflanzt und zur Überschwanglosigkeit, zum anachronistischen Wiederkäuen von Erinnerungen verdammt worden war. Ein Bus neben ihnen schaltete einen Gang herunter, dann fuhr eine Straßenbahn, alle Fenster geöffnet, quietschend vorbei. Dazwischen sie beide, langsam und träge, ein Liebespaar mit tiefen Ringen um die Augen. Ihre Farbe verriet, dass sie erst kürzlich in Portugal angekommen waren; sie hatten sich mit dem für Touristen üblichen Mangel an Schamgefühl fein gemacht. Kein Zweifel, es handelte sich um eines jener Paare, ob mit oder ohne Trauschein, die aus ihrem Land mit harten Devisen gen Süden fliegen, um sich in einer Pension des Bairro Alto zu lieben, um sich an den Stränden von Carcavelos bis Cascais zu bräunen und zu schälen, die in der Abenddämmerung um den Rossio herumschlendern und völlig naiv ein paar Brocken Spanisch stottern im Glauben, sich so in die einheimische Bevölkerung zu integrieren.

Es war eine glatte Lüge von ihr: Schon seit Jahren habe ich mich nicht mehr so frei gefühlt wie jetzt. Darauf er: Ein Aufsatzthema, meine Schönste: *Ist ein freiheitstrunkener Mensch eher frei oder eher betrunken?*

Er verbot es sich, über ihre Schultern zu schauen, ob sie verfolgt wurden. Eine Beschattung, obwohl er, Kurt Wellenkind, zum innersten Kreis der Sicherheitsgruppe gehörte, die allein solche Maßnahmen veranlassen konnte? Nein: Solange er seine schützende Hand über den Fall Ingrid Vogel hielt, würde Ingrid Vogel nicht in die Falle gehen, die die deutsche Polizei für sie aufgestellt hatte. Immer vorausgesetzt natürlich, dass sie nicht vom vereinbarten Weg abweichen, dass sie die Nerven bewahren würde. Ihr Fluchtplan gestattete keine schwankenden Gemütszustände, ließ kein illusorisches Gefühl von Sicherheit zu. Lissabon war nicht mehr als eine Etappe, konnte nicht mehr sein, kaum sicherer als die anderen, und auf keinen Fall eine Zuflucht.

Sie wird die Nerven verlieren, fuhr ihm der Schreck in die Glieder. Er hielt sie fest, umarmte sie, sah im Schaufenster eines Eisenwarengeschäfts, wie Kurt Wellenkind Ingrid Vogel auf den Mund küsste, und schaute ihnen dabei zu. Noch auf den Lippen schmeckte er ihr Zögern, in ein Land außerhalb Europas zu emigrieren, um nie mehr zurückzukehren, und sei es nur als Phantom.

Auch hier, sagte er, verfügt die Sicherheitsgruppe über Kontakte und Handlungsmöglichkeiten. Ich weiß, wovon ich rede. Und sie: Und wenn ich mich hier ganz unauffällig niederließe? Als eine Art Dauertouristin? Mit ordnungsgemäßen Papieren, den Papieren, die mir meine Dogge freundlicherweise besorgt hat? Darauf er: Komm, keine Kindereien. Ein paar Wochen, vielleicht ein paar Monate, und dir unterläuft irgendein Schnitzer oder du trittst durch irgendeinen Zufall in ein Wespennest. Beim geringsten Hinweis wird die Jagd von Deutschland aus losgehen. Und sie: Angenommen, ich würde dir jetzt nicht gehorchen, meine liebe Dogge? Er: Mach es mir doch nicht schwerer, als es ohnehin schon ist. Sie: Und wenn ich dir trotzdem nicht gehorchen würde? Er: Mein Augenstern, du kennst doch die Jäger, du weißt doch, wie gut sie sind, oder?

In der Schaufensterscheibe hielten sich ein Mann und eine Frau fest umschlungen. Die Frau war ziemlich groß. Sie trug Jeans und ein weißes Hemd. Ihr intelligent aussehendes Gesicht wurde durch das kurzgeschnittene schwarze Haar schmucklos gerahmt. Und die große dunkle Sonnenbrille verdeckte alle Schattierungen darin. Selbst der wachsamste Spürhund des BKA wäre an ihr vorübergegangen, ohne in ihr die Frau wiederzuerkennen, deren Portrait fast überall vom Grenzschutz plakatiert worden war und das im Großformat an den Längsseiten der Panzerfahrzeuge zur Aufstandsbekämpfung spazieren fuhr, es sei denn, man hätte ihn auf sie aufmerksam gemacht. Von dem Mann hingegen war noch nirgendwo ein Portrait gedruckt worden, obwohl er wichtige Ämter bekleidete; bislang hatte er es stets arrangieren können, sich dem Blitzlichtgewitter der Journalisten zu entziehen. Er überragte Ingrid um gut einen Kopf, einen Kopf, der, halten wir das einmal fest, mit seinen kantigen Backenknochen und seinen mandelförmigen, weit auseinanderstehenden Schlitzaugen, viel eher dem slawischen als dem germanischen oder, wenn man es näher bedenkt, mehr noch dem tatarischen als dem slawischen Typ entspricht.

Ihre Spiegelbilder fügten sich zwischen verchromten Wasserhähnen und Kupferringen zusammen, zwischen Gummidichtungen, die fast künstlerische Rosetten hervortreten ließen, zwischen Duschköpfen, geringelten Schläuchen und dem ganzen Sortiment an Schrauben- und Universalschlüsseln. Andere Eisenwarenhandlungen reihten sich an die erste, es war offensichtlich die Straße der Klempner und Installateure.

Und sie: Jäger! Für wen hältst du dich?

»Du siehst dich wohl schon jubelnd vor deinen Telefonen und Wandtafeln sitzen, umgeben von all deinen Schweinekollegen aus der Sicherheitsgruppe? Aber mal ehrlich! Du scheinst vergessen zu haben, dass wir auch Jäger waren wie ihr. Und das Wild schlotterte ganz schön in seinen Unterhosen. Hab ich Recht? Ja oder nein?«

Und: Euch zitterten die Knie, was, meine Dogge? Darauf er: Wie Espenlaub … Es mag bedauerlich sein, aber heute stimmen wir die Siegeshymnen an. Das heißt konkret, dass sich in den kommenden fünfzehn Jahren auf europäischem Boden keiner von euch beruhigt schlafen legen kann, dass jeder von euch befürchten muss, unter drei Pistolen aufzuwachen, die auf seine Schnauze zielen. Und sie: Und wenn ich mir inkognito eine kleine Wohnung an der Algarve kaufen würde? Er: Vielleicht werdet ihr Nachfolger haben, geistige Erben. Aber ihr, die Adler dieser brillanten Brut, ihr seid zerschlagen worden, isoliert, und Portugal ist Teil des Territoriums, auf dem die Häscher sich umtun. Kapiert? Sie: Kapiert.

»Einer nach dem anderen, eine nach der anderen werdet ihr auffliegen. Die Brut ist auf dem besten Weg, ausgerottet zu werden, verstehst du?«

»Jetzt reicht's. Ich muss gleich kotzen«, protestierte Ingrid.

Die São-Paulo-Straße schien kein Ende zu nehmen. Ingrid wollte das Thema wechseln, denn das letzte stank wie die Pest. Deshalb kam sie auf die Geschichte mit dem Buch zurück. Sie sprach wieder über einen phantastischen Roman, der manchmal in solch halluzinatorischer Klarheit in ihr hochwirbelte, dass sie ihn Seite für Seite durchblättern konnte; manchmal dagegen bereute sie, dass er sich vor ihren Augen auflöste wie ein Traum. Und: Kryptische Texte, verwickelte Handlungsabläufe, ein Romanwerk, dessen überraschende Wendungen und Botschaften alle verschlüsselt sein würden. Darauf er: Kurz gesagt, aus der Königin der MP wird die Königin der Allegorie? Und sie: Ein unergründliches Chaos, Millimeter für Millimeter ausgefeilt. Niemand wird sich darin wiederfinden außer dir, meine Dogge. Niemand wird ahnen, dass ich eine wahre Geschichte unserer Epoche geschrieben habe, kapiert? Dass ich dich auf die Bühne gestellt habe, dich, meine liebenswerte Dogge. Kapiert?

Er: Kapiert, Herzallerliebste.

Sie spielt mit dem Feuer, dachte er. Ist sie dort unten erst einmal hilflos sich selbst überlassen, wird sie sich darauf versteifen, mit dem Feuer hinterlistig ihr Spiel treiben zu wollen. Und so viel ist klar, wenn das Manuskript fertig ist, wird es auf die eine oder andere Weise kursieren. Wird es in die Hände eines Halunken oder eines Schnüfflers fallen.

»Leider gibt es in Bonn ausgezeichnete Spezialisten für die Entschlüsselung solcher Texte. Mit einem weitaus schärferen Blick, als Literaturkritiker ihn haben.«

»Aber ich habe dir doch gesagt, und ich sage es dir noch einmal, dieses Manuskript wird nicht kursieren«, blieb sie hartnäckig bei ihrer Behauptung.

Der klassische Denkfehler, dachte er, die klassische Dummheit. Ich habe mir etwas vorgemacht über sie. Ich wollte sie nach meinem Bild formen. Aus Leidenschaft habe ich bis heute nicht glauben wollen, dass sie unzurechnungsfähig ist.

Und sie: Dort unten werde ich tot sein. Ich werde das nicht mitteilbare Denken der Toten haben, die Erinnerungen der Toten, unverständlich und kodiert. Und in meinem Totenreich werde ich dir ein Stelldichein geben, meine liebe Dogge. Dir allein. Das werde ich doch wohl noch dürfen, oder?

Er betrachtete sie erneut; schweigend sondierte er ihre Augenränder, lotete die durchscheinenden Tiefen ihrer Augen aus und, noch tiefer, die finstere Nacht in ihren Augen; er durchsiebte ihren Verstand, prüfte ihre Fähigkeiten, den ungeheuren Druck der zukünftigen Einsamkeit, die Leiden des bevorstehenden Exils, das innere Zerbröseln der kommenden Zeit zu überstehen. Er hatte den Zeitraum, in dem sie nicht miteinander in Verbindung treten durften, auf fünfzehn Jahre festgesetzt, bis sich alles gelegt haben würde. Jahrhunderte. Er schöpfte ein paar Probeantworten, die unter der Oberfläche ihres Bewusstseins dämmerten und manchmal kurz auftauchten; er beobachtete sie eine Sekunde, verwarf sie und machte wieder ein finsteres Gesicht. Was er gesehen hatte, gefiel ihm nicht. Ich liebe dich mehr denn je, Herzallerliebste, aber pass auf, so kann ich dich nicht in dein asiatisches Versteck ziehen lassen, du bist zu verrückt geworden, und auch hier in Europa kann ich dich nicht länger beschützen, weil du viel zu verrückt geworden bist, und weil ich nicht allmächtig bin. Kapiert?

»Es ist dein gutes Recht«, versicherte er. »Du kannst tun und lassen, was du willst, sogar ein dreckiges Bullenschwein der Sicherheitsgruppe zum Harakiri zwingen.«

Darauf sie: Aber meine Nerven aus Stahl, meine Dogge, denk doch an meine Stahlnerven!

»Du vergisst, dass ich durch die Kriegs- und Untergrundschule gegangen bin. Keine einzige Zeile meines Romans wird deinen selbsternannten Entschlüsselungs-Spezialisten verständlich werden. Die Schlüssel zum Geheimnis werden keine einzige Tür öffnen.«

Und er: Beim Schreiben wirst du alle Schlüssel und Türen mit Fingerabdrücken beflecken. Sie: Keine Gefahr. Ach übrigens, willst du den Titel wissen? Er: Ich zittere im Voraus. Sie: *Einige Einzelheiten über die Seele der Fälscher.* Und? Er: Das genügt. Schon der Titel macht dich verdächtig. Weißt du, woran man einen Spion erkennt? Meistens gibt es keinen einzigen Riss in seinem Lügennetz. Man erkennt einen Spion an seiner zwanghaften Rede über die Lüge. Dein Buch wird nach falschen Pässen stinken, nach falschen Namen und nach Terroristen. Sie: Meine Dogge, du hältst mich wohl für dumm? Ich werde das alles berücksichtigen. Niemand wird wissen, wer die Fälscher sind.

Sie machten kehrt und streiften, spontanen Eingebungen folgend, durch schmale Gassen. Gemächlich stiegen sie den Berg hinauf. Sie zogen über enge Plätze voll provinzieller Ruhe und Gelassenheit; Kinder droschen auf einen Ball ein, ohne sich um ihn zu streiten, und hundert Meter weiter prügelten sich andere Kinder und plärrten; aus den Fenstern hing Wäsche zum Trocknen wie auf Abbildungen in Reiseführern; ein Taxi, schwarz, glänzende Motorhaube, milchgrünes Dach, wie mit Grünspan bedeckt, nötigte sie, sich an eine Mauer zu drängen.

»Ich habe mich immer noch nicht an meinen neuen Namen gewöhnt«, sagte sie.

»Waltraud Stoll«, skandierte er.

Mein neuer Panzer, dachte sie. Sie krümmte sich in ihm, ein blutverschmierter Klumpen am Rand des Abgrunds, ohne den Mut zu haben, in dieser fremden Identität heimisch zu werden, die bis zum Tod an ihrem Körper kleben würde, ja sogar darüber hinaus. Und sie hatte erst recht nicht den Mut, in die Tiefe zu schauen. Im ganzen Folterarsenal gibt es nichts, was der Gewalt des Sich-von-sich-Losreißens gleichkommt. Kurt hatte sie gewarnt: Sobald er wieder in Bonn zurück sein würde, würde er sich des ersten, nicht identifizierten Leichnams bemächtigen, um die Spuren hinter ihr besser zu verwischen und um mit dem Sargdeckel die Akte Ingrid Vogel zu schließen. Er würde sich irgendeine blöde Kuh aus irgendeinem verkohlten Autowrack schnappen, die niemand aus dem Leichenschauhaus abgeholt hatte, und aus ihr eine eingeäscherte Doppelgängerin von Ingrid Vogel machen. Unter seinem Einfluss würde Ingrids Mutter, eine depressive und leicht zu beeindruckende Frau, die Identifikationsurkunde zu den verschrumpelten Überresten unterschreiben. Und: Eine Beerdigung im Regen, die Handvoll Sympathisanten, alle schon mehrfach erfasst, im weitesten Sinn alles Angehörige jener Brut, die auf dem besten Weg war, ausgerottet zu werden. Und sie, dort unten, an der chinesischen oder koreanischen Küste, oder an einer noch übleren, in unendlicher Ferne, sie würde nichts über ihre Gegenwart erfahren und ihr Gedächtnis unaufhörlich zensieren. Raus aus allem und ganz woanders.

Wird sie in zehn, in fünfzehn Jahren noch genügend Bruchstücke und Echos in sich finden, um ihre Sehnsucht zu nähren, um in Gedanken durch ihr früheres Leben zu schweifen, um von Monsunregen und Sumpffieber loszukommen und noch an Kurt zu denken, an ihre Dogge, ihre liebe Dogge? Lissabon, das letzte Bild von Europa, würde ausgelöscht sein, der herrliche Tejo sich mit schlammgelben Flussmündungen vermischen, mit unter dem Mond rötlichen Meeren; statt Portugiesisch gelernt zu haben, statt es fließend zu sprechen und darüber glücklich zu sein, würde sie sich wahrscheinlich immer noch mit Chinesisch oder Thai abmühen; ob verschlüsselt oder nicht, ihre aufgrund der fehlenden Sprachpraxis in einem ungenauen Deutsch abgefassten gesammelten Erzählungen und Kurzgeschichten würden in einem alten Koffer verschimmeln und das Stadium des Schimmels nicht mehr hinter sich lassen. Verzweiflung und Überdruss in jeder Faser dieses langen Todes.

»Wir hätten die Seilbahn nehmen können«, sagte sie. »Der Hang ist sehr steil.«

»Elevador.«

»Wie bitte?«

»So heißt die Schienenseilbahn auf Portugiesisch. O Elevador da Bica.«

»Sag bloß! Was du nicht alles weißt.«

»Ich entschlüssele die Informationsbroschüren für Touristen. Wie du siehst, meine liebe Waltraud Stoll, bin ich ein erstklassiger Entschlüsselungsspezialist. Nichts entgeht mir. Weder hübsche Terroristinnen noch pittoreske Seilbahnen.«

Sie blieben stehen. Über den Dächern flimmerte der Tejo im Hitzedunst; eine winzige orangefarbene Gondel bewegte sich langsam auf die Brücke des 25. April zu. Plötzlich wurde sie vom Duft seines Eau de Toilette überwältigt, vom Sommergeruch unter seinem Arm, vom Duft der fast beleidigenden Kraft teutonischer Männlichkeit, die ihm eigen war und ihn unbesiegbar machte. Seine Finger übten einen leichten Druck auf ihre Hüften aus. Es schlug elf. In den geheimen Zonen ihres Leibs spürte sie noch das warme Erschlaffen und die schmerzhaften Stiche der Liebe am frühen Morgen, als sie vor dem Frühstück miteinander geschlafen hatten. Eine Woge des Begehrens durchströmte sie zärtlich, schwappte durch ihre Adern und ließ alles absurd erscheinen, was nicht reine Sinnenlust war, vorübergehende Lebensfreude.

»Ein Aufsatzthema«, schlug sie vor: »*Sind wir durch das Tier, das in jedem von uns steckt, zu Heuchelei gegenüber dem Schicksal verdammt?*«

»Da kann ich dir nicht folgen«, bedauerte er, »vielleicht kannst du es näher erläutern?«

»Na ja, mein Freund, das heißt einfach, dass Ingrid Vogel gern mit dir schlafen würde … Sie tut so, als vergäße sie, dass Waltraud Stoll sich in zweiundsiebzig Stunden für immer auf einem holländischen Appelkahn einschifft, der sie nach, na, du weißt schon wohin, bringen wird. Kapiert?«

»Eine Variante«, schlug er vor: »*Sind wir durch das Tier, das in jedem von uns steckt, zu Falschheit und Heuchelei bei der Liebe verdammt?*«

Der Druck seiner Handflächen um ihre Taille wurde noch fester. Sie gurrten leise. Verträumt betrachteten sie den steil abfallenden Hang, die gepflasterten Bürgersteige, auf denen mehrere Leute bergauf kamen, rüstige Greisinnen in Trauer, ein hübsches, spießig gekleidetes Mädchen und drei junge Streuner in nicht mehr ganz frischen Unterhemden, die alle naselang in lautes Gelächter ausbrachen. Sie schmiegten sich eng aneinander, Schenkel gegen Schenkel, bezaubert vom Schauspiel des Elevadors, der ihnen von unten entgegenkam, und von der Schönheit des Tejos in der Ferne, in den Einschnitten zwischen den hellen Häusern.

»Noch eine Variante«, machte er weiter: »*Ist die Heuchelei in jedem von uns eine Liebeskrankheit oder eine Laune des Schicksals?*«

»Jetzt kann ich dir nicht folgen«, bedauerte sie, »vielleicht kannst du dich etwas genauer ausdrücken?«

Doch was ging ihm durch den Kopf, während er versuchte, sich genauer auszudrücken, während er schwatzte und schwatzte?

Ja: Was dachte er wirklich?

Zuallererst, aber verstohlen, denn dieser Gedanke suchte ihn jedes Mal heim wie ein Phantom, wenn sie sich Parodien auf die Erörterungsthemen aus dem Schulunterricht einfallen ließen und sich gegenseitig zu neuen anstifteten (dies war eines ihrer intimen Spiele, aber das kennen wir ja bereits): Hatte sie mit ihrem Philosophielehrer geschlafen, bevor er sich umbrachte, oder nicht? Ganz sicher hatte sie mit ihm geschlafen, auch wenn sie es abstritt, denn sie erzählte von ihm mit einer Ehrfurcht, als fühlte sie sich schuldig, ohne es sich einzugestehen, und nicht nur, weil er in ihrem Schädel den Samen der Subversion gesät hatte. Hatte sie oder hatte sie nicht? Ja oder nein?

Und weiter: Der Denkfehler bestand darin zu glauben, dass sie, ohne mit der Wimper zu zucken, ihren Fluchtplan akzeptieren würde oder bereits akzeptiert hätte; dass sie, an falsche Papiere gewöhnt, es ertragen würde, ihre Identität zu verlieren und, durch ein ungeheures Schweigen von mir getrennt, sehr lange dort unten zu leben wie eine Schmetterlingspuppe, fünfzehn Jahre lang, jahrhundertelang. Hat sie zu irgendeinem Zeitpunkt den notwendigen Mut und die notwendige Disziplin aufgebracht? Verfügt sie noch über sie? Ja oder nein?

Und weiter, denn er musste seine Gegenstrategien und ihre rigorose Strenge vor sich selbst rechtfertigen, begann er, sich Passagen aus ihrem Buch vorzustellen, und führte sie als letzte, verzweifelte (und zynische) Argumente an. Er hatte begonnen, in Gedanken ihr Buch zu schreiben, ohne auf irgendeine Verschlüsselung zu achten. Diese Texte brüllten die Wahrheit heraus, hetzten die Meute der Dobermänner bei der deutschen Polizei auf sie, griffen nicht einmal auf die lächerlichen Methoden der Allegorie zurück, hinter denen Ingrid Schutz zu finden hoffte. Er an ihrer Stelle würde ein unvorsichtiges Buch verfassen, und innerlich las er sich mit lauter Stimme Auszüge daraus vor.

Diesen, zum Beispiel:

Auf halbem Weg zwischen Dortmund und Frankfurt verbrannte ein Mädchen mit eingedrücktem Brustkorb im Innern eines gestohlenen blauen Volkswagens. Der Unfall war nicht von ihr, sondern von einem Mercedes verursacht worden, aber diese Information trägt nichts zur Sache bei. Die Motorhaube vibrierte noch, Rauch und Flammen reichten bis zu dem kaum verbeulten Mercedes, schlängelten sich über die ganze Breite der Autobahn. In der Stille des zum Erliegen gekommenen Verkehrs zischten brennende Abgase. Der Kopf des Mädchens ruhte auf dem Lenkrad, sie schlief. Die Haut ihres Gesichts schmorte und pellte sich schon ab. Ein Körper wird, zumindest oberflächlich betrachtet, schnell unkenntlich. Die junge Frau schien im Schlaf zu lächeln, man hätte auch vermuten können, dass sie gerade wieder zu Bewusstsein kam und sich widerwillig zu räkeln begann, als hätte sie viel lieber, sei es aus Trägheit oder aufgrund eines ausgesprochenen Faibles für das Poetische, reglos die vielen Farben des schmelzenden Armaturenbretts bewundert. Dann sah man sie auf ihrem Sitz ein Stück mehr in sich zusammensacken. Sie wusste schon nicht mehr so genau, auf welchen Vornamen, auf welchen Familiennamen sie bisher gehört hatte. Der Schalthebel hatte ihren Arm aufgespießt, und sie tastete nicht mehr die wie Karamell verkrustete Polsterung der Sitze ab auf der Suche nach dem Pass, der ihr Auskunft gegeben hätte. Sie hätte sich ohnehin nicht diese unsägliche Mühe gemacht, denn sie hatte nichts mitgenommen, womit sie sich hätte ausweisen können. Die Augenhöhlen leer, die Seele in Frieden ruhend, schlief sie wieder ein. Vorne platzten die Reifen. Der Wagen ächzte auf seinen Felgen. Das Mädchen lächelte noch immer. Vielleicht hieß sie jetzt noch nicht Ingrid Vogel. Noch nicht ganz. Aber wer könnte das so genau sagen?

Oder diese Zeilen:

So bestürzend und unerhört es auch erscheinen mag, Kurt hatte sich aufgrund polizeilicher Unterlagen in Ingrid verliebt. Im April war der Ring um das Allerheiligste der Bande immer enger gezogen worden. Die Sicherheitsgruppe hatte die Straßen mit Fallen gespickt, die den terroristischen Feind festsetzen und ihm ein endgültiges Ende bereiten sollten. Die mobilen Einsatzkommandos stürmten mehr Guerilla-Nester denn je und vervielfachten die Zahl ihrer Festnahmen. In den Kellergeschossen der Fahndungsabteilungen hörte man den Regen glucksen. Er blätterte in längst überholten nachrichtendienstlichen Dateien, schaute sich Negative aus der Zeit antiamerikanischer Demonstrationen an. Plötzlich hatte sein Herz einen Stich erhalten. Statt der Literaturstuden-

tin Ingrid Vogel taxierte ihn eine Wölfin mit ihren Blicken, ihn, Wellenkind. Während er die Aufnahme von ihr kommentarlos betrachtete, zerfaserte ein raßer, wüster Blitz seine Nerven, zerstückelte seinen treuen Glauben an die Welt, entfachte eine Glut, die sein Leben von der Kindheit bis ins Alter versengte.

Und weiter vorn:

Ein Unbekannter zeigte sich, unbewaffnet, vor der Eingangstür zu ihrem Schlupfwinkel, der Wohnung, in der sie sich versteckte, abgeschnitten von ihrer Gruppe, deren Lage ausweglos war. An jenem Tag spuckte das Kofferradio das Schnauben und die Kriegsgesänge der Doggen aus. Panisch wartete sie auf den Tod. Stattdessen kam ihr Retter. Sie hatte den Türriegel zurückgeschoben, sie hatte seiner kurzen Rede zugehört und sie war ihm gefolgt, nachdem sie zugestimmt hatte, Pistolen und Magazine zurückzulassen. Zumindest in den ersten Stunden war ihr nicht klar, wer dieser Mann war, der verbissen ihre Rettung betrieb, der sie mit einem mustergültigen Pass ausstattete und sie, wie einer jener Herren des Morgengrauens, die über alle Gesetze hinweggingen, durch alle Straßensperren zu sich nach Hause fuhr, in ein Gebäude, das von Wachposten beschützt wurde.

Und noch weiter vorn:

Sie überlegte. Nicht zu Unrecht hielt sie sich für eine unerhebliche Größe inmitten des Blutbads, dessen Detonationen die Nacht erbeben ließen. Die Straßen waren mit Hirn bespritzt;

die Böden der Zellen wurden mit Scheuerlappen aufgewischt, die von rötlichem Wasser trieften. Offensichtlich hatte die Sicherheitsgruppe die Endphase der Säuberung eingeleitet: Man dachte nicht mehr daran, die Organisationseinheiten zu unterwandern, und auch nicht daran, Aktivisten in zwielichtige Situationen zu verwickeln, um sie zum Singen zu bringen oder umzudrehen. Nein, man heuert keine Spione mehr an, wenn sich die gegnerische Armee in Auflösung befindet. Die Initiative von Kurt roch nicht nach einem faulen Trick niederer oder höherer Polizeichargen. Die Initiative von Kurt gehorchte keinerlei Vernunftgründen, sie ließ sich nicht mit irgendwelchen teuflischen Machenschaften in Verbindung bringen, die das knappe Dutzend dem Massaker entkommener Genossen bedroht hätten. Ohne jedes weitere Misstrauen hatte Ingrid sich schlafwandlerisch und entkräftet in Kurts Hände begeben. Nachdem sie sich darüber klar geworden war, dass sie mit einem der übelsten Vertreter des totalitären Staats schlief, hatte sie geschwankt; sie hätte Kurt im Schlaf massakrieren und genügend Blut aus seinen Wunden rinnen lassen, aus seinen Blessuren gewinnen können, um damit eine Signatur der Rache an die Wand seines Zimmers zu malen, mit fünfzackigem Stern und Maschinenpistole; sie hätte auch aus seiner Wunder vollbringenden Identität Nutzen ziehen können, um das Weite zu suchen. Doch etwas hatte sie gelähmt, ein Schlag, der noch verheerender war als die Niederlage der Guerilla; etwas hatte sich ihr auf dem Weg entgegengestellt und am Handeln gehindert: nicht Kurt, aber ihre Liebe zu Kurt.

»Pardon?«, entschuldigte er sich zerstreut.

»Ein Aufsatzthema«, wiederholte sie. »Es handelt davon, was ich empfinden werde, sollte ich eines Tages einen Artikel über meine Beisetzung lesen. Die Beisetzung von Ingrid Vogel. In einer alten Zeitschrift, die mit achtzehn Monaten Verspätung vom Nordatlantik eintrifft. *Lässt sich ein Leben nach dem Tod begründen, ohne religiös zu werden?*«

Die Antwort: »Hmm, hmm«, machte er.

Doch was ging ihr durch den Kopf, während sie scherzte, während sie ihm vorschlug, auf die scheppernde Straßenbahn aufzuspringen, die sie zu ihrer Pension in Graça zurückbrächte, während sie ihm vorschlug, sich erneut ins Zimmer einzuschließen, während sie ihm etwas über die Gerüche erzählte, die man in deutschen Städten nicht kennt, Gerüche nach staubiger Erde, gegrilltem Fisch, angefachten Reisigbündeln in den kleinen Bäckereien, den Geruch nach frisch geröstetem Kaffee, der einem Tag und Nacht in die Nase steigt.

Ja: Was dachte sie wirklich?

Zweifellos dachte sie an vielerlei Dinge.

Aber vor allem daran:

EINIGE EINZELHEITEN ÜBER DIE SEELE DER FÄLSCHER

EINLEITUNG

Für eine Rehabilitierung der Kommune Ingrid Schmitz

Wenn sich der Mensch unendlich einsam fühlt, wenn er in seiner Einsamkeit spürt, dass es keinen Trost mehr gibt und dass er Angst hat, legt er den Kopf in die Hände, schüttelt den Kopf, presst die zitternden Gelenke der Finger fest gegen die Schläfen und fleht die Polizei an, die in ihm ist; er ruft sie herbei, er fordert ihr Erscheinen. Manchmal sind die Glieder pralle Wülste, manchmal schwarz und ausgezehrt, und manchmal sammelt sich nervöse Feuchtigkeit auf ihnen. Der Mensch stellt einen engen Kontakt her zwischen seinen Fingerspitzen und dem Ansatz seines Haars, das häufig schon graugelockt ist. Wenn er eine Brille trägt, drückt er auf ihre Bügel, und die ganze Schildpattfassung verzieht sich, sein Nasenrücken erleidet einen unangenehmen oder zumindest ungewohnten Druck. Er schüttelt den Kopf, und manchmal berühren sich die Lider, manchmal zucken sie unter der Gewalt eines Ticks, manchmal hingegen reißen sie seine Augen weit auf. Dann heftet er seinen Blick an irgendeine Einzelheit der stillen Straße, seien es eine Krakelüre aus Moos in der Tiefe des Rinnsteins, der Mond hinter einem Spinnennetz oder zwei Skorpione, die miteinander kämpfen und sich gegenseitig verschlingen. Im Innern seines Nackens spürt er das Relief seiner Knochen und, fast gleichzeitig, hört *seine Knochen. In diesem Augenblick kommt die Polizei. Doch der Mensch weiß nie, woher sie gekommen ist, welchen Weg sie genommen hat, er weiß nicht, ob sie aus seinen Schläfen nach außen geschlüpft ist oder aus seinen Fingern, seinen Augen, seinem Nacken oder, falls er eine Brille trägt, aus seinen Nasenknorpeln.*

Mitten in der Stadt, mitten auf der Welt ist dein Name Katalina Raspe. Dort, wo eine Wunde blutet, im Herz der Stadt.

Dein Name ist Katalina Raspe, du läufst schnell, du bist gerade den Werner-Frankhäuser-Ring hochgelaufen, du hast dich zuerst nach links gewendet, zum Otto-Frankhäuser-Ring, und bist dann nach rechts abgebogen. Die Mückenschwärme, die sich nicht damit begnügen, über die Gaslaternen herzufallen, sondern die ganze Straße bevölkern, haben dich schier wahnsinnig gemacht. Sie wirbeln ebenso sehr durch die Dunkelheit wie durch die Lichtoasen. Trotz der vorgerückten Abendstunde ist es sehr heiß. Die Luft steht. Du bist die Mauer mit den wenigen Öffnungen entlanggestreift und anschließend die riesigen, von vielen Fenstern durchbrochenen Fassaden, hinter denen keine einzige Lampe mehr brennt. Verwaltungsgebäude. Die Ministerien liegen wie ausgestorben da, nur der Uringeruch, der unten vom Ende der Dachrinnen und von den Hydranten aufsteigt, zeugt noch von Leben. Die Portale schauen dich finster und abweisend an, niemand würde dir antworten, wenn du die Türklopfer missbrauchtest, um Hilfe zu erflehen. Kurz nachdem du dir das unheimliche Echo des Metalls unter den Steingewölben vorgestellt hast, bist du einer Abkürzung gefolgt, wo die Insekten im Allgemeinen weniger lästig sind: über die Helmut-Frankhäuser-Anlage. Du hast den Rasen überquert, den die Hundstage des Julis niedergedrückt haben, und biegst jetzt in den Gerald-

Frankhäuser-Damm ein. Bis zu dem Gebäude, in dem du wohnst, sind es keine dreihundert Meter mehr.

Du wedelst die schmierigen Fluten vor deinem Gesicht weg. Der Damm ist schwach beleuchtet, die Nachtfalter flattern um dein schwarzes Haar, streichen um dich herum, als wären sie Räuber und du die Beute; du verjagst sie mit unduldsamen Gebärden. Du hast dich noch nicht an deine neue Frisur gewöhnt, die du dir gestern ihrer Unauffälligkeit wegen zugelegt hast; deine Locken sind erst seit so kurzer Zeit abgeschnitten, dass du dich immer noch wunderst, ihre schweren Wellen, ihr Gewicht nicht mehr zu spüren, wenn du den Kopf bewegst, das sanfte Ziehen deiner früheren Mähne. Gestern waren die Küchenfliesen übersät mit all den unansehnlichen Strähnenbündeln, die schon unter einer Staubschicht lagen, schon stumpf und leblos aussahen; niemand sagte etwas. Mehrere Biester lassen sich auf deinen Wangen nieder, auf deinen nackten Armen. Die Nacht ist schwül. Du bleibst stehen, du hast den Eindruck, dass neben dir etwas kriecht, mit der Beharrlichkeit eines Raubtiers in deinen Nacken starrt, hinter deine Ohren; der Schweiß perlt auf deiner Oberlippe, und du wischst ihn mit der Zunge weg.

Du bist allein auf dem Bürgersteig, als wärst du die einzige Überlebende unter den denkenden Lebewesen, als hätte dich das Schicksal auserwählt, trotz allem ein menschliches Dasein inmitten einer Stadt zu behaupten, die im nächtlichen Lichtschlamm versinkt, eine in umherirrende Insekten getauchte, menschenleere Stadt. Du bist noch nicht weitergegangen. Schön siehst du aus, und das nicht nur bei diesem Licht, das den entschlossenen Strich deiner

Augenbrauen betont, die Unnachgiebigkeit deiner Backenknochen, und das deine Gesichtszüge von jeder Müdigkeit befreit zu haben scheint. Früher zeigten deine Gesichtszüge eine gewisse Geziertheit, doch im Moment bist du schön aufgrund deiner Kraft und deines Muts. Du kennst alle oder fast alle Gefahren, die dir drohen.

Vor zwanzig Jahren ist eine erste Photographie von dir im *Tages-Echo* erschienen. Ich habe sie vor Augen, als wäre ich mit den Vorbereitungen zu einer umfangreichen Biographie beschäftigt, doch in Wirklichkeit wird mir vielleicht kaum die Zeit bleiben, Näheres über deinen Tod zu berichten. Man muss schon eine pervertierte Denkweise haben, eine Historikermentalität, um eine Sammlung dieser abscheulichen Zeitschrift aufzubewahren. So viele erhabene Seiten mussten den Flammen übergeben werden, und ausgerechnet diese widerlichen Dokumente halten sich hartnäckig in meinen Bücherregalen.

Ich schaue mir dieses schlecht gedruckte Bild in allen Einzelheiten an, das bisterbraune Blatt, die nackten Gesichter in der Mitte, die wegen des groben Rasters fast anonym bleiben. Ich beiße die Zähne zusammen. Rasend und ohnmächtig. Die Kiefer schmerzen, das Zahnfleisch. Ich lese die Legende an der Seite des Portraits noch einmal. Sätze, hinter deren konventioneller Erbärmlichkeit, die durch die zeitliche Verschiebung noch verstärkt wird (heute wäre der Stil viel aggressiver), plötzlich ein gehässiges Wohlwollen zum Vorschein kommt, das seit jeher das Geheimnis des *Tages-Echos* war. Ich zögere übrigens zwischen »gehässigem Wohlwollen« und »schleimiger Unaufrichtigkeit«. Eine hinterlistige und wachsame Missgunst hat die Druckerschwärze vergiftet; dabei trug sie schon schwer an der Last eines Journalisten, der sein Artikelchen am Ende nicht gezeichnet hat, auch nicht mit seinen Initialen, nicht einmal mit gefälschten.

»Die Kommune Katalina Raspe unternimmt ihre ersten Schritte in der Literatur. Alles deutet darauf hin, dass ihr früher Ruhm nur noch nach einer Bestätigung verlangt. Auf der nebenstehenden Abbildung ist eine junge Frau beim Verlassen der Frankhäuser-Archive zu sehen, wo sie soeben ihr erstes kollektives Werk hat registrieren lassen. Mögen ihr auf ihrem langen Weg noch viele Erfolge beschieden sein, damit die Kommune im ganzen Universum Anerkennung findet! Wir wissen alle: Fallen säumen diesen Weg. Wünschen wir uns, dass die Reifenspuren, die sicher auftauchen werden, für Katalina Raspe nicht verhängnisvoll sein mögen!«

Der Mond geht auf, wirft sein Licht auf den Asphalt, seine Unterkante streift lautlos die Splitterspitzen der Palisade. Unten an den Planken hat sich sandige Erde angehäuft, in der unscheinbare Queckenstängel, Ameisen und Ohrwürmer verkümmern. Was befindet sich auf der anderen Seite der Planken? Meistens ein Rohbau oder ein Haus, das gerade abgerissen wird, oder Brachland oder eine Baulücke, manchmal aber einfach nichts. Doch genug von dieser Landschaft! Die Polizei ist auch eine Palisade; eine Palisade, die die Straße absperrt. Der Mensch schüttelt den Kopf, neigt den Kopf über die linke Schulter, betrachtet schweigend die Kulisse, neigt den Kopf über die rechte Schulter, beobachtet. Die Polizei ist eine Notwendigkeit auf der Straße. Manchmal ist sie grün angemalt, manchmal blau, manchmal grau. Dort hält sie sich unerschütterlich am Rand der Dinge. Aber der Mond steht im Augenblick zu hoch, verliert sich in den Wolken. Der Mond ist keine Hilfe. Was befindet sich auf der anderen Seite der Polizei? Man kann eine Organisation vermuten, deren bewaffneter Arm sie ist, man kann Machthaber vermuten, die sich ihrer bedienen, um sich zu schützen, um ihre Welt unzugänglich zu machen. Ebenso gut kann man sich vorstellen, dass sich hinter der Polizei einfach nichts befindet. Auch diese Vorstellung ist kaum beruhigend. Deshalb duckt sich der Mensch in die Nacht, nachdem er seine Angst durch einen flehentlichen Appell an die Polizei gebannt hat, der Mensch, der die Polizei mit seinen Fingern, seinen Gedanken geformt hat; deshalb hat der Mensch weiterhin Angst.

Ihr alle seht mit klarem Blick in den Apparat, eine Art morgendliche Blendung, wo es weder an Einschüchterung mangelt noch an falschen Illusionen, denen sich eine Gruppe aus Fehleinschätzungen hingibt, die ihr Betreten der literarischen Arena selbst verkündet. Diese auffällige Befangenheit, gegen die ihr kaum ankämpft, die ihr hinnehmt, enthüllt eine intellektuelle Aufrichtigkeit, die euch meiner Ansicht nach sympathisch macht. Ich sage das jetzt, nachdem ich mich dir gerade angenähert und erfahren habe, wie sehr du gelitten hast, und möglicherweise ist mein Urteil von allem beeinflusst, was ich heute von dir kenne und an dir gut finde.

Möglicherweise seid ihr in dem Augenblick, als der Fotograf den Verschluss auslöste, von falscher Bescheidenheit gewesen und schon verdorben in Erwartung der kommenden Kompromisse. Trotzdem halte ich in aller Objektivität das Unbehagen fest, das euch eure Hände bereiten, eure auf den Stufen der Frankhäuser-Archive verewigten Füße. Eure Haltung lässt weder an Karrieregeilheit noch an Überheblichkeit denken. Nein, es springt wirklich ins Auge, dass ihr nicht dem kriecherischen Pack angehört, dessen letzte Zuckungen der Unabhängigkeit die Rotationspressen des *Tages-Echos* so bereitwillig umwälzen. Ein Umstand bestätigt, dass ihr noch keine Niederträchtigkeit begangen habt: Das *Tages-Echo* hütet sich wohlweislich, trotz seiner freundschaftlichen Geste, den Titel eures Werks zu nennen. Ihm gar einen grundlegenden Artikel zu widmen, steht völlig außer Frage. Man hat euch gewarnt: Reifenspuren säumen diesen Weg. Ich werde später über diese Sammlung von Erzählungen, *Die Moô-Moô-Welt*, sprechen, vorausgesetzt, mir hat bis dahin noch niemand die Glieder oder das Gehirn herausgerissen. Doch an dieser Stelle komme ich auf dich zurück, Katalina Raspe.

Du bist wieder auf dem Vormarsch. Der Gerald-Frankhäuser-Damm dünstet wieder seinen gewöhnlichen Odem aus, eine Mischung aus Teer- und Platanengerüchen, du bewegst dich unter einem Gewölbe aus Zweigen vorwärts, und da deine flachen Schuhe kaum ein Geräusch verursachen, hörst du das tausendfache Knacken der Blätter unter dir, die Flügeldecken, die gegen die Blattrippen schlagen, die Mandibeln, die winzige Portionen an Nahrung zerlegen und kauen, die Fühler, die sich gegenseitig etwas zuwispern. Kurz und gut, du hörst die Stille. Du müsstest dich nicht übermäßig anstrengen, um das Säuseln des Staubs herauszuhören, der auf die Dächer der Stadt rieselt.

Doch du bleibst erneut stehen, plötzlich spitzt du das Ohr. In der Atmosphäre geht etwas Bizarres vor sich. Du rührst dich nicht, gehst in der Dunkelheit auf; das nachlässig zurückgeschnittene Blattwerk, die dicht belaubten Platanen versperren dir den Blick auf den letzten Häuserblock, den du hinter dich bringen musst, bevor du zu deiner Wohnung vordringen kannst. Die Nacht sieht noch genauso aus wie zuvor: dunkelgrün, flaschengrün, schwarz, weißlich unter dem Licht. Dennoch scheint dir, als hätte sie sich verändert. Du nimmst das Zischen des Gases in den Glasgehäusen der Straßenlampen auf dem gegenüberliegenden Bürgersteig wahr, du bemerkst auch eine Schwade fahlen Dämmerlichts über dem Erdboden, die einem Keller entweicht. Eintagsfliegen und Stechmücken scherbeln in Wolken um dich. Du holst tief Luft, als wolltest du gleich eine Strecke tauchen. Der lauwarme Pollenduft durchströmt dich. Du versuchst zu begreifen oder dich daran zu erinnern, was du unbewusst durchschaut hast, was dich so sehr in Alarmbereitschaft versetzt hat. Du begreifst es nicht, du erinnerst dich nicht.

Aber jetzt bist du beunruhigt, deine Herzmuskeln ziehen sich immer schneller zusammen, unter deinen Kleidern schlägt sich ein eisiger Tau als Reif auf deinem Bauch nieder. Du getraust dich weder zu atmen noch die geringste Bewegung auszuführen. Du erstarrst neben einem Baumstamm. Ein Skarabäus brummt überlaut, geradezu unbeugsam, und beim nächsten Baum raschelt etwas auf einer Wurzel. Du befragst dein Kurzzeitgedächtnis, es schweift zu anderen Dingen ab, die weiter zurückliegen und mit der Angst verbunden sind, die dich überwältigt, die sich aber trotz allem von ihr unterscheiden. Du denkst wieder an *Klarheit der Geheimnisse*, dein letztes Buch, du stellst dir angstvoll die Frage, ob alle Vorsichtsmaßnahmen getroffen worden sind, damit es vor unser aller Tod das Licht der Welt erblickt. Du bist dir nicht sicher, ob es richtig war, die unvollständige Fassung kursieren zu lassen, anstatt bis zum Herbst zu warten, wenn dich das vollendete Werk für die Polizei der Bienenkörbe weniger verwundbar gemacht hätte. Es scheint sehr klug von dir gewesen zu sein, das Manuskript unter den Mitgliedern der Kommune aufgeteilt zu haben, damit ein jedes, falls den anderen ein Unglück zustieße, die verschwundenen Teile neu schreiben könnte. Und du rufst dir, das eine ergibt sich folgerichtig aus dem anderen, die Pionierarbeit ins Gedächtnis, die das vereinigte Kommando Siegfried Schulz geleistet hat, und die grässlichen Umstände seines Foltertods.

In diesem Augenblick wirst du von einem Schrei durchbohrt.

Du bist im Stadtzentrum, mitten in der Nacht, dein Name ist Katalina Raspe, du hast ein Exemplar der Einfuhrung zu *Klarheit der Geheimnisse* bei dir, du stehst reglos unter den Platanen des Gerald-Frankhäuser-Damms, du hast gerade einen Klageschrei vernommen, der die Stille des Raums blutig gekratzt hat. Die Insekten drücken das Blattwerk nieder. Und du hast Angst.

Du zählst auf: Ich habe ein Exemplar der Einführung; zwei weitere kursieren, das eine befindet sich in Händen der Erweiterten Fraktion Astrid Luther, das andere ist bei der Zelle Silke Poensgen hinterlegt worden. Silke Poensgen hat im Übrigen eine Kopie des ersten Teils in einer vollständigen Fassung erstellt. Sie sprach davon, diese beim Überrest der Erneuerten Brigade Susanne Speitel zu hinterlegen, und vielleicht hat sie es schon gemacht. Du zählst auf: eins, zwei, drei, vielleicht vier. Der zweite und der dritte Teil sind zerstückelt worden, doch da ihr euch noch nicht getrennt habt, befinden sie sich im Augenblick komplett im sechsten Stock des Gebäudes, zu dem du wieder gelangen willst. Du versuchst, einen Schatten unter Schatten aus dir zu machen, eine Mücke schwirrt neben deinem Nacken, du verjagst sie nicht, denn du willst nicht die Aufmerksamkeit der nächtlichen Stille auf dich ziehen. Auf dem Bürgersteig gegenüber gibt die Gaslaterne ein regelmäßiges Zischen von sich, einen Lichtschein, der für diese gottverlassene Stunde zu hell ist. Du wärst gern so unbedeutend wie die Rinde, die unter der Berührung mit deinem Rücken zusammenzuckt, zerspringt und sich mit einem schwachen Duft nach trostlosem Sägemehl ablöst. Du zählst die Überlebenden auf: Astrid Luther, Silke Poensgen, Susanne Speitel, Eleonore-Maria Becker, deine Liste ist kurz.

Du hast keine Zeit mehr, das lange Inventar der Toten aufzustellen.

Die Polizei gehorcht immer Mächten, oder zumindest Gesetzen, doch es ist schwierig, diese Mächte zu umreißen. Zweifellos ist der Beobachter zu sehr von seiner Rolle als Handelnder, als Hauptdarsteller des Dramas beeinflusst, um die Lage vernünftig einschätzen zu können. Hinzu kommt, dass die Straßenlaternen nicht angezündet worden sind, und dass nur der Mond der menschenleeren Straße einen blas-

sen Schimmer seines Lichts spendet. Der warme Wind wirbelt ein Stück unleserliches Papier auf, das grau und ausgeblichen ist, mit verwischten Buchstaben. Der Mensch kauert sich nieder, er fühlt sich eher in Sicherheit, wenn sein Gehirn dem Asphalt oder dem Erdboden näherkommt. Fast unsichtbar hat sich die Polizei am anderen Ende der Straße ebenfalls niedergekauert. Auch diesmal ist es nicht möglich anzugeben, wer wen nachgeahmt hat, ob die Polizei die Bewegungen des Menschen wiederholt hat oder umgekehrt. Alles wird wieder ruhig, bis auf das Blatt, das von Krämpfen geschüttelt wie ein blinder Vogel gegen ein Fenster schlägt. Was bliebe hier unten noch, wenn der Mond hinter einer Wolke verschwände? Wie so oft hält sich der Mensch mit beiden Händen die Stirn und denkt nach. Manchmal hat er den Eindruck, dass seine Metaphern weder Kopf noch Fuß haben, und manchmal, wenn die Polizei in der Dunkelheit ihre Stellung verändert und er sie durchschaut, hat er den Eindruck, dass er das Problem auf eine Art und Weise gestellt hat, die nicht zu beanstanden ist. Manchmal ist er sich auch seiner eigenen Absurdität bewusst, denn er hat keine Ahnung, was er tun muss, damit die Polizei in seinen Schädel zurückkehrt oder in seine angewinkelten Gliedmaßen oder in sein Knochenmark. Er gibt eine gute Zielscheibe ab, kein einziger Mondstrahl verschont ihn. Die Polizei gegenüber würdigt ihn weder eines Blickes noch eines Wortes, selbst ein Gemurmel ist nicht zu hören. Sie hockt versteinert am Rinnstein zu Füßen der Kilometermarkierungen, die keinerlei Hinweise auf eine Entfernung geben, vor einem Plakat, das seit Jahren an der Palisade verschimmelt. Vielleicht wäre es vernünftig, das Plakat zu entziffern, das Informationen über die Welt enthalten muss? Um anzufangen, müsste man das Alphabet lernen und dann die Sprache, in der es geschrieben worden ist. Nichts deutet darauf hin, dass es sich anschließend als verständlich entpuppen wird. Manchmal ist das Plakat von der Polizei geklebt worden, manchmal nicht. Hinter der Sprache stecken jedenfalls die Wörter, und hinter den Wörtern steckt manchmal ein Code, manchmal eine Kultur, manchmal ein Schreien und manchmal nichts. Jeder Text gehorcht Mächten, doch für einen Menschen, der mit entsetzlicher Angst im Staub kauert, ist es nicht einfach, diese Mächte zu umreißen.

Der Schrei wiederholt sich, kommt heiser und pfeilschnell vom Himmel, aus einer Entfernung von ungefähr hundert Metern. Du bist dir sicher, dass er sich nicht mehr wiederholen wird, du hast sein Wesen erkannt: das Schrillen einer Seele, die zerrissen wird. Vor Aufregung werden deine Beine schwach, du musst dich an einem Baum festhalten, den Baum umklammern und mit ihm, durch ihn seine mächtigen Wurzeln, die sich durchs Erdreich tasten und es erforschen; mehr noch, du spürst ihre Stärke, schöpfst Kraft aus den friedlichen Wäldern, den unter Wind und Sonne wogenden Weiden. Das Gegenteil dessen, was das Schicksal dir gewährt hat: ein Asphaltleben im Zentrum der Polemiken, im Zentrum von Kurzsichtigkeit und Niedertracht, mit einem letzten Endes blutigen Schlaf im Regierungsviertel. Doch weder diese kurze, ländliche Vision noch die ihr folgenden Überlegungen erreichen dein Bewusstsein.

Du drückst *Klarheit der Geheimnisse* fest an deine Brust, der braune Papierumschlag ist durchnässt und fühlt sich auf deiner Haut kalt an, du fragst dich: Wozu? Plötzlich erinnerst du dich an einige berauschende Abschnitte von der Kommune Ingrid Schmitz, die du in einem deiner Artikel, es ist acht Jahre her, den Wortschmieden der »Mülleimer-Literatur« zugeordnet hattest. Eine zusammenhanglose Beschreibung der Gesellschaft, durch dunkle Allegorien schwer verständlich, ohne das geringste Fortschreiten der Handlung, deren Hauptperson auf dem Pflaster einer entvölkerten Straße vor Angst und Schrecken gelähmt stehenbleibt. Jetzt verstehst du, dass sich diese Seiten auf dich beziehen, die seinerzeit wegen ihres »durch nichts zu rechtfertigenden Irrsinns« verdammt wurden. Siedend heiß erstreckt sich dort, in nächster Nähe, der Gerald-Frankhäuser-Damm: ein Schlund, eine Flucht nächtlicher Lichter und nächtlicher Erwartungen – nichts regt sich, weder hinter dir zur Grünanlage hin, die du vor kaum drei Minuten verlassen hast, noch vor dir, wo der Damm von der Hans-Frankhäuser-Straße gekreuzt wird, und wo das Haus steht, in dem du wohnst. Du hast dich niedergekauert, wie die Personen von Ingrid Schmitz, die katatonischen Geschöpfe aus ihrem kleinen Buch *Schäfers Lockvogel*: Reglos erforschst du die Nacht, suchst Fahrbahn und Bürgersteige mit den Augen ab, wo es nichts gibt, und ein unbestimmtes Grauen breitet sich in dir aus.

Während deiner Kritikerinnenkarriere kamen dir, glaube ich, mehrmals Zweifel an den Richtungen, die du deinen Arbeiten gegeben hattest: während der zwanzig Jahre, die du jetzt in Höchstgeschwindigkeit in deinem Gedächtnis Revue passieren lässt. Diese zwanzig Jahre bilden die einzige Landschaft, in der du dich je fortbewegt hast, die des literarischen Ruhms. Kommune Katalina Raspe, damit hast du durchaus auch Texte unterzeichnet, die nicht avantgardistisch waren, von Zeit zu Zeit hast du dich mit Kollektiven von zweifelhafter Ästhetik abgegeben, beispielsweise mit der Kolonne Silke Proll, deren sentimentale Romånzen du mochtest; wenn sich eine jahreszeitlich bedingte Durststrecke bemerkbar machte, konntest du so weit herabsinken, irgendein Schundwerk der Brigade Sabine Hausner zu beweihräuchern; du hast deine Konzeption einer sauberen Literatur, die zu einer Renaissance der Menschlichkeit im 2. Jahrhundert führen sollte, dem Wirbel der verlegerischen Stürme ausgesetzt. Hier und da bist du unterwegs gestrauchelt, hast du gezögert unter der Last der Entmutigung. Hier und da hast du gemurmelt: Wozu? Doch das war nur die kurze, für Sieger typische Verblendung, denn du warst der Überzeugung, deinen Ruhm nicht zu Unrecht erworben zu haben.

Zurzeit ist dir aber nur eine Sache wirklich wichtig: das Überleben von *Klarheit der Geheimnisse*. Allerdings weißt du nicht mehr recht, wie du das gewährleisten kannst. Vorgesehen war, dass die Kommune heute Nacht ein letztes Mal vollzählig zusammenkommen sollte, bevor sie in den Untergrund gehen und sich zerstreuen würde. Der Versammlungsort in der Stadtmitte sollte die Polizei vom Handeln abhalten. Du überlegst, wägst ab: Warum sollte die Polizei euch ausgerechnet dort auflauern? Ort und Datum des Treffens sind niemandem mitgeteilt worden, und die Kommune ist noch intakt, zählt weder Vermisste noch Gefolterte in ihren Reihen. Daraus kann man, muss man sogar schließen, dass der Weg frei ist. Vorausgesetzt, keiner von euch hat den Kopf geschüttelt und versehentlich bewirkt, dass ihm die Polizei aus Augen und Ohren gekullert ist? Bestürzt denkst du an den Irrtum, der dir mit der Stigmatisierung der Schriften von der Kommune Ingrid Schmitz unterlaufen war. Es wäre gut, wenn du das in einem Artikel berichtigen würdest. Doch du murmelst, denkst erneut: Wozu? Ein Seufzer – die perspektivlose Erschöpfung des Besiegten.

Dann läufst du im Schatten von Baum zu Baum, bis ans Ende der Allee, ein bisschen wie eine Schlafwandlerin, die im Zickzack durch die zerschlagenen Spiegel ihrer Träume irrt. Nach den Platanen kommt nichts mehr bis zur Hans-Frankhäuser-Straße, bis zu einem Taxistand ist der Bürgersteig frei. Das einzige Fahrzeug auf dem Gerald-Frankhäuser-Damm ist ein schwarzer Pkw, der neben einem Verkehrsschild schläft, ein Taxi oder ein Leihwagen, seine Lichter sind alle aus, seine Fenster geschlossen, opak, man kann nicht hineinsehen. Du gehst an ihm vorbei. Am besten wäre es, hast du entschieden, den Damm zu überqueren, bis unter das Vordach des Gebäudes zu laufen, in dem du wohnst, und deine Geheimzahl über die Tastatur neben der Haustür einzugeben, mit der dein Kommen registriert und die Anderen von deiner Ankunft unterrichtet werden. Dann wirst du zum Fahrstuhl laufen, die gesamte Beleuchtung anschalten, du wirst hinauffahren und dich mit dem Rest der Kommune in der Wohnung verbarrikadieren. Zwar stimmt es, dass die Polizei einen Notschlüssel besitzt, der es ihr erlaubt, gewaltlos die Schließsysteme zu knacken, doch ihr werdet die Mechanik des Schlosses mit dem Hammer zertrümmern. Und am Morgen werdet ihr euch in alle Winde zerstreuen, für immer.

Du bist am Straßenrand stehengeblieben, im hellsten Lichtschein, gegenüber dem großen Haus, dessen vertraute Umrisse dich beruhigen müssten. Von Mückennebeln umkämpft, leuchten und zischen die Gaslaternen ohne Unterlass. Teer klebt an deinen Sohlen. Deine Zähne klappern. Kaum sind die paar Sekunden vergangen, in denen es dir so vorgekommen war, als hättest du die richtige Option für die weitere Vorgehensweise gewählt, suchst du schon nach Ausflüchten. Du verharrst unbeweglich wie eine Statue, deine Augen sind auf die dichtgeschlossenen Rollladen vor den Fenstern deiner Wohnung gerichtet, die den Eindruck erwecken, die Winterstürme mit ihren gewaltigen Monsunregen stünden bevor.

Nein, letzten Endes war es doch die falsche Option.

Die Straße ist ein glühend heißer Cañon, durch den keine lebendige Seele mehr strolcht, und doch hast du gerade von dort das schwammige Röcheln vernommen, aufgrund dessen deine Angst wieder aufgebrochen ist. Nach den trostlosen Bildern von Ingrid Schmitz taucht nun plötzlich der Artikel aus *Herz des 2. Jahrhunderts* in dir auf, der über den grauenhaften Tod des Kommandos Siegfried Schulz berichtet. Der blasierte oder schlappe Chronist gefiel sich in einer minutiösen Beschreibung des Blutbads, ohne sich besonders darüber zu entrüsten oder die Frage nach seinen Urhebern aufzuwerfen, und ohne den Bericht zu zeichnen. Der Umschlag mit *Klarheit der Geheimnisse* rutscht leicht nach unten weg, sticht in deine Hüfte; du drückst ihn wieder fest an dich. Du betrachtest das lange Asphaltband, die geometrische Aneinanderreihung der fahlen Stellen, der dunklen Flecken, des Blattwerks, der kahlen und knorrigen Stämme: den Gerald-Frankhäuser-Damm. Das einzige Fahrzeug parkt zu deiner Linken, ungefähr zwanzig Meter von dir entfernt; seine Fenster sind zur Nacht mit dunklen Decken verhüllt worden, mit Vorhängen aus Filz oder Wolle. Kein indiskretes Auge darf sich über den Kilometerstand informieren, über die Anzahl der Sitze, die Innenausstattung. In diesem Augenblick trifft es dich wie ein Blitz: eine Kleinigkeit nur. Aber wie hatte sie dir entgehen können? Noch nie hat nachts ein Taxi an diesem Stand gewartet, das so massiv aussieht, so wuchtig, mit so spitzen Ecken, und schon gar nicht mit gelöschten Scheinwerfern, mit abgedunkelten Fenstern.

Und jetzt?

Du kannst nicht mehr unter das Platanendach zurückkehren, denn du müsstest an den Bullaugen dieses anthrazitfarbenen, in einen matten und unheilvollen Stoff gekleideten Leichenwagens vorbei. Und wenn plötzlich Gesichter dahinter erscheinen? Und den Mund zu einem Lächeln verziehen? Wenn die Türen aufgehen?

Du kannst die Straße nicht mehr überqueren und die Geheimzahl eingeben, die die Tür zu deinem Haus öffnet. Das würde den sechsten Stock alarmieren. Und wenn dort oben hinter der Tür statt der Kommune ungebetene Gäste versammelt sind, vielleicht die Insassen des mysteriösen Taxis?

Dein Name ist Katalina Raspe, du stehst am Rand des Bürgersteigs auf dem Gerald-Frankhäuser-Damm, vielleicht hättest du genau in diesem Augenblick fliehen sollen, dich aus dem Regierungsviertel hinausschleichen und in irgendwelchen Vororten verstecken sollen, um Seite für

Seite *Klarheit der Geheimnisse* zu rekonstruieren und mit dem vierten Teil abzuschließen?

Manchmal stellt der Mensch Fragen und manchmal findet er eine Antwort. Die Antworten, die er liefert, sind immer eingeflüstert und falsch. Zu seiner Entschuldigung kann er die Angst anführen, die ihn krank macht, die Polizei, wegen der er unablässig auf seine Bewegungen achtet, auf seinen überlangen Schatten, der an seiner Seite herumlungert, und auf den Mond, der ihn ablenkt oder blendet. Zwischen der Straßenlampe und der Palisade zum Beispiel hat jemand ein Spinnennetz gewebt. Mit argwöhnischem Blick sucht er die Umgebung ab, versucht er zu ermitteln, wer diese heikle Aufgabe ausgeführt haben könnte. Mit einer gewissen Objektivität stellt er fest, dass er das einzige Lebewesen in der Umgebung ist, das einzige, das wie gebannt die Gewölbefächer und das Vibrieren des Netzes anstarrt, das einzige, das gespannt auf der Lauer liegt, das einzige, das sich für die Angelegenheit interessiert, das einzige, das neben dem Netz reglos zu einem Knäuel verwickelt ist. Manchmal zieht er daraus einen widerwärtigen Schluss, manchmal keucht er lieber, ohne etwas zu sagen, ohne dem Schweigen etwas hinzuzufügen, und manchmal weicht er langsam bis zur Mauer zurück, mit der Absicht, seinen eigenen Schatten, den er auf einmal für zu anstößig und zu schwarz hält, auf dem Gips zu zerreiben.

Dein Name ist Katalina Raspe, du hast den Kopf zum sechsten Stock erhoben, zu den Außenrollladen, lauter metallischen Lidern auf einer unermesslichen Fassade. Die Lider sind gesenkt, fast geschlossen, doch du, du sperrst die Augen weit auf. Du bist soeben auf einem Grund angelangt, der jenseits von Angst und Abscheu liegt; ein Blick hat genügt.

Du drückst die Einführung zu *Klarheit der Geheimnisse* fest gegen deinen Bauch, gegen deine Brust, gegen deinen Körper, es hat dir den Atem verschlagen, soweit man eine Folge von jäh ausgestoßenen Schluchzern Atem nennen kann, du schirmst die Einführung zu *Klarheit der Geheimnisse* ab, du panzerst dich mit ihr. Im sechsten Stock – Aus dem unteren Schlitz eines Rollladens im sechsten Stock – dieser ist also nicht ganz bis zur Undurchlässigkeit heruntergelassen, jedoch genug, damit aus dem Gebäude gegenüber niemand ins Zimmer schauen kann – brodelt ein Schwall Blut hervor. Auf dem Beton unter dem Fenster, auf den mit voller Wucht das Licht der Straßenlampe prallt, wird sich gleich ein erster Ausfluss schwarzen Bluts verzweigen; noch tastet er sich die Wand entlang, sucht zaghaft seinen Weg. Du stehst mit halboffenem Mund da, eine zitternde Statue, in die Tiefen deiner schlimmsten Träume hinabgesunken. Ein zweiter Ausfluss entspringt unmittelbar daneben und windet sich noch schneller zum Bürgersteig hinunter. Dann ein dritter, der noch kräftiger ist. Das Haus blutet, alles ist voller Blut. Ein Erbrechen von Blut im Herzen der Stadt.

Und vielleicht hörst du jetzt aus der Ferne ein Dröhnen, nicht mehr das eines fetten Insekts, eines unbeholfenen Hirschkäfers oder Maikäfers, eher so etwas wie das gedämpfte Geräusch eines startenden Motors zu deiner Linken, zwanzig oder dreißig Schritte von dir entfernt, zwanzig oder dreißig Schritte von der Stelle entfernt, wo du gleich sterben wirst.

Und: Manchmal, meine Dogge, meine liebe Dogge, denke ich, dass du mich geschnappt hast, dass du, Kurt, meine Doggenliebe, mich mit den Zähnen festgehalten und aus meiner blutigen Albtraumrealität herausgezogen hast, dass du mich in eine angrenzende Realität geschleppt hast, eine albtraumhafte Realität des Todes und der Pseudonyme, in der es mich schon nicht mehr gibt, in der meine Identität unaufhörlich zerbrochen und zerrissen wird von deinen Fangzähnen, in der ich die äußersten Vorsichtsmaßnahmen ergreifen muss, um dich aus deinem Schattenreich hervortreten zu lassen, um die harten Umrisse deiner Gestalt ungestraft herbeirufen zu können, deine zärtliche, deine blutrünstige Silhouette, Kurt.

Und: Ich habe auch den Eindruck, dass du oft überlegst, wie du mich am besten zum Schweigen bringen kannst, mich beseitigen kannst, ohne selbst in die Tiefe des Abgrunds springen zu müssen. Eine egoistische Art und Weise, dich von mir zu trennen. Täusche ich mich? Ja oder nein?

Aber tatsächlich sagte sie einfach nur:

»Wer hat dich bloß auf den Gedanken gebracht, dieser Hölle einen Besuch abzustatten? Dem stinkenden Arschloch würde ich gerne das Fell über die Ohren ziehen.«

Sie betrachtete die Blätter der Bananenstauden um sie herum, die vom Dampf beschlagenen Büsche, den Tropenefeu, die Teichrosen, die Kletterpflanzen, die Brotbäume, die Mangobäume, den Rhododendron, das Schilf, die Makakenbäume ohne Makaken, die Papageienstangen ohne Papageien, die Pinangpalmen, die Castanhas-do-Pará, die Kautschukbäume, die Lianen.

Und er? Er betrachtete gleichgültig ihre gegenseitigen Reaktionen, Ingrids Fähigkeit, so zu tun, als wäre sie nicht ängstlich, nicht beklommen, ihre gemeinsame Fähigkeit zu lügen und das Schicksal unter ihren Lügen nutzlos einzuzwängen. Noch anderthalb Tage Aufschub und anschließend für beide eine tragische Leere aus Erinnerungen und Phantasiebildern.

Seit sie in Lissabon gelandet waren, hatten sie versucht unterzutauchen. Mal waren sie in der Menge untergetaucht, mal mit brennender Haut inmitten der Sonnensegel, der Schreie und der Sonnencreme-Rituale am eisigen Atlantik, am Strand von Carcavelos. Die Sonne sandte ihre sengendsten Strahlen, eine Flammenwerferin, ein Vorgeschmack auf das, was bald irgendwo zwischen Dortmund und Wiesbaden oder auf der Autobahn Frankfurt–Stuttgart die sterbliche Hülle irgendeiner dummen Gans verschlingen sollte. Doch die Rötungen an den Beinen und auf dem Rücken hinderten sie schnell, sich erneut der Sonne auszusetzen, und heute Vormittag waren sie in der Einsamkeit untergetaucht, zwischen tropischen Gewächsen.

Neben den Luxushotels im Stadtzentrum Lissabons liegt, zwei Schritte vom Ritz entfernt, ein höchst poetischer Ort, den die Touristen im Allgemeinen nicht kennen, und den die Lissaboner wegen seiner drückenden Hitze meiden: die Estufa Quente, ein heißes Gewächshaus, in dem mit viel Sachkenntnis die Atmosphäre feuchter Stickigkeit aus den schlimmsten Äquatorialzonen aufrechterhalten wird. Der Ort ist immer verlassen, denn dort lösen sich die Stimmen auf, dort zerfällt das Denken unter dem Schweiß, unter dem Schweigen der kraftvollen Vegetation in den vielfältigen Grüntönen, unter dem Zischen des Wassers, das überall fortwährend rinnt, um die Feuchtigkeit noch zu erhöhen.

Und er: Mein Augenstern, meine Herzallerliebste, was glaubst du wohl, was für ein Klima du dort unten antreffen wirst, in Vietnam oder Indonesien oder wo auch immer du schließlich bleiben wirst? Bleiben würdest, sollte ich dich übermorgen abreisen lassen?

Er sagte: »In einem Roman habe ich eine Seite über dieses Gewächshaus gelesen.«

»Zweifellos ein Horror-Roman«, bemerkte sie. Die Bluse klebte an ihrer Haut, rief auf ihren Schulterblättern wieder das Gefühl hervor, Fieber zu haben.

Er stellte sich vor sie hin und beugte den Kopf zu ihr hinunter, näherte sich ihr mit seiner Physiognomie eines slawischen Nomaden, der weder Gott noch König kennt, und schleckte ihr spielerisch wie ein junger Hund die Schweißtropfen ab, die auf ihren Schläfen perlten; dann führte er seine Zungenspitze über ihre Oberlippe spazieren, und ohne diese Art von rasender Leidenschaft und mörderischem Wahn, die sie miteinander verband, aus seinem Blick, seiner Haltung zu verbannen, ging er weiter dem Gedanken nach, ihrem Abenteuer ein Ende zu setzen. Der Tod schlich um sie herum, undeutlich noch und nicht reif genug, um zu erkennen, ob er als Mord, Unfall oder Selbstmord käme. Eines würde sich auf alle Fälle klären. Diese Geschichte mit Ingrids Schlüsselroman, an dem sich beider Obsessionen herauskristallisierten, im Gespräch kreisten sie ständig um die Frage: Schreiben oder Nichtschreiben. Diese zusätzliche Wunde zeigte deutlich, dass es ihnen nicht gelingen sollte, sich mit der notwendigen Umsicht, in einem undurchdringlichen Nebel aus Finten und Tricks, für Jahrhunderte zu trennen. Ingrid handelte, als ließe sie jeden Moment in ihrer Wachsamkeit nach; zweifellos glaubte sie nicht mehr an Kurts Pläne. Und so müsste er sie mit den Zähnen treideln, sie aus ihrem unheilvollen Polizeiuniversum heraushieven und sie, solange er auf seinen Tod wartete, in irgendeinem privaten Leichenschauhaus unterbringen, wo sie stillhalten müsste.

Und sie: »Wenn du mich so anschaust, Kurt, habe ich das Gefühl, du überlegst dir irgendeinen miesen Trick, um mich zur Strecke zu bringen, ohne selbst in Mitleidenschaft gezogen zu werden. Oder täusche ich mich?«

»Meine große Durchblickerin«, erwiderte er frohgelaunt. »Wir befinden uns doch derzeit in solidarischer Abhängigkeit … Wenn einer von uns ins Schleudern gerät, kommt der andere auch zu Fall. Deshalb geht mir auch deine Idee mit dem Buch so sehr gegen den Strich. Ich habe keine Lust, durch Wörter besudelt zu werden.«

Und sie: Schon wieder dieser vermaledeite Schmöker! Ach übrigens, ich habe zu schreiben begonnen. Hörst du, meine Dogge? Ich habe schon zu schreiben begonnen. Darauf er: Du könntest ihn in Amazonien ansiedeln. Der Kapo einer Gummiplantage verliebt sich in eine Mojiraguacu-Indianerin, die Schrumpfköpfe von Kapos sammelt. Leidenschaftliche Begegnungen in überschwemmten Wäldern und atemlose Verfolgungsjagden unter Lianen. Dein ganzes Material findet sich dort, die Riesenmoskitos ausgenommen. Und sie: Und ich habe begonnen, ihn zu codieren, ihn zu verschlüsseln und den ganzen Haufen deiner genialen Spezialisten von vornherein in die Irre zu führen, all die genialen Literaturkritiker des BKA und die ganzen Herausschäler und Herausleser in den glänzenden Uniformen der Schweinehirten westlicher Sozialdemokratien, all die Nordatlantikhunde, diesen Sozialauswurf und diese Sozialversager; ich habe begonnen, sie auf sumpfige Wege zu führen, wo sie ertrinken werden, wo ich sie vom ersten bis zum letzten ertränken werde.

Tatsächlich sagte sie: »Schade, dass man die Pflanzennamen auf den Schildern unten an den Stämmen kaum entziffern kann.«

»Du kannst wohl nicht lesen?«, machte er sich über sie lustig, brüstete er sich wie ein stolzer Jüngling mit seinem scharfen Blick.

Sie waren einem feuchten Sandweg gefolgt, den Gummischläuche kreuzten, schwarzrot gesprenkelte Schlangen, um näher an die Glaswand des Gewächshauses heranzukommen. Die Hitze wurde noch drückender, ihre Stirn war in einen Schraubstock gepresst.

Und sie: Nein, ich kann nicht lesen. Aber ich kann erfinden. Die stachellose Allote, die graue Ikalme, die Malagonie mit den bitteren Blüten, die Vogelie, der Ligustar constrictor, das Guan-guan aus Surinam. Eine Aufzählung geschmiedeter Namen, die Fälschung als geistige Gymnastik. Während dieser Zeit konnte ich mein Entsetzen verdrängen, die Gewalttätigkeit, die in mir brodelte, die sich gegen das Verhängnis erhob, gegen mein verpfuschtes Leben, meine verpfuschten Liebesgeschichten, gegen meine Dogge und gegen mich selbst.

Aber ich hakte mich bei Kurt unter und lachte über seinen plötzlich absurden Stolz.

ERSTER TEIL

Konrad Etzelkind schwört den Echos ab

Unter den für uns interessanten Persönlichkeiten des 2. Jahrhunderts gibt es eine, die des Polizisten Konrad Etzelkind, dessen Treiben üblicherweise mithilfe heutzutage überholter psychiatrischer Theorien erklärt (oder vielmehr gerechtfertigt) wurde.

Man weiß, wie sehr im 2. Jahrhundert die ängstliche Suche nach einer Identität im Mittelpunkt des Denkens stand, und wie beharrlich die vorderste Front der literarischen Bühne sich bis zum letzten Jahrzehnt des 3. Jahrhunderts mit dem Problem unserer Abstammung beschäftigt hat. Man weiß, dass die Angst in dieser lange währenden Periode der Renaissance ein ständiger Begleiter war, einer Periode, die oft unter einem intellektuellen Chaos schwankte, unter Ungewissheiten und blutigen Manipulationen, und die um ein Haar versunken wäre in einem falschen Verständnis der Mechanismen, die die Gesellschaft lenken. Zahlreiche irrige und pessimistische Arbeitshypothesen wurden aufgestellt, und alle kreisten auf obsessive Weise um das Thema der Vererbung. Dabei komplizierten sie das Problem, ohne es zu lösen. In diesem Zusammenhang ist eine psychiatrische Analyse des Tuns und Handelns Konrad Etzelkinds erschienen.

Man hat in dieser hochgestellten Schattengestalt – verantwortlich für den Kampf gegen abweichende Zellen –

ein Opfer der irrationalen Befürchtungen seiner Epoche sehen wollen. Man hat ihm vorschnell persönliche Beweggründe unterstellt, und angeblich waren es dieselben, von denen die literarischen Kollektive umgetrieben wurden, die er unschädlich machen sollte. Deshalb haben mehrere Texte zu Konrad Etzelkind – die zweifellos nicht weit verbreitet waren – die verblüffende These vom »Waisenhauskomplex« oder »Bruch in der direkten Erbfolge« wiederaufgenommen (um bei dem Fachjargon zu bleiben, der unter den Ethno-Psychologen des 3. Jahrhunderts gang und gäbe war): Liest man diese dunklen, zugewucherten Zeilen, erhält man das Bild eines geistig verwirrten Mannes, der folglich für wichtige polizeiliche Aufgaben ungeeignet erscheint. Nehmen wir zum Beispiel das zweite Kapitel aus *Bildnis des Schlächters im Heldenkostüm**, einer der wenigen Biographien, die Etzelkind gewidmet wurden; dieses Kapitel beginnt mit dem folgenden Absatz:

»Konrad Etzelkind hat, zumindest ein Jahrzehnt lang, die Kälte des Kalküls symbolisiert, den mit der (erbarmungslosen) Grausamkeit eines Vollstreckers verbundenen Scharfsinn. Jedenfalls zeichnete sich hinter dem Geist, der ganz in seiner Aufgabe zum Wohl der Öffentlichkeit aufging, ein bleibendes Geheimnis ab. Wir spielen auf jene offene Wunde an, die nie ausgebrannt wurde, auf die täglichen

* Ein Werk des unbedeutenden Kommandos Emma Wagner (durch diesen Titel wird man darauf gestoßen, dass die Polizei im 3. Jahrhundert nicht immer eine gute Presse hatte, selbst bei denjenigen nicht, die es dennoch auf sich nahmen, Loblieder auf sie zu singen).

Fragen nach dem Fehlen eines Vaters in seinem Gedächtnis. Hier muss daran erinnert werden, dass die Welt der Kritik und die literarischen Zirkel gegen Ende des 2. Jahrhunderts durch die schockierenden Ergebnisse einer metaphysischen Untersuchung verwüstet worden waren, in der behauptet wurde, das Geheimnis um die Herkunft des Individuums sei aufgeklärt. Wer sind wir?, zermarterten sich die einen wie die anderen das Hirn, unfähig, eine befriedigende Antwort zu liefern. Wo, in welchem Boden, stecken unsere Wurzeln wirklich, und warum haben wir so große Schwierigkeiten, uns diese Wurzeln vorzustellen? Mit ihren Publikationen lösten die Brigaden eine schmerzliche Panik zu diesem Thema aus. Ihre unendliche Verzweiflung fand eine Entsprechung in der brutalen Härte, mit der Konrad Etzelkind sich befleißigte, sie zum Schweigen zu bringen. Denn jenes Leiden und jene Frustration riefen in der Seele des Polizisten Echos wach. Täuschen wir uns nicht: Wenn er seine Pflicht erfüllte, folgte er zugleich gefährlichen Neigungen. In gewisser Weise schwor er diesen Echos erbittert ab, die er leugnen wollte – und die er in sich ausmerzte, als wäre es ein Opfer. Und während er die dichtenden Unruhestifter zum Schweigen brachte, schloss er im Innern seines Bewusstseins wieder die Mauer, hinter der sein Waisenhauskomplex ächzte.«

Solcherlei Hirngespinste entbehren selbstverständlich jeder Grundlage. Unser Ziel ist aber nicht, das Kommando Emma Wagner niederzumachen, denn es spielte weder durch seine Anwesenheit noch durch seine Abwesenheit eine Rolle in der intellektuellen Diskussion des 3. Jahrhunderts. Im Gegenteil, wir wollen ihm posthum Anerkennung zollen. Zufälligerweise bestätigte ein Dokument, das lange nach *Bildnis des Schlächters* erschienen war, die flüchtigen, aus der Luft gegriffenen Ahnungen Emma Wagners. Wir werden dem Leser hier Gelegenheit geben, dieses Dokument zu entdecken, denn wir haben allen Grund zur Annahme, dass er die Reihe der *Paläographischen Miszellaneen* noch nie zu Gesicht bekommen hat, aus denen wir es entschlammt haben.

Im 5. Jahrhundert (also schon mit großem Abstand zu den furchtbaren Ängsten und Schrecken der Renaissance) gruben die Frankhäuser-Archive unveröffentlichte Manuskripte aus, die bereits in der zweiten Hälfte des 2. Jahrhunderts in den Archiven hinterlegt worden waren. Mehrere Forscherteams (darunter die Erneuerte Kommune Sarah Tiedemann, die Sturmgruppe Uwe Heissler und andere) wurden ersucht, dieses archäologische Gebirge zu durchforsten. Als diese Arbeit von keiner wesentlichen Entdeckung gekrönt wurde, verschwand das Gebirge, nachdem es jahrelang ergebnislos durchwühlt worden war, wieder unter einer dicken Staubschicht. Trotz allem hatte in der Zwischenzeit eine Reihe mit Forschungsberichten das Tageslicht erblickt: die *Paläographischen Miszellaneen*. Langweilige Bändchen, die halbjährlich Rechenschaft ablegten über die neuesten Forschungstendenzen – sofern dieser Begriff auf das monotone Auf-der-Stelle-Treten der Spezialisten überhaupt anwendbar ist.

Wir werden diesen Berichten einen Auszug von einem halben Dutzend Seiten entnehmen. Blätter, mit denen man nicht gerechnet hätte, und die sich auf den Fall Konrad Etzelkind beziehen, ohne dass dies bis heute irgendjemandem aufgefallen wäre. Die Erneuerte Kommune Sarah Tiedemann hält sich nicht mit der Frage nach dem Verfasser auf. Mit anderen anonymen Dokumenten, die aufs Geratewohl in dem ihr zugewiesenen Sektor des Ausgrabungsfelds* aufgestöbert wurden, hat sie diese Seiten ausgewählt, um ein Thema anschaulich darzustellen, das ihr am Herzen lag (und das wir den Liebhabern hohler Werte überlassen): *Die magischen Translationsriten nach der Vorstellungswelt des privaten Schrifttums im 2. Jahrhundert.* Nichts in diesen theoretischen und geschwätzigen Nebelschwaden könnte für uns von Interesse sein.

Dagegen werden wir uns über die bizarre Erzählung beugen, die von der Erneuerten Kommune wiedergegeben wird. Und wir werden einige Überlegungen anstellen, die von aller »Magie« und allen »Translationsriten« weit entfernt sind. Im Besonderen:

Der ausgegrabene Text lässt sich keiner der zu jener Zeit geltenden literarischen Gattungen zuordnen, auch dann nicht, wenn man die monströsen Texte hinzuzählt, die in der »Mülleimer-Literatur« Blüten trieben. Das lässt den Schluss zu, dass er nicht von einem Kritiker- oder Künstler-Kollektiv des 2. Jahrhunderts verfasst worden ist.

Die Namen, Hinweise und Angaben, mit denen die Zeilen übersät sind, deuten unmissverständlich auf jene »Angelegenheiten«, denen Konrad Etzelkind und kein anderer nachging.

* Für Detailbesessene: das Aktenzeichen OBERO 246 TT BRAUN.

Der Korpus stammt aus einem streng anonymen Aktenbestand (Setter WOLFF 1010). Vor der Bestandsaufnahme, die von der Sturmgruppe Uwe Heissler geleitet wurde, war er noch nicht einmal im Register verzeichnet worden. Folglich muss er entgegen den Vorschriften an der Registrierstelle vorbeigeschleust worden sein. Aber wie? Die blinden Arbeiter in den Archiven stehen außer Verdacht, sind sie doch bloß ein Fortsatz der Bienenstöcke. Nur ein Polizist mit außerordentlichen Vollmachten, einer der wenigen Männer, denen die Bienenstöcke ihr volles Vertrauen entgegenbrachten, konnte in die Gänge gelangen, wo die Dokumente aufbewahrt wurden.

Müssen wir noch im Klartext, Punkt für Punkt, darlegen, was sich aus unseren Überlegungen ergibt?

Unter dem trügerischen Vorwand einer außerplanmäßigen Untersuchung hat ein sehr hoher Polizeioffizier die Schleusenkammer vor dem Registrierraum durchquert, ist in die dunklen Fluchten der Archive hinuntergestiegen, hat sich der wirren privaten Skizzen entledigt, die er für verräterisch hielt, die er jedoch aufgrund irgendeiner Schwäche oder Sehnsucht nicht zerstören konnte; er hat ein nicht katalogisiertes Heft (mindestens eines) in einem leeren Regalfach versteckt und es auf diese Weise zu endgültigem Schweigen verdammt. Dann ist er wieder ans Tageslicht hochgestiegen, hat die Arbeiter mit den verschlossenen Augen in den Untergeschossen hinter sich gelassen und die hermetischen Sperren passiert; er hat die Tür aufgestoßen und mit einem Gefühl der Zufriedenheit, ja der Erleichterung, die Lindenbäume des Woldemar-Frankhäuser-Damms betrachtet.

So musste sich abgespielt haben, was Konrad Etzelkind eines schönen Sommer- oder Wintertags gegen Ende des 2. Jahrhunderts ausgeführt hat.

Wir haben bereits erwähnt, dass wir nicht an irgendwelche Komplexe, Elternkomplexe, Kinderkomplexe oder andere dekadente Hirngespinste der Biographen Konrad Etzelkinds glauben. Doch wir müssen zugeben, dass es ein Geheimnis gibt. Man kann deutlich sehen, dass das soeben beschriebene Verhalten auf dem schmalen Grat zwischen seelischem Gleichgewicht und geistiger Umnachtung entlangwandert.

Doch lesen wir jetzt diesen Text. Aus Faulheit (oder auch aus Gefallen am Lächerlichen) behalten wir den absurden Titel bei, unter dem er im Artikel von Sarah Tiedemann* wiedergegeben wird.

SETTER WOLFF 1010, EINE MAGISCHE BEGEGNUNG VON PARALLELEN

Mit meinem Vater bin ich oft in den alten chinesischen Häfen spazieren gegangen.

Mein Vater besaß den urwüchsigen Kopf eines Beaters, eines Hunters, eines Stalkers. Bevor wir aufbrachen, geschah es bisweilen, dass er sich mir zuwandte, mich betrachtete und etwas sagte oder vielmehr vor sich hin nuschelte, was

* *Die magischen Translationsriten: Analyse eines Aspekts der Vorstellungswelt im privaten Schrifttum des 2. Jahrhunderts,* Erneuerte Kommune Sarah Tiedemann, in: *Paläographische Miszellaneen,* Nr. 8.

vielleicht mehr an sich selbst als an mich gerichtet war: Die Welt ist nicht aus Porzellan gemacht, und trotz deiner Anstrengungen wird sie nicht zwischen deinen Fingern zerbrechen. Dann gingen wir los und wir drangen tief ins Mauerwerk ein. Ich erstickte beinahe, die Steine schürften mir die Haut an den Hüften auf, die Dunkelheit mumifizierte uns stundenlang. Manchmal schien mir, als lastete eine unfassbare Wassermasse auf uns. Vorhänge auseinanderschiebend stapften wir durch Tinte: durch die Tintengerüche, die die widerwärtigen Beutel der Tintenfische, die Drüsen der Kalmare und der zähflüssige Bulbus der Kraken um uns verbreiteten, durch den Staub der nie gegerbten Leder, der alten Felle. Langsam kamen wir unserem Ziel näher.

Auf den Kais stapelten sich Kisten mit Dörrfischen, nach deren Namen mein Vater die Fischer vergeblich fragte, die wie magere Frösche neben dem Durcheinander ihrer Netze saßen. Sie rauchten schweigend, ohne ihm zu antworten, oder spuckten vor ihre Füße, vor seine Füße also, wobei sie so taten, als sähen sie uns nicht. Der Boden war mit Schuppen und Spänen bedeckt, die Spucke verschwand sofort, aufgesogen von den Schnipseln, wurde sofort zu Salzlake oder Sand. Mein Vater versuchte, einige Sätze in der Matrosensprache zu sprechen, die selbst voller Jod und Gischt und verhärtet war, oder dunkel wie im Rumpf einer Dschunke, oder schartig wie die Muscheln zum Schlickschaufeln, oder voller Warzen wie ein Haifischköder. In seinem Mund formte er eine Handvoll Fragen zu Fischen und Netzen, zu den sagenhaften Fängen, zu den aus großen Tiefen versehentlich hochgehievten Seeungeheuern. Doch seiner ungeübten Kehle entsprangen Töne, die für ein menschliches Ohr zu barbarisch waren. Beim ers-

ten Zeichen von Ungeduld brach er ab, verzichtete darauf, die Geheimnisse dieser feindseligen, unverschämten Wesen zu erhellen, die weder seine Sympathie noch sein Vertrauen erwecken konnten.

Und wir gingen ein Stück weiter.

Im Hafen gab es tausenderlei aufregende Dinge für mich, tausend verborgene Winkel; überall fiepten Ratten, raschelten riesige Schaben in wimmelnden Knäueln, fauchten Katzen, die sich in Horden zusammengerottet hatten und sich nicht streicheln ließen. Die Viecher hüteten sich vor den Menschen, sie misstrauten ihren schon ab vier Uhr nachmittags auf den Hinterhöfen brodelnden Kesseln, wo der Kohlenrauch in ungleichmäßigen Spiralen stockte oder sich hochschlängelte oder anschwoll oder hinaufkroch. Tausend Läden folgten aufeinander, stinkende Läden, die von zahnlosen Greisinnen geführt wurden, denen wir nicht ansehen konnten, zumindest nicht mit Sicherheit, ob sie uns freundlich oder feindlich gesinnt waren; sie nahmen nicht einmal die Pfeifen aus dem Mund, um uns etwas ins Ohr zu brüllen oder unverständliche Silben ins Gesicht zu sprühen; neben dem Atem, der uns entgegenschlug, nahmen sich die verfaulten Stinknüsse, die sie uns andrehen wollten, oder an denen wir zumindest schnuppern sollten, plötzlich wie balsamische Pflanzen aus. Wir setzten den Fuß auf tausend wacklige Holzbretter, unter denen Krebs- und Hummerreusen im Wasser klatschten, wir sprangen über Ausscheidungen jeder Art hinweg; hier verrichtete jeder völlig ungeniert sein Geschäft, völlig gleichgültig gegenüber dem Kommen und Gehen oder dem Gedränge. Wir traten in verfaultes Korn, auf Kotkügelchen, in Urin, auf Krakengedärme und Rochenknorpel, wir wurden von der Menge gestoßen, von der Menge erfasst und umfangen.

Wir gingen also ein Stück weiter, kämpften uns unter einer Hülle aus feuchter Luft vorwärts im dichten Gewühl, und wir fühlten uns ein wenig betrunken, ein wenig verbittert, so schwer taten wir uns mit der Orientierung in dem überbevölkerten Labyrinth, das sich hinter den Kais erstreckte.

Mein Vater ging dem Einfall nach, eine alte Freundin aus seiner Kindheit zu besuchen; er hatte mich gebeten (nicht ohne schreckliche Drohungen und wiederholte Appelle an mein Ehrgefühl), ihre Existenz für mich zu behalten. Diese Frau, so behauptete er, sei dort nach den Katastrophen gestrandet, die sich nach dem Verschwinden von Inge Albrecht ereignet hatten, das auf die Verflüchtigung von Verena Goergens gefolgt war (ich gebe seine Rede wörtlich wieder). Hinter ihr, meinte er noch, tut sich ein weiter, weder zugeschütteter noch wieder geschlossener Abgrund auf, der sie, sollte ich jemals ein Wort darüber verlieren, unweigerlich schlucken würde, aber im Fallen, fuhr er mich an, risse sie auch dich und mich mit. Ich verstand fast nichts von dem, was er mir sagte. Ich hoffe, du hast mich richtig verstanden!, beharrte er, hörst du? Sie zöge uns beide in ein Abenteuer hinein, wo man uns in Kanten schlüge und zerstückelte wie sie, unter qualvollen Schmerzen und dass es nur so spritzte. Kapiert? Denn die Welt ist nicht aus Porzellan gemacht, schloss er nuschelnd, und die Flüssigkeiten, die sie bewässern, murmelte er zuletzt, sind keine aromatisierten Tees.

Über den einstöckigen ockergelben, ockerbraunen und ockergrauen Häusern, um Holzpfosten errichtet mit Bastmatten, Rattan und geflochtenem Bambus, wo selbst die Rie-

senspinnen unsichtbar bleiben, über den engen Gassen wälzte sich ein bleierner Himmel, der Regen und eine niemals milde, stets ungesunde, unerträgliche Hitze mit sich führte.

Wir hielten dann endlich vor einem Laden an, der sich in kaum etwas von den benachbarten Buden unterschied, höchstens durch Kleinigkeiten, wie dass kein Krug mit fauligem Wasser vor der Tür stand, oder dass die Löcher im Moskitonetz mit anderen Stichen gestopft waren. Und durch noch etwas: Unter den Glocken und Laternen, die übereinander an einem Balken hingen, wie zwischen unleserlichen kalligraphischen Schriftzeichen verstreut, gab es eine Inschrift in einem Alphabet, das mich nicht ratlos ließ: eine waagrechte Linie auf einem Viereck aus Stoff, annähernd Buchstaben, lieblos hingekritzelt, kurz, ein Ladenschild, und zwar ein abstoßendes. IMPORT-EXPORT, Depot K. Raspe.

Dort lebte und arbeitete also die Freundin meines Vaters.

Der Laden war klein, schlecht belüftet. Als das Schmollen die Oberhand über meine anderen Gefühle gewann, verzog ich das Gesicht und dachte, dass ich lieber in einem von einer echten chinesischen Greisin geführten Laden landen würde, gelandet wäre, in einem Kapernaum, wo jede Frucht von bizarren Obstgärten im Mondschein, jedes Gemüse vom Geruch unbeweglicher Reisfelder künden und jedes Zipfelchen Fleisch, jeder verstümmelte Fisch eine Geschichte von der Schlachtbank oder von einem Piratenkapitän erzählen würde; ein Laden, von dessen Decke gleichzeitig mit den Küchenschaben lakritzeschwarz gelackte Tröpfchen und Träume herabfielen. Im Gegensatz dazu entsprach das Depot Katalina Raspes einer unscheinbaren, von strengen Regalen *beschnittenen Welt, die von luftdicht abgeschlossenen Glasbehältern und mit Etiketten versehenen Büchsen bevölkert war, kurz, einem Universum, das so akkurat aufgeräumt war wie ein Grab. Das war zumindest mein Eindruck ganz am Anfang, während der ersten Reisen, als ich beschlossen hatte, mich vor Katalina Raspe in Acht zu nehmen und sie unter keinen Umständen zu würdigen. Ich hatte noch überhaupt nichts verstanden. Mir schien, die Freundin meines Vaters wohne im hintersten Teil des alten chinesischen Hafens, als ob sie schon tot wäre.*

Mein Vater zog sich mit Katalina Raspe in die Tiefe der Dunkelheit hinter den schmierigen Wandbehängen zurück, und ich blieb als Wachposten neben dem Import-Export-Ladentisch stehen, in großer Furcht vor der Stille und vor der geometrischen Strenge der Regale, doch ausreichend in die Handhabung des Geldes und den Inhalt der Büchsen eingeweiht, um Kunden bedienen zu können, um ihre ersten lachhaften, mickrigen Angebote ausschlagen und anschließend lange feilschen zu können, mit dem Ziel, Umfang des Geschäfts und Höhe des Preises auf den in der Stadt gebräuchlichen Wert anzuheben, ein Wert, der in unauffälligen Lettern auf dem Regalbrett angegeben war, von wo ich das Produkt oder den Gegenstand holen ging: gemäß einem Kode, den ich jedes Mal vergaß, doch in kaum einer Minute aufs Neue gelernt hatte. Ich verkaufte Nägel, auch einzeln, Tuben mit Salben für offene Wunden oder Verbrennungen, Wässerchen gegen Juckreiz, Gummiflicken, Mausefallen, Schwarzpulver, Bleistifte, Ohrringe, Kupferdraht und sehr wenige Lebensmittel: nur Farben zum Backen und Labstoffe, die im Innern winziger Fläschchen aufbewahrt wurden, für die ich die Anweisung erhalten hatte, sie als Ganzes zu verkaufen, trotz des betrüblichen Zögerns meiner Geschäftspartner, die nur einige Tropfen davon wünschten.

Es kam vor, dass ein Luftzug den Vorhang anhob, der das Warenlager vom hinteren Teil des Ladens trennte, oder dass er ihn halb zur Seite wehte, doch statt meinen Vater und Katalina Raspe zwischen den beiden Hälften eines Drachens zu erblicken – ich hatte mir die ganze Zeit über vorgestellt, dass sie dort in einer Dampfwolke aus meinetwegen zurückgehaltenem Stöhnen und Seufzen nackt und eng umschlungen auf einer Matte lägen, vielleicht in den schalen Geruch abgekühlten Schweißes und erkalteter Opiumpfeifen gehüllt, dass sie sich nach ihrer lautlosen Umarmung durchdringend betrachten oder, noch ineinander verwickelt, sich mit geschlossenen Augen streicheln würden, oder auch mit geistesabwesend verdrehten Pupillen, mit Blicken so unendlich wie die Harmonie ihres Schweigens, bei völliger Dunkelheit den Höhepunkt genießend, denn ich setzte voraus, dass die nach hinten zur angrenzenden Straße gehende Tür verriegelt und die Reistuch-Jalousie herabgelassen wäre, und dass das durch die Spalten sickernde Tageslicht nicht genügen würde, um ihnen einen Hauch von Helligkeit zu geben – statt all dem stellte ich mit Erleichterung fest, dass der Raum leer war bis auf ein paar Vorratskisten, an denen stumpfe Samtkissen in ausgeblichenen Farben lehnten, in bleichem Blau, Beige, Olivgrün. Die Tür stand weit offen, und in der Öffnung verfing sich eine steife Brise; sie trug einen Geruch nach gerupftem Geflügel herein, das lebendig oder sterbend oder schon abgehangen in eine Austern- oder Aalsoße geworfen worden war.

Ich ging durch den hinteren Ladenraum zur Tür und drückte den Riegel herunter. Und in diesem Augenblick fühlte ich mich als Herr dieser Örtlichkeit, als gestrandeter Händler, der sich im alten Hafen selbstständig gemacht hatte, um hier zu leben, um hier Heller für Heller zu sparen, damit ich ein ordentliches Begräbnis mit Tamburinen, Flötenorchester und Knallfröschen bezahlen konnte. Ich sah mich geizig und gewinnsüchtig, kaum noch von meinen persönlichen Katastrophen berührt, vom Bewusstsein, einen weiten Abgrund hinter mir aufgerissen zu haben, ich versagte mir jede Rückkehr in die Vergangenheit (die Mahnungen meines Vaters gingen mir ständig durch den Kopf). Und ich trat hinaus auf die Schwelle zu meinem Geschäft, ich pflanzte mich hin wie ein unterwürfiger Taschenkrebs, an den Rand des kreischenden Stroms, dessen kleinste Wellen mir das Gesicht raspelten, so gleichgültig war er hinsichtlich meiner Wenigkeit. Kräftige Gerüche trieben von den Reusen herüber, die zwischen den benachbarten Hütten hingen, von den unsauberen Krabbennetzen, in denen der Fang von vorgestern zusehends verweste, und von den Abflussgräben, durch die braunes oder schwarzes oder von einer heißhungrigen Essenszubereitung gerötetes Wasser strömte. Ich verließ meinen Posten, kehrte wieder in die stickige Luft meines Warenlagers zurück, indem ich zuerst mit dem Hinterteil, dann mit dem Kopf zwischen den staubigen Plastikbändern hindurchglitt, die einer Invasion der Fliegen vorbeugen sollten, die ihnen jedoch vor allem den Willen nahmen, sich wieder ins Freie zu begeben. Das Schauspiel, das die Straße bot, hatte mich so durcheinandergebracht, dass mich auf einmal die Versuchung überkam, die Opiumpfeife wieder anzufachen, die erloschen unter dem Ladentisch lag. Ich hatte Lust zu vergessen, dass die Welt nicht aus Porzellan war und dass man sie nicht, wohlbekannt und vertrauenerweckend, auf einen anderen Platz stellen konnte wie eine Tasse.

Ich rauchte. Manchmal kam mein Vater zurück, manchmal nicht. Ich befand mich allein im Getöse der Stadt, ich bemühte mich, meine Gesichtszüge anzuspannen, um das Aussehen eines Beaters, eines Hunters, eines Stalkers zu bekommen. Die Vorstellung, dass mein Vater komplizenhaft mit Katalina Raspe verbunden war, ging mir nicht mehr aus dem Sinn, und im Opiumrausch wusste ich nicht mehr, auf wen ich eifersüchtig sein sollte, auf ihn oder auf sie – auf meinen Vater, weil er Katalina Raspe in seine Arme schließen konnte, oder auf Katalina Raspe, weil sie das Geheimnis meines Vaters besser kannte als ich.

ZWEITER TEIL

über den ursprung von Märchen

In letzter Zeit konnte man den Namen Katalina Raspe häufig in den Inhaltsverzeichnissen der Literaturzeitschriften lesen. Im gleichen Maß wie die Kommune Katalina Raspe ihre scharfsinnige Studie über das Märchen der Öffentlichkeit zugänglich machte, durfte man, denke ich, mit Fug und Recht Artikel über dieses Werk erwarten.

Doch statt über den Ursprung der Märchengeschichten nachzudenken, statt über die geschlossene Welt zu sprechen, in der Kinder leben, hat die intellektuelle Klasse (oder, besser gesagt, die Partei der polternden Hasenfüße) ihre Überlegungen leider dem abscheulichen Mord gewidmet, dem Katalina zum Opfer gefallen ist. Vom Blut gebannt, gaben die Leitartikler vor, sie hätten ihre ganze Kraft für die Märtyrer-Kommune eingesetzt, wobei sie völlig vergaßen, auf die Mörder und ihre Auftraggeber hinzuweisen. Ihr mutiges Einschreiten an der Front der Wahrheit hat sich darauf beschränkt, die Verteilung und Anordnung der zerfetzten Körperteile zu analysieren und die abgetrennten Finger zu zählen, die man gebündelt im Küchenschrank gefunden hatte. Unter dem fadenscheinigen Gewand sorgfältiger Information hat die Presse einmal mehr die grundlegenden Probleme auf den Misthaufen geworfen.

Schon letztes Jahr war der Kritik ein aufsehenerregender Hochseilakt gelungen. Als namhafte Wissenschaftler

(Siegfried Schulz und Inge Albrecht) unter grauenvollen Umständen starben, blätterte der Leser die halbamtlichen Zeitschriften vergeblich durch: Kein einziger Nachruf, keine Notiz hatte an die Bedeutung ihrer Arbeiten erinnert. Das vereinigte Kommando Siegfried Schulz und die Kompanie Inge Albrecht waren plötzlich wie aus dem kollektiven Gedächtnis gestrichen. Dagegen gerieten die Federn unserer Zensoren in Erregung, als sie mit der Gartenlaubenpoesie der Brigade Sabine Hausner in Berührung kamen. Deren Gedichte liebkosten sie Halbvers für Halbvers, schälten Trope auf Trope heraus. Es fehlte an Platz, um Siegfried Schulz zu würdigen, und sei es auch nur durch einen kleinen Einschub. Das gesamte im Land verfügbare Papier versprühte mit jeder Faser den Namen der zartbesaiteten Sabine Hausner.

Einige Monate später ließ die Kommune Katalina Raspe den Entwurf sowie eine Zusammenfassung des ersten Teils ihres Werks *Klarheit der Geheimnisse* verteilen. Dieser Schritt wurde von einem Schweigen begleitet, das ein böses Omen war. Niemand hielt es für angebracht, ihn in den Spalten der einschlägigen Presse anzukündigen, die das Werk der Kommune bis dato doch regelmäßig beweihräuchert hatte. *Herz des 2. Jahrhunderts,* allmächtiger Leitstern unserer offiziellen Ideologie, schien von einer weitschweifigen Debatte über Stadtplanung in Beschlag genommen und stellte, zusammen mit ein paar Beschreibungen von Blutbädern, denn hier und dort »lösten« sich Kollektive weiterhin auf unerklärliche Weise »in Luft auf«, die leeren Hülsen einer Abhandlung von Werner Frankhäuser besonders heraus. Nicht zu vergessen, die Lobeshymnen auf Sabine

Hausner, die gerade eine neue kleine Schaggå, elegant und melancholisch zugleich, verfasst hatte. Doch kein Wort zu den Geheimnissen, an deren Aufdeckung sich die massakrierten Kollektive herangewagt hatten; nichts über die Kinderliteratur, über das Wesen der Erziehungskommunen, über die Fälschungen der hinter Mauern verschlossenen Vorstellungswelt.

Ich frage mich, wann und wie die Tradition entstanden ist, die der Regenbogenpresse mit ihren zum Einwickeln von Fisch bestimmten Blättern eine andere Presse entgegensetzt, die Kultur und Ideologie der Renaissance verpacken soll. Einige meinen, erstere sei gerade recht, um sich die Hände (oder die Füße, oder andere, noch intimere Körperteile) abzuwischen, während letztere die edle Aufgabe besitze, die Regalfächer höherer Bildungsziele zu zieren. Seit mehreren Jahren lässt sich diese Unterscheidung, glaube ich, kaum noch rechtfertigen: Dieselbe Polizeiprosa, dieselbe lumpige Belanglosigkeit, dieselbe kurzsichtige Heuchelei breiten sich in beiden Publikationstypen aus. Geht man nach der Qualität des Papiers, letztlich ein beachtenswertes Kriterium, muss man anerkennen, dass *Herz des 2. Jahrhunderts* weitaus besser geeignet ist, die Pisse und das Abwaschwasser aufzunehmen. Wir sprechen aus Erfahrung.

Herz des 2. Jahrhunderts, in einer Ausgabe, die vor drei Wochen erschienen ist, auf Seite 18 über Katalina Raspe:

Blutströme flossen ins unterste Stockwerk, ereifert sich die Leitartikel-Brigade, nachdem sie, ohne uns ein Tremolo zu ersparen, die mit Gewalt in die Köpfe gedrückten Bleimasken beschrieben hat, nachdem sie uns die Knochensplitter und die zerstückelten oder wie Zitronen ausgepressten Gliedmaßen ausgemalt hat, *und die entsetzten Nachbarn benachrichtigten sogleich den Sicherheitsdienst. Dieser verschaffte sich mit dem Schlüssel, der, wie man weiß, die Wachanlagen und die innere Verriegelung der Schlösser ausschaltet, Zugang zur Wohnung. Wir haben oben bereits ausführlich berichtet, wie abstoßend das Bild war, das sich ihren Augen bot. Fachleute führten eine erste Tatbestandsaufnahme durch. Man weiß nicht, wie die Mörder vor ihrer abscheulichen Tat in die Wohnung gelangten, denn alle Panzerungen waren heruntergelassen, und es hat keine Spuren eines Einbruchs gegeben (abgesehen, natürlich, von den Spuren der Polizei). Die Polizei vertritt die These, es handele sich um einen Streit unter den Mitgliedern der Kommune, um eine Auseinandersetzung, in deren Verlauf sich alle gegenseitig furchtbar gefoltert und verstümmelt hätten.*

Es ist mir wichtig, an dieser Stelle ein Zeugnis für den Missjournalismus zu liefern, den erdrückenden Beweis für die zynische Feigheit, die intellektuelle Kreise erfasst, sobald ihnen von amtlicher Seite irgendeine Verantwortung übertragen wird. Aus Verachtung für die Autoren des Artikels werde ich ihre Namen nicht preisgeben; wir haben keine Zeit zu verlieren mit Leuten, die den Leser in die Irre führen, statt mit ihm nach der Wahrheit zu suchen.

Kehren wir ein wenig zu den Tatsachen zurück.

Allgemein bekannt für seine Arbeiten zur vergleichenden Sprachwissenschaft, leitet das Vereinigte Kommando Siegfried Schulz die Serie der schaurigen Hinrichtungen ein. Es ist noch warm, eine helle Oktobernacht. Obwohl sie an unterschiedlichen Orten wohnten, sind alle Angehörigen der Gruppe (vierzehn Personen) zur selben Stunde und auf dieselbe widerwärtige Art und Weise gehäutet worden.

Für den nächsten Tag war zu einem Treffen eingeladen worden: Siegfried Schulz sollte dort in groben Umrissen den Inhalt seines neuen Buchs, *Glaubwürdigkeit des mündlichen Werks,* darlegen. Die Arbeit behandelt die mündliche Überlieferung von Märchen und zeigt auf, dass es für Erwachsene unmöglich ist, werkgetreue Niederschriften davon zu erhalten. Einen Monat lang wird das Manuskript unter der Hand weitergereicht, aber man kann es leicht ausfindig machen, denn in seinem Kielwasser schwimmen freigelegte Gehirne und eingedrückte Brustkörbe. Dann wird *Glaubwürdigkeit des mündlichen Werks* unauffindbar.

Ende März ist es an der Reihe der Ethnologen, ihren Kollegen das Trauergeleit zu geben. Man entdeckt die sechs Mitglieder der Kompanie Inge Albrecht zerstückelt in zwölf luftdicht abgeschlossenen Kästen, die beim Zusammenfluss der städtischen Abwasserkanäle unter der Wasseroberfläche treiben. Die Polizei ergeht sich in Mutmaßungen; sie bestätigt, dass die Schriftsteller am Abend vor dem makabren Herausfischen noch am Leben waren, denn sie hatte alle sechs wegen einer Lappalie vorgeladen und in ihren Räumen verhört, was jedoch in keinem Zusammenhang mit dem bevorstehenden Erscheinen ihrer Schrift *Kurze Schlussfolgerungen über die Welt der Kindheit* stehen soll. Diese Arbeit ist übrigens nie verlegt worden. Der

Herausgeber der Zeitschrift *Re-Naissance und Wiedergeburt*, der sie für die Mai-Ausgabe angekündigt hat, bekommt in seiner Druckerei aus Versehen einen tödlichen Stromschlag; kurz danach (es ist zwei Uhr morgens) gerät die Druckerei in Brand, und alle maschinenschriftlichen Exemplare von *Kurze Schlussfolgerungen* lösen sich in Rauch auf. Aber nicht genug des Schreckens: Mitten in den Trümmern klauben die Brandmeister die (verkohlten und ihrer Schädel beraubten) Skelette eines Kollektivs von Soziologen zusammen, das häufig mit Inge Albrecht zusammengearbeitet hat, die des Kommandos Verena Goergens.

Das also ist der Rahmen, die Umgebung. Es wäre unsinnig, die These aufzustellen, Katalina Raspe sei sich nicht bewusst gewesen, welches Risiko sie auf sich nahm, als sie sich wieder in ihre alten Nachforschungen über das Märchen versenkte. Denn sie hatte ja bereits ein Werk herausgebracht, das sich mit dieser Frage auseinandersetzte, und sie hatte überlebt. Es ist begreiflich, dass ihre Vorsicht unter diesen Umständen ein wenig eingeschläfert war.

Von welchem Werk ist die Rede?

Es ist zwanzig Jahre her, da schaffte Katalina Raspe den Durchbruch in der Welt der Literatur, indem sie eine Sammlung von Märchen in den Frankhäuser-Archiven hinterlegte, die den Titel *Die Moô-Moô-Welt* trug. Ohne das Manuskript gelesen zu haben (väterliches Schulterklopfen reimt sich selten auf gerechte Beurteilung), begrüßte der sehr akademische Zirkel Gabriele Stachowiak »das bezaubernde Talent der jungen Debütanten-Kommune«, eine wirklich konventionelle Formel, die dennoch, von einer solchen Autorität ausgesprochen, dazu führte, dass Katalina Raspe im *Tages-Echo* erwähnt und sogar mit einer Photographie gewürdigt wurde. Was keineswegs verhinderte, dass die Sammlung bald in Vergessenheit geriet. Die Kritik hatte andere Hunde zu prügeln als diejenigen, die in der Kinderliteratur winselten. In jenem Jahr erblickte gerade eine neue Gattung das Tageslicht, die Schaggå; sie übte eine unwiderstehliche Anziehungskraft aus und machte verschiedenerlei Formen erbarmungslos den Garaus, die bis dahin als klassische Ausdrucksmittel der Renaissance gegolten hatten: einschließlich der Romånzen des Bataillons Silke Proll und den Litaneien der Fraktion Adelheid Mohnhaupt. Katalina Raspe hatte sich ihrerseits damit abgefunden, nicht gelesen zu werden: Die Publizisten hatten ihr gerade Zutritt zum Bunker ihres Entzückens gewährt, und sie konnte sich bereits in der Polemik auszeichnen, die in der *Schaggå von der Rückkehr Abdallahs, Kapitän des tobenden Schwerts* ihren Ankerplatz finden sollte.

Als Unterhaltungslektüre lässt sich *Die Moô-Moô-Welt* mit Vergnügen durchblättern, aber die Sammlung besitzt keinerlei wissenschaftlichen Wert, und sie fügt den bekannten Tatsachen über die kindliche Vorstellungswelt kein Jota hinzu. Katalina Raspe frischt die ausgeblichenen Farben der *Erzählungen für die Kindheit* von Angelika Sonnenberg wieder ein wenig auf, ein Band, der ein Jahrhundert zuvor erschienen war; sie fügt ihm ein paar hübsche Schnörkel und harmlose Kommentare hinzu, die mehr Paraphrase als Analyse bieten. Mit keinem Wort zeigt sie ein leidenschaftliches Interesse an ihrem Gegenstand. Das bringt ihr einen Aufschub von zwanzig Jahren ein; ich kann es ihr daher kaum übelnehmen.

Die Nachsicht fällt umso leichter, als wir in ihrem Vorwort Spuren eines bahnbrechenden Scharfblicks feststellen (der bereits unermüdlich am Werk ist, wenngleich noch ohne die notwendige Hartnäckigkeit). Sie schreibt:

Die Analytiker widmen der Kinderliteratur viel zu wenig Aufmerksamkeit, insbesondere dem Märchen, der einzigen poetischen Ausdrucksform, die den schwarzen Krieg überlebt hat. Trotz des Krieges ohne jeden kulturellen Bruch von Generation zu Generation mündlich überliefert, ist das Märchen jahrhundertelang der Träger des kollektiven Unbewussten gewesen.

Heute verfassen Schriftsteller künstliche und vergängliche Märchen für Erwachsene. Aber das echte Märchen geht seinen unterirdischen Weg fern aller der Welt zugewandten Besorgnisse des Schreibens. Bei den Kindervölkern wird es immer wieder überliefert, rein und im Rohzustand, von Mund zu Mund, bis in alle Ewigkeit.

Daraus lässt sich schließen, dass Kinder, ohne es zu wissen, in verschlüsselter Form die ältesten Wahrheiten besitzen, die ältesten Bilder des kollektiven Unbewussten. Kinder und, aller Wahrscheinlichkeit nach, diejenigen, die in den Erziehungskommunen oder in den Bienenstöcken ständig in Kontakt mit ihnen sind: diejenigen, die sie ernähren und großziehen, ihre Ausbilder. Mit Bedauern sehen wir, dass diese kulturellen Reichtümer, die doch vor unserer Haustür liegen, unerschlossen bleiben. Die Verantwortlichen in den Erziehungskommunen verlieren in der Tat kein Sterbenswörtchen darüber, was in den Bezirken, zu denen sie allein den Schlüssel besitzen, vorgetragen oder geflüstert wird.

Ich glaube nicht, dass Katalina Raspe auf diese Weise die Reaktionsfähigkeiten der herrschenden Mächte testen wollte. Meiner Ansicht nach hatte die Kommune eine zufällige Eingebung, doch es kam ihr nicht in den Sinn, bei diesem Problem tiefer zu bohren. Der Rest des Buchs bestätigt eher die Unerfahrenheit der Autoren als den berechnenden Willen, durch eine Handvoll sorgfältig ausgewählter Wörter den gewaltigen Ameisenbau aufzuwühlen.

Aber natürlich war der Ameisenbau – die Bienenstöcke mögen uns diese Analogie verzeihen – gewarnt.

Und dann kam es, brach es hervor wie eine Lava, die tausend Jahre zurückgehalten worden war, oder hundertvierzehn Jahre, achthundert Generationen oder auch nur eine, die Zeit zählte nicht, war nie auf diese Weise gemessen worden, war ein Schacht bis tief in den mütterlichen Schoß der Erde und der Vergangenheit hinein, und Schacht bleibt Schacht, bleibt Schlund, dessen Tiefe nicht Jahr für Jahr abgestuft wird, oder nur sehr wenig, auf alle Fälle sehr schlecht, bleibt absoluter, dunkler Spalt, dessen Ausdehnungen nur das Chaos zum Maß haben, chaotische Schreie, chaotische Wahnvorstellungen von Zeit und Raum, chaotische Risse, wo ein paar widerwärtige Monate Jahrhunderten gleichkommen, und deshalb hörte sie (Ingrid) dieses Grollen in sich und spürte diesen tobenden und heißen Schlamm in sich, der mit einem Mal aus den am wenigsten erforschten Kavernen der Gesellschaft auftauchte, der aus den verborgenen Stollen hervorkam, die mit den unbewussten Gruben ihres Denkens verbunden waren, und deshalb gelangte diese so schwer unterdrückte und zusammengedrückte Lava plötzlich in ihr Bewusstsein und genau bis an den inneren Rand ihrer Lippen, und zwar furchtbar bitter und schneidend, brennend heiß und unabweislich, deshalb wollte sie plötzlich ins Freie, wollte sie ausgespien werden, sich frei und unverblümt ausdrücken, und noch etwas: Dein Vater, Kurt, erinnerst du dich an deinen Vater? Du auch nicht? Siehst du, wir gleichen uns, es gelingt dir nicht, dich daran zu erinnern, wir lebten beide von seiner Abwesenheit niedergeschmettert und von der Verleugnung seiner Existenz enthirnt, wie in den frankistischen Familien Spaniens, wo man Ende der dreißiger Jahre hinter dem Rücken der fassungslosen Söhne anscheinend die Gesichter der republikanischen Onkel und Väter auf den Fotos ausschnitt und wo man verbissen, inmitten der Gebete und des Weihwassers und der schwarzen Stolen, die nach Sakristei stanken, nach den ungewaschenen Körpern der Geistlichen, wo man verbissen eine Welt ohne Onkel und ohne Väter für sie erfand, für die verweichlichten Sprösslinge, eine Welt, in der nur Soldaten, Lebensmittelhändler und Priester atmeten und hinkten, und wir beide sind, es war zehn Jahre später, nach der Niederlage des ewigen Deutschlands, in einen vergleichbaren Nebel zurückgekehrt, wir sind damals, als in Germanien jeder die Schere auf seine eigene Fotografie, das gefräßige Maul der Scheren auf die eigenen Gesichtszüge richtete, in den Genuss derselben heimtückischen Leukotomie gekommen, und das Geklapper dieser Selbstzensuren und Selbstverstümmelungen wehte durch die ausgebombten Innenstädte, unsere Kindheit war vom Schnarren der Narben-Nähmaschinen durchdrungen, und man hörte, wie diejenigen, die aus Hitlers Holz geschnitzt waren, jede Spur einer möglichen Verwicklung in die bloßstellende Vergangenheit aus ihrem genetischen Code und aus ihrem Gedächtnis und aus ihrem durch die Sozialdemokratie und das Bier schon verweichlichten Fleisch und Blut herausrissen, und plötzlich leugneten die Onkel in den Wehrmachtsuniformen, jemals auch nur die geringste Begeisterung für irgendeinen Führer verspürt zu haben, welcher auch immer es gewesen sein mag, und leugneten die Frostbeulen, die jeden Winter an der Front in Weißrussland oder in der Ukraine ihre Finger aufspringen ließen, und leugneten, Buchstaben in Fraktur auf die Schilder gemalt zu haben, auf denen die Eigenschaften und Zugehörigkeiten der Männer und Frauen angegeben waren, die in den Ruinen an den Balkons oder an den Lindenbäumen hingen, plötzlich konnten Onkel und Väter sich nicht mehr an die Grundsätze erinnern, die es ihnen erleichtert hatten, in der Kälte und in den Kämpfen zu bestehen, und die ihren Hass während der endlosen Jahrzehnte des Dritten, des Tausendjährigen Reichs gefördert hatten, und plötzlich wussten sie nicht mehr, ob sie von den Todeslagern wussten oder nicht, plötzlich klangen das Wort Vernichtung und der Ausdruck Endlösung wie unbekannte Vokabeln und äußerstenfalls seltsam und sehr fremd in ihren Ohren, und sie leugneten, Europa erst in blank gewienerten Stiefeln durchquert zu haben, und dann in grauenvollen Kolonnen, staubverschmutzt und die Haut mit Brand überzogen, den Rückzug angetreten zu haben, das alles leugneten sie, und plötzlich, wir waren kaum aus den Windeln heraus, erfuhren wir, dass in unseren Städten nichts Außergewöhnliches vorgefallen war, dass sich in unseren Hauptstädten, die noch nach dem Pestgeruch von Flucht und Zusammenbruch stanken, nichts Spektakuläres ereignet hatte – nein, wer hat euch dieses dumme Zeug erzählt? – nichts, überhaupt nichts, nur freundschaftliche Treffen unter Onkeln und Tanten, unter Nachbarn, zum Vier-Uhr-Kaffee, mit Dosenmilch und dem friedlichen Ticktack der Wanduhr, hatten dem Leben einen Rhythmus gegeben, wir erfuhren, dass nichts wieder aufgebaut wurde, dass alles schon immer so gewesen war, christdemokratisch und nordatlantisch und sozialdemokratisch, von einer leicht unterkühlten, wohligen, unendlichen Ruhe und Gemütlichkeit und Langeweile, und, davon abgesehen, erfuhren wir, dass es einen leicht albtraumhaften Bereich in unserer Geschichte gegeben hatte, übrigens von belangloser Bedeutung, der inneren Gelassenheit nach zu urteilen, mit der die Erwachsenen seine letzten Ecken und Kanten, seine letzten hässlichen Widerhaken schliffen, und wir stellten fest, dass unsere Väter und Onkel sich in diesem farblosen Abgrund aufgelöst hatten, dass es den Krieg nicht gegeben hatte, dass die nationalsozialistischen Hirngespinste keine Gestalt angenommen, den bedeutungslosen Rahmen von Stammtischüberlegungen für hysterische Philosophen nicht überschritten und sich der Wirklichkeit niemals bemächtigt hatten und weder in den deutschen Straßen noch in den deutschen Seelen jemals aufgebrandet waren, das Dritte Reich war nur die fast vertrauliche Variante eines apokryphen Märchens der Brüder Grimm gewesen, und auch unsere Väter und Onkel hatte es nie gegeben, noch ihre Ehefrauen oder zukünftigen Ehefrauen, noch unsere Kindheit, die noch viel zu sehr von Schutt erfüllt war, die den Bombentrichtern und den Zügen der Hinkenden und den quälenden Filmen über Dachau und Bergen-Belsen noch viel zu nahe war, und auch du, Kurt, auch du hattest niemals einen Vater, allein der Gedanke, du wärst auf irgendeine Weise mit dem Obergefreiten Wellenkind verbunden, der mitten in Berlin einen Arm und ein Auge verloren hatte, allein dieser Gedanke war völlig abwegig geworden, gleich einem bösen Gedanken, der einem Traum entsprang und den man nach dem Erwachen möglichst schnell wieder vergessen oder zumindest niemandem mitteilen wollte, und sogar die Vorstellung von Vater und Mutter wurde ausgehöhlt, beruhte nur noch auf einer sprachlichen Übereinkunft, hatte sich in ein bloßes Satzbauteil verwandelt, dem man unmöglich Glauben schenken konnte, der Obergefreite Wellenkind besaß nicht die geringste Wirklichkeit, keine Geburt, keine Kindheit und keine Jugend, und seine junge Frau, die während der Reichskristallnacht zweifellos nicht allzu verärgert gewesen war und die sich zweifellos kaum dagegen gesträubt hatte, im Takt Sieg Heil! zu brüllen, wenn sie dazu aufgefordert wurde, seine junge Frau verlor jetzt ebenfalls jedes mütterliche Wesen und löste sich von jeder wahrscheinlichen Kindheit und Jugend ab, nur Erinnerungen an die bedeutungslosen Gespräche beim Kaffeeklatsch hatten diesen langen Zeitraum überdauert, und die alte Schwarzwälder Kuckucksuhr, die den Zusammenbruch überstanden hatte und die durch ihre Anwesenheit und ihr Piepsen zeigte, dass der Zusammenbruch nicht stattgefunden hatte, und du, Kurt, du bereitetest dich deinerseits darauf vor, in diesem weder blendenden noch schmerzhaften noch sonstwie beschreibbaren Weiß zu verschwinden, in diesem vollkommenen, unvorstellbaren und nie begriffenen Nichts, um deinerseits als Erwachsener ohne Gedächtnis aufzutauchen, und was mich angeht, auch ich machte fast zur selben Zeit, zu Beginn der fünfziger Jahre, diese Erfahrung, machte dieses

Schweigen durch, und, weißt du, Kurt, wir sind als Wölfe aufgetaucht, in verschiedenen Lagern, ein erwachsener Wolf der sozialdemokratischen Ordnung und eine erwachsene Wölfin der Revolte gegen alle pestbringenden Schweinereien Europas, aber, ob es uns passt oder nicht, du und ich, wir stammen vom selben Geschlecht ab, ich erinnere mich an diese nicht vorhandene Erinnerung und an den Lärm der Baustellen des Wiederaufbaus, der nicht wieder aufbaute, was zerstört und besiegt, was mit Schande beladen oder mit Salz überschüttet worden war, denn es war ja nichts zerstört worden, denn die Lastwagen und Panzer der Alliierten waren ja schon die ganze Zeit dagewesen, der Zwiebelgeruch der französischen Soldaten und die Abgase der britischen oder amerikanischen Staffeln waren schon immer in der Luft gehangen, und nichts und niemand war mit Schande bedeckt, denn es war ja alles eitel Sonnenschein und ohne jeden Schatten, mein Vater arbeitete seit jeher in einem Elektrounternehmen, schon der Vorstellung, er habe eines Tages eine Geburt, eine Kindheit erlebt, dann das Alter, in dem er bereits Waffen tragen und gegebenenfalls einem Führer zujubeln konnte, haftete etwas Absurdes an, nein, er hatte ewiglich den Beruf eines Rundfunktechnikers ausgeübt, er war vor einem Montageband auf die Welt gekommen, er war nie Vater gewesen, und der einfache Gefreite Vogel war nie in einem Viehwagen mit Kurs auf die russische Front durchgerüttelt worden, und er war nie Kilometer um Kilometer vom sowjetischen Trommelfeuer zurückgedrängt worden, und er war nie in Polen an der Hüfte verletzt worden, nein, der Gefreite Vogel hatte schon immer auf dem Weg zur Arbeit gehinkt, und seine Frau hatte weder jemals etwas von den Aufmärschen der Hitlerjugend gehört noch jemals versucht, ihren Zügen hinterherzulaufen, eine wie der andere hatten sie seit undenklichen Zeiten die Grundsätze und Ziele der Christdemokraten und der Sozialdemokraten für gut befunden, deren feine Unterschiede sie bei der Kaffeepause schnell verwechselt haben, und, Kurt, meine Dogge, hör gut zu, wir sind wirklich vom selben Fleisch und Blut, du und ich.

Und sie sagte:

»Mach dir keine Sorgen, nichts in meinem Buch wird man erklären oder deuten können, alles wird auf undeutlichen, unerklärlichen Pfaden in die Irre geführt, sogar unsere Kindheit.«

Ich sehe zwei Gründe für das Ausbleiben einer Reaktion des Ameisenbaus. Erstens hatte die Seite, die ich weiter oben zitiert habe, keinerlei Verbreitung gefunden. Daher dürfte es klüger gewesen sein, sie im Trüben verschimmeln zu lassen. Zweitens waren die Herren unseres geordneten Gemeinwesens nicht von einem Netzwerk im Untergrund herausgefordert worden, sondern von einem harmlosen literarischen Kollektiv. Ich glaube, damals waren die zur Bekämpfung von Schriftstellern geschaffenen Strukturen noch nicht fest verankert, und man war noch mit der Wahl der Methoden beschäftigt.

Als das Vereinigte Kommando Siegfried Schulz achtzehn Jahre später die Fährte aufnimmt, um sie, was Katalina Raspe nicht in den Sinn gekommen war, von ihrem Gestrüpp zu befreien, hat sich die Landschaft verändert. In den Hinterstübchen der Spezialistengehirne ist nachgedacht, sind Pläne erstellt worden. Man hat beschlossen, alle Intellektuellen, die auf falsche Gedanken kommen, mit einem barbarischen Terror zu überziehen. Barbarischer Terror nämlich kühlt den Forschungsdrang ab.

Siegfried Schulz ist kein Anfängerkollektiv. Sein Ruhm besteht seit langem, die mathematische Genauigkeit seiner Untersuchungen erfreut sich allgemeiner Bewunderung; es gibt keine größere Autorität auf dem Gebiet der

Dialekt-Archäologie. Es wäre lächerlich, einer solch gefestigten Persönlichkeit auch nur ein Körnchen Naivität zu unterstellen. Als es so weit ist, seine Schlussfolgerungen öffentlich zu machen, weiß das Vereinigte Kommando, dass es den Zorn einer äußerst geschlossenen und unsichtbaren gesellschaftlichen Gruppe hervorrufen wird, der die Polizei treu ergeben ist wie ein Hund.

Als Siegfried Schulz unter sicheren Freunden (eine trügerische Auffassung, umso mehr als einige von ihnen bei *Herz des 2. Jahrhunderts* arbeiteten) den Plan zu einer Konferenz verteilte, war er darauf gefasst, seine Unverschämtheit teuer zu bezahlen; doch ein Gemetzel jenen Stils, wie es im Oktober seinen Höhepunkt erreichte, sah er, glaube ich, nicht voraus. Und dennoch war dieses Abschlachten auf den Gipfeln schon programmiert worden.

Selbstlosigkeit, Intelligenz, Aufrichtigkeit und Mut hatten bis zuletzt das Werk des Vereinigten Kommandos Siegfried Schulz ausgezeichnet. Es ist schon tröstlich, wenn man feststellt, dass es noch Kollektive von dieser Willenskraft gibt, trotz des Klimas hosenscheißerischer Unredlichkeit, in dem sich jene Kasten bewegen, die im 2. Jahrhundert den Ton angeben.

Ich habe einen der Entwürfe zu *Glaubwürdigkeit des mündlichen Werks* vor mir liegen. Ich hege die Hoffnung, drei oder vier Kopien abgeschlossen zu haben, bevor ich meinerseits den langwierigen und mühseligen Feierlichkeiten der Vierteilung und des Korkenziehens unterworfen werde.

Glaubwürdigkeit des mündlichen Werks nimmt die Gelegenheit wahr, ein paar sehr vernünftige Dinge über das

Märchen zu sagen, um unnachlässig das Problem seines Ursprungs aufzuwerfen. Obwohl Märchen mündlich überliefert werden, kann man Kinder weder direkt befragen noch sie beobachten oder ihnen zuhören, weil sie im Innern der Erziehungskommunen, hinter Schloss und Riegel, festgehalten werden; die einzigen Märchensammler sind die Ausbilder, die über die gesellschaftliche Abgeschiedenheit ihrer Mündel wachen. Für Siegfried Schulz haben Kinder mit Sicherheit von Generation zu Generation umfangreiche kulturelle Restbestände aus der Zeit des schwarzen Krieges oder sogar aus der Zeit davor in sich bewahrt. Doch (aus Unvermögen oder Gerissenheit) filtern und zensieren die Mittelsmänner zwischen den Erzählern und der äußeren Welt diese an Informationen über die vergessenen Aspekte unserer Vergangenheit so reichen Geschichten.

Das Vereinigte Kommando lehnt sich auf gegen die hermetische Abschottung einzelner Parzellen innerhalb unserer Gesellschaft – auf der einen Seite die Kinder, auf der anderen die Erwachsenen. Seine Heftigkeit hat mit dem unabsichtlichen, unentschlossenen Kratzer, mit dem winzigen Nadelstich von Katalina Raspe in ihrem Vorwort zu *Die Moô-Moô-Welt* nichts zu tun. Trotzdem kann sich Siegfried Schulz, wie von despotischen Tabus gehemmt, nicht entschließen, die Antworten auf die von ihm aufgeworfenen Fragen mitzuteilen.

Allerdings ist es ihm nicht erspart geblieben, mit einer unter den humanistischen Triumphbannern der Renaissance noch nie dagewesenen Bestialität zerstückelt zu werden.

Die Stimme des Vereinigten Kommandos geht in einem Röcheln unter, stockt vor der Geräuschkulisse der Ausweidungen und Enthauptungen. Doch andere haben beschlossen, ihre Stimmen an seiner Seite erklingen zu lassen, und von da an sollte seine Stimme nie mehr verstummen, obwohl es Morde nur so hagelte. Andere Kollektive ziehen sich in einem heilsamen Reflex in den Untergrund zurück, um ihre Untersuchungen über die Kinderliteratur durchzuführen; der Gedanke an eine drohende Gefahr hat sich allgemein durchgesetzt, aber natürlich wollen die Autoren ihre Leitartikler-Tätigkeit (aus Gründen des Aderlasses) nicht voreilig aufgeben.

Am meisten hat sich die Kompanie Inge Albrecht um die Fortsetzung des Werks von Siegfried Schulz verdient gemacht; sie hat es auf sich genommen, eine Kampfschrift zu verfassen, in der sie gegen die Nachgiebigkeit, gegen die Unterwürfigkeit, die das literarische Milieu ersticken, die Fahne der Redlichkeit hochhält. Alles soll gedruckt werden, fordert Inge Albrecht, auch verabscheuungswürdige Wahrheiten. Und sie versucht, ihre zusammen mit dem Kommando Verena Goergens verfasste Schrift *Kurze Schlussfolgerungen über die Welt der Kindheit* zu veröffentlichen.

Wie wir wissen, ist bei einem Brand alles wie Karamell zerlaufen: der Verleger der Zeitschrift, die Druckerei, die Manuskripte (mit Ausnahme des Exemplars, das sich in meinen Händen befindet) und auch die geköpften Leichen von Verena Goergens.

Kurze Schlussfolgerungen über die Welt der Kindheit bekräftigt die letzten Arbeiten von Siegfried Schulz in ihrem entscheidenden Gesichtspunkt. Die Abhandlung Inge Albrechts wird von keiner überflüssigen Rührseligkeit gestört: Wir haben uns alle, ob Ethnologen oder nicht, auf denselben, dem Untergang geweihten Weg eingelassen, wir werden alle ein ähnliches Schicksal erleiden, und uns bleibt nicht mehr viel Zeit; aber jetzt ist nicht der Augenblick, um das Vereinigte Kommando oder uns selbst zu bemitleiden.

Quasi als Motto zitiert die Kompanie eine Verlautbarung, die im November, mit einem nichtssagenden »Bienenstock 807« unterzeichnet, im *Tages-Echo* erschienen ist. Hinter der Anonymität verbergen sich natürlich alle anderen Bienenstöcke:

Wir wollen an dieser Stelle einmal mehr dagegen protestieren, dass die Erwachsenen das Recht fordern, einen freien Blick in die Bienenstöcke zu bekommen. Die Welt der Erwachsenen würde nur ihre ganze Barbarei und Gewalt ins Innere der Stöcke bringen. Wir schützen die Kinder. Die Polizei hilft uns bei der Erfüllung unserer Aufgabe.

Lehnt die Gesellschaft es ab, die Erziehungskommunen dem verderbenbringenden Einfluss der Erwachsenenwelt auszusetzen? Diese Frage stellt sich Inge Albrecht. Und die Ausbilder? Gehören sie demnach zu einer neutralen Welt, die weder erwachsen noch unreif ist? Beim Versuch, dieses Problem auszuleuchten, stellt die Kompanie fest, dass niemand sagen kann, wo und wie die Ausbilder eingestellt worden sind; ihr Wesen ist ebenso geheimnisvoll wie das der Kinder.

In diesem Stadium ihrer Überlegungen schreibt sie:

Inmitten eines dädalischen Gewirrs strategisch angelegter Polizeikasernen gibt es verschiedenerlei für uns unerreichbare Erziehungskommunen. Man nimmt an, dass alle Kinder dort wohnen, und tatsächlich gibt es kein einziges Beispiel für ein verirrtes Kind, das nach draußen, unter die Erwachsenen gelangt wäre. So wissen wir nicht einmal, wie ein Kind aussieht, was für einen Körper es hat. So weit, so gut. Aber wann, in welchem Alter wird von den Kindern verlangt, dass sie die Erziehungskommunen verlassen? Und auf welche Weise?

Die Erwachsenen pflanzen sich nicht untereinander fort. Richtig. Doch wie wird, unter diesen Bedingungen, das Überleben der Gesellschaft und ihrer Mitglieder gewährleistet? Unsere Gesellschaft stirbt nicht aus, schrumpft nicht. Wann, wo und wie tauchen die Erwachsenen auf, die die Toten ersetzen sollen?

Jeder von uns ist innerlich davon überzeugt, eine Kindheit erlebt zu haben, bevor er erwachsen geworden ist. Folglich (und logisch richtig) müssten wir alle aus den Bienenstöcken hervorgegangen sein. Nur wissen wir leider nichts über sie, fast noch weniger als über den schwarzen Krieg. Welcher Natur ist die Erziehung, die wir dort erhalten haben? Und warum haben wir sie aus unserem Gedächtnis gestrichen?

Inge Albrecht lässt die Fragen, die sie formuliert hat, nicht in der Schwebe. Da sie begriffen hat, dass ihr (wie jeder Forschergruppe) ein freier Zugang zu den Bienenstöcken mehr denn je verwehrt ist, wendet sie eine andere Methode an. Sie jagt der Wahrheit hinterher, indem sie die der Phantasie entsprungenen Werke der Literatur untersucht, die seit ihren Anfängen Mitte des 1. Jahrhunderts veröffentlicht worden sind. Ihre Argumentation ist denkbar einfach: Wenn wir keine bewusste Erinnerung an die Welt der Kindheit und der Bienenstöcke haben, so weil alles, was mit diesem Lebensabschnitt zusammenhängt, in einen unbewussten, gegen jede Selbstbefragung gut gewappneten Teil unseres Gehirns ausgewandert ist. Um diese verdrängten Bereiche zu erkunden, empfiehlt es sich, eine geduldige Analyse der unterirdischen, spontanen Eingebungen vorzunehmen, die den Texten der Dichter und Schriftsteller in der Renaissance zugrunde liegen. So kann man anhand einiger Schwachstellen im allgemeinen Schweigen der Vorstellungskraft alles ans Licht bringen, was im kollektiven Unbewussten der Erwachsenen lagert.

Die Kompanie hat eine stattliche Anzahl repräsentativer Werke unserer Literatur ausgewertet; sie ist auch nicht davor zurückgeschreckt, tief in der Mülleimer-Literatur zu schürfen. Und dann hat sie ihr Urteil gefällt:

Wenn man davon ausgeht, dass es einen Steg, einen Übergang vom Kindesalter zum Erwachsenenalter geben muss, ist es äußerst (jawohl, äußerst!) bizarr, dass kein Erwachsener ihn in der entgegengesetzten Richtung benutzen kann, wie stark sein Gedächtnis oder das System seiner inneren Vorstellungskraft auch sein mag. Wir haben kein einziges literarisches Werk gefunden, und sei es einer noch so ungehemmten, blühenden Phantasie entsprungen, das ein lebendiges und glaubwürdiges Element aus der Kinderwelt zur Darstellung bringt. Wenn überhaupt ein Bezug hergestellt wird, dann immer in derselben stereotypen, künstlichen Form; es han-

delt sich immer um eine intellektuelle Neubildung, abgeschnitten von jeder wirklichen Erfahrung.

Erwachsene wie wir (Schriftsteller, Kritiker, Künstler, Polizisten, Sozialdemokraten, Techniker, Arbeiter und Arbeiterinnen) können ihre Kindheitserinnerungen nicht wiederfinden. Jedoch nicht, weil die Brücke am Ende unserer Dressur in den Erziehungskommunen auf eine radikale Weise gesprengt worden wäre, sondern weil es nie eine Brücke gegeben hat.

Es hat nie eine Brücke gegeben. Wir haben den Fluss nie überquert, der die Kindheit vom Erwachsenenalter trennt. Wir sind keine Kinder gewesen. Erziehungskommunen hin oder her, die Kinder bevölkern ein Ufer, das wir noch nie gesehen und noch nie betreten haben.

Wie weit haben wir uns jetzt schon von den Ahnungen eines Siegfried Schulz entfernt! Ja, bis zur Unvereinbarkeit verschieden: auf der einen Seite die Kinder, auf der anderen die Erwachsenen, aber *ohne organische Verbindung zwischen beiden Gruppen*. Hundertsiebzig Jahre mussten vergehen, bis ein halbes Dutzend Forscher (die, das stimmt, alle sehr schnell unter die Heckenschere gerieten) diese leichte Anomalie aufzeigen konnten.

Die Studie Inge Albrechts endet daraufhin mit einer chaotischen und rätselhaften Vision unseres Planeten, aufgeteilt in zwei unterschiedliche Typen bewohnter Gebiete, jenem, das die Erwachsenen aus der Renaissance, Abkömmlinge des schwarzen Krieges, bevölkern, und jenem der Erziehungskommunen.

Noch ist nicht alles gesagt, und die Kommune Katalina Raspe sollte die Aufgabe erfüllen, auf diesen intellektuellen

Pfaden voranzugehen, denn zwischenzeitlich ist die Kompanie Inge Albrecht in hell leuchtenden bronzefarbenen Containern (eine, wie es scheint, in den Lagerhallen und Garagen der Polizei häufig verwendete Tarnfarbe) versenkt worden.

Katalina Raspe besitzt ihrerseits die Kühnheit, ihre herausragende Stellung als Kritikerin aufzugeben und mit zwei Jahrzehnten konformistischer Kritzeleien über die gerade modischen Schaggås und Romånzen zu brechen. Von nun an marschiert sie auf dem leuchtenden Pfad, dessen erste Grenzsteine Inge Albrecht entdeckt hat. Leuchtender Pfad, gewagter Pfad: Sie weiß genau, dass sie auf irgendeiner Etappe ihrer Reise im eigenen Blut verenden wird.

Jetzt ist es höchste Zeit, gemeinsam diese Seite aus *Klarheit der Geheimnisse* zu bewundern:

Unsere Blicke richteten sich auf die falsche Seite des Horizonts. Alle haben wir gedacht, das Märchen sei ein Zeugnis der vergessenen Ängste aus dem schwarzen Krieg, ein Flüstern des von den Jahrhunderten noch nicht zerstörten kollektiven Unbewussten, und wir haben es immer in diesem Sinne gelesen und studiert.

Darin lag unser Irrtum. Es wäre darauf angekommen, im Märchen in erster Linie ein Zeugnis über die unzugänglichen Ländereien, die geheimnisumwitterte Innenwelt der Erziehungskommunen und der Bienenstöcke zu sehen.

Die Gesellschaft der Renaissance verfügt über keine anderen analysierbaren Dokumente, sieht man von den amtlichen Verlautbarungen ab, die aus den Bienenstöcken stammen. Ein- bis zweimal pro Jahrhundert lassen sich die Ausbilder dazu herab, uns Anthologien mit Märchen und Legenden zu unterbreiten, die sie selbst gesammelt haben. Warum überlassen sie uns diese mageren Texte? Zweifellos, weil unsere Disputationen es nicht anders verdient haben. In der Tat halten wir in unseren gelehrten Streitgesprächen an einer Illusion fest, die wir lange Zeit genährt haben, und die uns zupasskommt, die Illusion einer für immer hinter den Mauern bleibenden Kinderstimme.

Wenn wir dachten, diese ungeschickten Echos und Bruchstücke wären verstümmelte mündliche Werke, achtlos aufgezeichnete, vielleicht sogar zensierte oder bearbeitete, jedoch stets aus der Welt der Kinder hervorgegangene Werke, hatten wir unrecht.

Wir stellten die Existenz eines in den Erziehungskommunen gestalteten, kindlichen Universums nicht in Frage.

Wenn Märchen in Wirklichkeit aber ein literarischer Ausdruck sind, müssen wir sie als ein Ergebnis dichterischer Bemühungen auffassen, die allein von den Ausbildern geleistet werden. Märchen sind gefälschte Texte, absichtlich irreführende Texte, die in der Analyse nichts über die Geheimnisse des Schwarzen Krieges und die von den Kindern bewahrten Geheimnisse offenbaren, sondern höchstens einige Einzelheiten über die Seele der Fälscher. Jenseits der hermetisch abgeschlossenen Trennwände der Bienenstöcke, jenseits der unbezwingbaren, von den Ausbildern überwachten Gitter, jenseits der Polizei und ihrer mörderischen Straßensperren, jenseits dieses Nebels aus Terror, der unsere Sicht der Dinge verzerrt, beweist nichts, dass Kinder leben und sich entwickeln.

Untersucht man auf systematische Weise die Märchen, die sich am wenigsten von ihrem Ursprung entfernt haben (so den Sammelband der Sektion Angelika Sonnenberg, jenes Rohmaterial, das wir vor zwanzig Jahren aus lauter Dummheit verhunzt haben), so kann man das aus den Erziehungskommunen hervorgegangene Phantasiesystem beschreiben, ein Verzeichnis aller Elemente anlegen, die in den Denkfasern dieser abgeriegelten Welt stecken, und die Logik nachvollziehen, die im Verbindungssystem ihrer dunklen Stellen waltet.

Jetzt zeichnen sich die Umrisse der kollektiven Intelligenz ab, die in den Bienenstöcken herrscht. Wenn man die Kunst der Fälscher zerlegt, entdeckt man schließlich die bis dahin unvermuteten Mechanismen, die die Gesellschaften der Ausbilder bewegen (doch diese Bezeichnung passt gar nicht zu ihnen, weil sie niemanden ausbilden), und noch etwas: dass nämlich auf den gigantischen, von den Ausbildern besiedelten Gebieten kein einziges Kind lebt.

Die Hellsichtigkeit Katalina Raspes wurde mit herausspritzender Hirnmasse und Martern furchtbarster Art belohnt.

Ich persönlich beklage weniger das unvermeidliche Verschwinden der Kommune als das von *Klarheit der Geheimnisse*; soviel ich weiß, ist nichts davon erhalten geblieben bis auf das, was man soeben lesen konnte. Aufgrund der andauernden Zerstörung von Büchern und Manuskripten hat es, wie man sieht, dieses Jahr eine niederschmetternde Vergeudung von Zeit und Energie gegeben: Oft müssen Kollektive mit ihren Forschungen wieder bei null beginnen, obwohl dieselben Forschungen bei anderen schon zu Ergebnissen geführt haben.

Und genau das werde ich jetzt tun: Die Analyse, die Katalina Raspe im Rahmen ihres gesamten Werks zweifellos zum Erfolg geführt hat, wieder von Neuem beginnen und versuchen herauszufinden, welche heiklen Informationen die Ausbilder aus Nachlässigkeit im Geflecht des Phantasiesystems ihrer Märchen zurückgelassen haben.

Ich hoffe, auf diese Weise eine genauere Darstellung dessen zu erhalten, was sich in den riesigen bewohnten Gebieten abspielt, zu denen wir seit dem Schwarzen Krieg keinen Zugang haben.

Dies wird im Übrigen nur eine Etappe bilden; denn anschließend werden wir verstehen müssen, wie unsere friedliche Gesellschaft der Renaissance wirklich funktioniert, und welches Ziel sie hat. Um die Fragestellung der Kompanie Inge Albrecht wieder aufzunehmen: Wie, wann und wo die Erwachsenen ins Leben kommen, die die Toten ersetzen sollen.

Wer sind wir?

Ehrlich gesagt, würde ich das gerne wissen, bevor ich unter Blei zerquetscht, entbeint und in Stücke geschnitten werde.

DRITTER TEIL

Die Vervielfachung der Doppelgänger im posthumen Werk Eva Rollniks

Mein Vater hatte den Kopf eines Stalkers, und im Allgemeinen bildet ein Stalker auf seinem Gesicht alle Eigenschaften eines Hunters nach. Seine eng stehenden, fast durchsichtigen Augen konnten auf hundert Meter Entfernung den langsamen Bewegungen einer Ameise auf einem Holzbrett folgen; Stirn und Schädel waren steinhart, die Schläfen eingesunken und von sichtbaren Sehnen durchzogen; die Backenknochen dienten ihm als Waffe im Nahkampf. Ich erinnere mich auch an seine Fangzähne. Vor kurzem habe ich ihn wieder im Traum gesehen: Er hatte einer der Frauen, die zur Brigade Eva Rollnik gehörten, mit einem Biss das Genick gebrochen. Ein kurzes Knacken in den Kiefern, und schon sprang die Wirbelsäule aus ihrem Nacken; auf diese Art bloßgelegt sah sie aus wie ein kreidiger Dorn. Eva Rollniks Kopf war in unanständiger Haltung auf die Brust gesunken; mit ihren Lippen formte sie noch Wörter, die man nicht mehr hörte. Mein Vater lächelte nie, wenn wir zusammen unterwegs waren, und ich hatte eigentlich immer den Eindruck, dass er mich hinnahm wie eine körperliche Behinderung, dass er meine Kräfte für unzureichend hielt, für seiner unwürdig und daher peinlich. Den äußeren Merkmalen nach besaß er die Figur eines Beaters, gedrungen und zäh, mit eher kurzen Beinen, die ihn beim Laufen aber stundenlang trugen, ohne zu ermüden.

Morgens trainierten wir vor Tagesanbruch auf den Bürgersteigen. Das Polizeiauto setzte uns in einer menschenleeren Vorstadtallee ab, ringsum nur Brachland, Kasernen und riesige, von Scheinwerfern angestrahlte Gaskessel gab. Wir liefen in Richtung Stadtmitte. Mit den ersten Atemzügen fegte die raue, feuchte Nachtluft durch die warmen Winkel meines Körpers, wo der Schlaf gerne Zuflucht genommen hätte. In kühle, nasse Dunkelheit getaucht, erwachte das innere Gewebe meines Körpers schnell und wurde lebendig. Der Rücken meines Vaters glänzte im Schein der Straßenlaternen, und unter dem schwarzen Baumwollblouson zeichnete sich das geschmeidige Spiel seiner Schultern ab. Ich beschleunigte das Tempo, damit der Abstand zwischen uns ehrenhaft blieb.

Wir waren allein. Zu jeder Jahreszeit liefen wir über eine Schicht toter Insekten und stampften sie fest. Der Winter unterschied sich kaum vom Sommer, und die warmen Nächte begünstigten das Schlüpfen unzähliger namen- und farbloser Schmetterlinge, die auf den ersten Blick langlebig aussahen, in Wirklichkeit aber zum schnellen Tod einer Eintagsfliege verdammt waren. Das Pflaster war von Leichen übersät. Oft zitterten ihre Leiber noch, und manchmal versuchten sie, den Anschein von Leben zu erwecken, indem sie sich, auf dem Rücken liegend, rudernd um sich selbst drehten. Wir zerquetschten unglaubliche Mengen von diesen Biestern. Nach einer Häuserzeile kam die nächste, ein Ring folgte auf den anderen. Auch vor den Kreuzungen wurden wir nicht langsamer, denn der Stadtverkehr hatte noch nicht eingesetzt. Wir liefen erst unter Bäumen, dann unter freiem Himmel. Dann wieder unter Bäumen, unter Platanen und Linden, die zu so früher Stunde weniger stark dufteten. Die Welt schrumpfte auf ein paar flüchtige Anhaltspunkte zusammen, auf Baumstämme und Gaslaternen, auf das regelmäßige Geräusch unseres Atems, auf die Wahrnehmung des Massakers unter unseren Sohlen und auf das ferne Brummen des Wagens, der Weisung hatte, uns nur bei großer Gefahr zu stören.

Auf der Woldemar-Frankhäuser-Allee wurde der Rücken meines Vaters immer kleiner, sein Vorsprung dehnte sich aus. Ich versuchte, längere Schritte zu machen, musste zu meinem Leidwesen aber feststellen, dass meine Muskeln den zusätzlichen Anstrengungen, die ich ihnen abforderte, nicht mehr gewachsen waren. Ich spürte schon die schmerzhafte Spannung in meinen Schenkeln und Waden, einen tauben Krampf.

Im Vergleich zu meinem Vater war ich wirklich ein erbärmlicher Hunter.

I. AYQE*

Es hatte geregnet. Der Himmel blieb lau, aber die Erde, die unter den Füßen nachgab, war beißend kalt. Es tropfte von den Dächern. Irgendwelche Spuren? Es gab Spuren. Spuren von trübem Grau in den Pfützen. Ein Widerschein schmutziger Wolken, wie gehabt. Ein wässriger, grantiger Wind wehte in Böen, zischte. Zischte. Na und? Was wirklich von Bedeutung war, nahm der Mann, ungeschützt im Freien stehend, durch seine Nasenlöcher auf. Der Mann schnüffelte, um et-

* »Die Flucht« *(Anm. d. Übers.)*.

was zu erkennen. Auch er hörte sich an wie ein platzender Schlauch, wie ein aufgeschlitzter Bauch. Er schnupperte, aber die Nässe saugte alle Gerüche auf. Erst allmählich wurde die Straße wieder erkennbar, wenn auch nur mit zahlreichen kleinen Unschärfen, bruchstückhaft.

Und die Kreuzungen? Nein. Der Straßenbelag? Nein. Die Stadt? Nein. Doch, die Stadt. Er sog die Luft ein. Er konnte nichts wiedererkennen. Ein kühler Strom erfasste seine Beine. Er schüttelte sich. Er wusste immer noch nicht, wer er war, wo er sich befand. Was er hier tat.

Er blieb stehen. Mit geschlossenen Lidern wollte er die Wörter an die Oberfläche locken. Aber in welcher Sprache? Nein, er blieb stumm.

Er hätte gerne einige Erinnerungen wiederbelebt. Seinen Kopf geordnet, der ihm so schwer geworden war. Auch an ihm rannen Tropfen herunter. Er hatte sich an eine Tür gelehnt. Von der anderen Seite pfiff der Wind. Die Tür ging nicht ins Innere eines Hauses, sondern auf eine zweite Straße, die in jeder Hinsicht der ersten glich. Der Wind schälte die Wörter aus ihren Hülsen. Trieb Wörter in die Höhle zwischen seinen Backen.

*WAÑUNAYARQANKI … SIPISQA KARQANKI … AYQERQANKI …**

Es klang wie ein grauenhafter Fluch. Genau so.

Immerhin, der Mann kam vorwärts. Er watete im Schlamm, hier und da verfingen sich die Knöchel. Zwischen den Trümmern in den Wohngebieten war keine Menschenseele mehr.

* »Du wolltest sterben … Du bist getötet worden … Du bist geflohen …« *(Anm. d. Übers.).*

Die Welt plätscherte. Leintücher hingen schlaff, vielleicht seine Haut. Oder Flammen?

Eine der ersten Untersuchungen, die mein Vater durchführte, hing mit einer neuen Ausdrucksweise zusammen, die plötzlich die literarische Bühne betreten hatte: die Schaggå. Inhaltlich verschlüsselt, voller Andeutungen und unter dem Deckmantel einer angeblich dichterischen Absicht, zog sie schnell die Aufmerksamkeit der Mächte und der Polizei auf sich. Hätte die neue Gattung keinen oder nur geringen Erfolg gehabt, wäre es möglich gewesen, sich in die Arbeit der Redaktionsstäbe wichtiger Zeitschriften einzuschalten und vielleicht die führenden Köpfe einiger lästiger kleinerer Zeitschriften auszuwechseln, so wie wir zwanzig Jahre später vorgegangen sind, als Siegfried Schulz, Inge Albrecht, Verena Goergens und Konsorten mit ihren geisteskranken Hirngespinsten eine Krise auslösten. Aber leider hatte die Schaggå – vom Standpunkt der Polizei aus – einen durchschlagenden Erfolg, und es kam überhaupt nicht in Frage, in irgendeiner Form Zensur zu üben.

Als Prototyp und kanonisches Modell wird in der Zeitschrift *Moränen* die *Schaggå vom Ayarirpu* veröffentlicht, und fast zum selben Zeitpunkt (betrachtet man die Ereignisse mit zeitlichem Abstand) erscheint in *Renaissance* die *Schaggå von der Rückkehr Abdallahs, Kapitän des tobenden Schwerts* und die *Schaggå von den Marmorzeugen*, Texte, die ein für alle Mal den inneren Aufbau und die hohen Ansprüche der von Anfang an scharf umrissenen literarischen Kategorie der Schaggå festlegen. Da es kein stilistisches Herantasten gegeben hatte, bevor die ersten drei Schaggås gedruckt waren, konnte ihre genau aufeinander abgestimmte Entstehung kein bloßer Zufall gewesen sein; ihre Veröffentlichung setzte vielmehr ein entschlossenes Handeln voraus, das im Dunklen gereift, im Verborgenen geplant worden war; und folglich barg es eine Menge Gefahren für die gesamte Renaissance-Gesellschaft.

Deshalb griff die Polizei ein. Mein Vater war an diesem Einsatz aktiv beteiligt. Er besaß damals schon seine klaren Augen: klar wie das Wasser, in dem sich das Morgengrauen spiegelt. Wenn ich mir manchmal ins Gesicht schaue, in einem Badezimmerspiegel oder im Rückspiegel des Dienstwagens, kommt es mir vor, als würde es jenen Blick zeigen, den anscheinend niemand erwidern konnte, ohne die schlimmsten Schweißausbrüche zu bekommen und sich am liebsten so schnell wie möglich aus dem Staub zu machen. Doch fassen wir uns kurz. Mein Vater war für keinen bestimmten Sektor verantwortlich. Man setzte ihn nach Bedarf ein, um Gruppen zu sprengen, zu jagen oder zu töten.

Er wurde mit einer schwierigen Aufgabe betraut. Er sollte herausfinden, welche Literaten hinter den ersten Schaggås steckten und welche Absichten sie hatten. Und wenn sie mit den Untergrundzellen unseres Gemeinwesens in Verbindung standen, sollte er sie beseitigen.

II. THUNI THUNI*

Er hielt die Schnauze über dem Schlamm und hatte die Nasenflügel gespreizt, um seinen Weg besser auskundschaften

* »Schutt, Trümmer« *(Anm. d. Übers.)*.

zu können. Da war etwas in Bewegung, und der Mann ging in diese Richtung. Da hinten hatte er eine Bewegung wahrgenommen. Eine heftige, wellenförmige Bewegung, genau! Da, zu seiner Linken! Da lief etwas Unförmiges, genau! Und es glänzte, genau! Und war wendig! Schob sich vorwärts! Nur ein Stück weiter unten! Er blieb stehen, er konnte nicht weitergehen. Aber dann war es doch nur Wasser. Sonst nichts. Der gluckernde Fluss zwischen den Steinplatten, über dem Beton. Der Mann erstarrte am Rand der Spalte. Zwischen den bunt schillernden Klümpchen des Sabbers trat ein unvollständiger Satz über seine Lippen:

SINCHI MACHU MAYU, MANCHAY MACHU PUNI LLOQSINA! …*

Da war niemand. Oder vielleicht doch. Ein Schatten. An einem Fenster unter den Dächern. Doch wie sollte er daran schnuppern bei den vielen Bächen, die die Mauern tilgen. Da oben sticht etwas vom Himmel ab. Ein Schatten, der ihm ähnelt, der ihn prüft. Dann verblasst alles.

Ein Schatten, der ihm ähnelt, der sich vor dem Himmel verbirgt? Er hatte seinen Beobachtungsposten am Saum des Flusses verlassen und kehrte in die am wenigsten verfallenen Viertel zurück. Es ging durch Keller und über Stege. Alle naselang stolperte er über die Trümmer der Kanalisation und über Bretter. Er machte einen Bogen um die Brunnenschächte, die nur auf einen Fehltritt von ihm warteten, um ihn zu verschlingen. Er beugte sich über einen: rundum Risse und auf dem Grund abscheulich stinkendes Wasser oder Feuer, denn das Brausen war dasselbe.

* »Ein alter Fluss, ein sehr alter Ausfluss!« *(Anm. d. Übers.).*

Wegen des bedrohlichen Unwetters oder des Schlamms, vielleicht auch wegen des Rauchs nahm die Dunkelheit immer mehr zu. Er drehte sich abrupt um. Jemand schlüpfte in eine Vertiefung im Stein. Es würde gleich wieder regnen. Ob unten oder oben, Himmel wie Erde waren zerrissen, und in den Rissen liefen Wasser und Feuer zusammen, um ausgespien zu werden.

Mein Vater nahm stets die Woldemar-Frankhäuser-Allee. Mal lief er auf dem Bürgersteig gegenüber den Archiven, mal rannte er dicht an der gewaltigen Fassade des Gebäudes entlang. Ich weiß, dass körperliche Anstrengungen sein Denkvermögen nicht beeinträchtigten; ich versuchte, es ihm gleich zu tun, und um mein Gedächtnis zu verbessern, zwang ich mich zu Gedächtnisübungen; im Stillen sagte ich mir nacheinander die sieben Abschnitte der *Schaggå vom Ayarirpu* auf, oder was ich davon in Erinnerung behalten hatte, denn der dritte Abschnitt wollte mir nicht mehr einfallen, und dass er mir trotz hartnäckigen Bemühens nicht einfiel, machte besonders deutlich, dass meine geistigen Fähigkeiten dem Vergleich mit denen meines Vaters nicht standhielten.

Es war noch nicht hell geworden. Die warme Nachtluft trug das Geräusch unserer Schritte bis zum Polizeiauto in den Straßen hinter dem Regierungsviertel, wo alles noch schlief, und weiter bis zu den Kasernen, bis zu den riesigen Gaskesseln, die die Stadt mit Energie versorgten, die ihr Licht gaben, und, vielleicht noch weiter, bis zu den Ringmauern, die die Bienenstöcke abschirmten. Mein Vater lief über das Ende der Allee hinaus auf die Gaskessel zu, machte eine halbe Kehrtwendung und schlug wieder die Richtung der Frankhäuser-Archive ein. Wenn ich hinter ihm her trabte, waren diese Kehren meine Lieblingsaugenblicke, dann konnte ich nämlich einige Sekunden lang sein Gesicht betrachten und seine Stalker-Augen erforschen, während seine Muskeln voll angespannt waren und er den Gipfel seiner körperlichen Anstrengung und seines Nachdenkens erreicht hatte. Nicht der kleinste Schweißtropfen perlte auf seiner Haut, wie ich im grellen Licht der Straßenlaternen sah. Wenn wir uns entgegenliefen, würdigte er mich keines Blickes. Ich keuchte schon schwer, und meine feuchten Wangen waren mit toten Mücken übersät, die ich vor seiner brüsken Umkehr nicht mehr wegwischen konnte. Offensichtlich sah er in mir nichts, was von Bedeutung für ihn gewesen wäre, und er widmete sich lieber seinen Gedankengebäuden als einmal innezuhalten, um ein Wort oder ein Zeichen der Ermutigung an mich zu richten.

Mit der *Schaggå vom Ayurirpu* war also von Anfang an die unumstößliche akademische Form geschaffen, die in der Folgezeit in zahlreichen, sich auf diese Gattung berufenden literarischen Übungen übernommen wurde. Eine Schaggå bestand aus sieben kurzen, bildhaften Schilderungen oder Abschnitten von (pedantisch) gleicher Länge. Diesem Korpus ohne fortschreitende Handlung (man ersetzte sie durch ein System aufeinanderfolgender Kehren in Verbindung mit einem onirischen Gleiten), wurde ein Kommentar aufgepfropft, der die Gedanken des Lesers in eine bestimmte Richtung lenken sollte, da dieser vielleicht fassungslos vor einem Text stand, der von Symbolen, vom

Sockel gestürzten Legenden und nicht entschlüsselbaren Parabeln strotzte. Zwar gehorchte der Kommentar keinen strengen Regeln, bestimmte unabänderliche Merkmale ließen sich aber trotzdem feststellen: In seiner Geschwätzigkeit zielte er darauf ab, durch eine polemische Argumentation voll dunkler Andeutungen die grundlegenden Werte anzugreifen, auf denen das Verständnis der Wirklichkeit in der Renaissance beruhte (das Verständnis, das wir von Raum, Zeit und Geschichte, von der biologischen Natur des Menschen und von seinem Hang zur Bildung von Gemeinschaften haben).

Für meinen Vater war die Sache eindeutig: Unter dem Vorwand, eine neue Ästhetik einzuführen, hatten die ersten drei Schaggås Unfrieden und Zweifel gesät; sie hatten den Stachel des Misstrauens gegen die Grundlagen der Renaissance-Gesellschaft in die Köpfe gepflanzt. Auch den Stachel der Revolte. Und es gehörte nicht zu den Gepflogenheiten der Polizei, solcherlei Scherze zu billigen.

Als wir das Ende der Woldemar-Frankhäuser-Allee erreicht hatten, dieser ungeheuer langen Schlagader, die die Innenstadt in zwei fast gleichgroße Hälften schnitt, kehrten wir um, ohne unser Tempo zu ändern. Wir liefen schon anderthalb Stunden, und die Morgenröte ließ noch immer auf sich warten. Linden, Rosskastanien und Platanen wechselten sich mit großen, brachliegenden Flächen ab. Nach einem Drittel der Strecke lief mein Vater am Helmut-Frankhäuser-Park mit seinen Palmen und Pappeln entlang. Dem starken Duft dort konnte man nicht ausweichen, denn zu dieser Zeit stand der Flieder in voller Blüte. Auf dem Bürgersteig lagen viele Blüten, kleine gleichmäßige Kelche, die der Wind am Rand des Rasens anhäufte. Im Schein der Gaslaternen wirkten diese Blütenreste sehr bleich, als hätte sie alle Kraft verlassen. Gierig sog ich ihren Duft mit der Luft ein, aber die Grünanlage verschwand schnell hinter uns, und wir streiften wieder den Rauputz der Mauern, die uneinsehbaren Vorhallen, die Ministerien, aus denen es ständig staubte, und die nach trübem Kleister rochen, nach trübem Urin, nach ranziger und priesterlicher Sozialdemokratie (um die netten Beiwörter aus den Untergrundschmähschriften der Kommune Elise Dellwo aufzunehmen).

Ungefähr alle fünfundzwanzig Minuten (wir verließen uns auf die sehr genau gehende Uhr des Polizeiautos, das manchmal auf unserer Höhe fuhr, dann wieder bremste oder am Straßenrand hielt) kamen wir an den Stufen der Prunktreppe zu den Frankhäuser-Archiven vorbei, die zu dieser Stunde natürlich geschlossen waren. Dort ließen sich die jungen Kollektive fotografieren, nachdem sie die Aufnahmebescheinigung für ihr erstes Werk erhalten hatten.

Aber niemand hatte sich vor der majestätischen einer Brigade unter dem falschen Namen Eva Einrichtung ablichten lassen, nachdem den Angestellten – von Rollnik – ein Exemplar der *Schaggå vom Ayarirpu* übergeben worden war.

Ayarirpu ist ein Wort aus dem Ketschua. Wenn man den Exegeten Glauben schenken darf, bedeutet es: Leichenspiegel. Aber soviel ich weiß, brachte diese Angabe die Untersuchung auch nicht voran.

IV. UYLLAY*

Und dann stieß er auf einen vertrauten Geruch, der vor ihm in der Luft hing. Kein Zweifel, es war sein eigener. Ein verschlungenes Band in Höhe seiner Nase. Die Spur war frisch. Folglich hatte er diesen Weg vor kurzem schon einmal genommen. Der Geruch kam aus dem Spalt einer angelehnten Tür. Er setzte sich auf die Hinterläufe, angriffslustig, kampfbereit, doch dann verkrampfte er noch mehr vor Schreck. Die halboffene Tür quietschte nicht; sie bebte auch kein bisschen. Und dieser Geruch, sein Geruch, hatte sich von dort zu ihm gewunden.

Gerade das war seltsam: Er war nie in einen der Häuserblocks hineingeschlüpft noch hatte er jemals in ihrem Innern Schutz gesucht. Er war getaumelt, genau, und von Stadtviertel zu Stadtviertel gestapft, und häufig hatte er sich in Sackgassen und Innenhöfen verirrt. Aber er war kein einziges Mal hinter den Fenstern gewesen. An diese Einzelheit erinnerte er sich. An die weiter zurückliegende Vergangenheit nicht.

Oder nur schwach: in unerklärlichen Bildern, die sich sofort in nichts auflösten. Im Dunkeln liegende Ruinen, Gewölbe, Gerippe von Maschinen. Sein Gedächtnis fütterte ihn mit nutzlosen Albträumen. Er schlief. Er hatte den Eindruck zu brennen. Der Schotter um ihn ächzte und stöhnte in einem fort. Oft flehte er die Erde an. Monate vergingen, das Wasser stieg, manchmal begann es zu brodeln, zu schäumen, alles brannte lichterloh in seinem Unterschlupf, und

* »Gebet« *(Anm. d. Übers.).*

er sprach immer wieder, unermüdlich, ein Gebet an die Madre Tierra:

*PACHAMAMA … PACHAMAMA …**

Er verscheuchte diese unliebsamen Bilder in seinem Kopf. Unter seinen Füßen sah er Furchen im Schlamm. Er versank bis zu den Knien darin. Ein gelber Wind wirbelte um ihn und erstickte ihn fast. Er wollte beten, aber er wusste nicht mehr, wen er anrufen sollte.

*T'TURUMAMA …, stammelte er, RAPHAMAMA …***

Mein Vater wurde unbestreitbar ein Kenner der Schaggå, ebenso wie die einschlägig bekannten Kritikerinnen (zum Beispiel Adelheid Mohnhaupt, Angela Schiller, Eleonore Kröcher, Katalina Raspe).

Die bekannten Kritikerinnen stürzten sich sofort auf die drei mit »Eva Rollnik« gezeichneten Schaggås, schrieben Glossen und Beiträge, ohne je ein Ende zu finden. Mein Vater aber bemühte sich nicht, der Kakophonie aus der Welt der Intellektuellen seine eigenen Misstöne hinzuzufügen. Er war kein bisschen selbstgefällig und verspürte nie das Bedürfnis, in das marktschreierische Gekeife von *Herz des 2. Jahrhunderts* oder *Re-Naissance* einzustimmen und die Kommentare zu den Kommentaren zu kommentieren. Sein Ehrgeiz war von anderer Art: Er wollte verstehen, welche Absichten die Autoren der ersten Schaggås

* »Unsere Mutter Erde … Unsere Mutter Erde …« *(Anm. d. Übers.).*

** »Unsere Mutter Schlacke … Unsere Mutter Flamme …« *(Anm. d. Übers.).*

verfolgt hatten, und auf die Spur stoßen, die ihn zu Eva Rollnik führen würde.

Die wenigen Hinweise reichten nicht zur Ergreifung der Brigade. Das Kollektiv hatte seine Manuskripte in den Frankhäuser-Archiven hinterlegt und sich anschließend in Luft aufgelöst. Kein zusätzliches Dokument, kein früheres Werk Eva Rollniks ergänzte die Akte, die zur Identifizierung der Brigade und ihrer Mitglieder angelegt worden war.

Eva Rollnik war in die Rolle der Erfinderin einer neuen literarischen Ausdrucksweise geschlüpft und dann einfach verschwunden, ohne den verdienten Lorbeer zu ernten. Sieht man von dieser außergewöhnlichen Tat einmal ab, hatte die Brigade Eva Rollnik keinerlei Gewicht.

Mein Vater interessierte sich nicht für die Auflistungen aller Eigenarten in Wortschatz und Stil, in denen sich die Polemiker ergingen. Er beschränkte sich auf die Feststellung, dass die beiden sich wechselseitig bedingenden Themen, das der gefälschten Identität und das des Doppelgängers, die zwei von drei Schaggås beherrschten (den *Ayarirpu* und die *Marmorzeugen*), den Bereich der Dichtung verlassen hätten und im Geschäft der Publizisten zum Alltag gehörten. Natürlich hatten noch mehr Schaggås das Licht der Renaissance erblickt, verfasst von namhaften Kollektiven, die sich lieber unter einem Deckmantel versteckten. Doch aus Angst, von ihren Lesern nicht wiedererkannt zu werden, verstreuten sie in ihren Texten viele, mühelos zu entschlüsselnde Anhaltspunkte. Es sah also ganz danach aus, als hätte Eva Rollnik die Praxis der Untergrundarbeit einführen sowie Anonymität und Heteronymie rechtfertigen wollen, und als wäre die Lektion von den akademischen und literarischen Zirkeln mit der Zeit angenommen worden. Selbst die unbeirrbare Brigade Sabine Hausner war dem Reiz der falschen Namen erlegen und zeichnete, angeregt durch Kapitän Abdallah und seine tausend Reisen, schönfärberische Abklatsche von minderwertiger Qualität mit »Kampfabteilung Uwe Boock«.

Sollte man im Erfolg dieser kindischen Versteckspiele die Erfüllung der geheimen Absichten Eva Rollniks sehen? Mein Vater zweifelte immer mehr daran. Eva Rollnik hatte der Renaissance-Gesellschaft eine Botschaft übermitteln wollen. Die Schaggå spülte in ihrem Kielwasser die Auffassung nach oben, der Mensch sei unfähig, die Zeit zu ermessen, die Auffassung, er habe abgrundtiefe Gedächtnislücken, das Thema einer allgemeinen Fälschung der Wirklichkeit und der Regeln, die das Leben in der Renaissance bestimmten; die Schaggå verbreitete die Vorstellung, es gäbe manipulierte Doppelgänger, schuldhafte Doppelgänger, ja sogar allmächtige Fälscher, und nur sie sollten im Besitz der wesentlichen Wahrheiten sein.

Die Verbreitung solcher Gedanken war anscheinend das vorrangige Ziel der Brigade Eva Rollnik (oder auch ihr Endziel). Die Prosaschriftsteller der Renaissance zogen damals jedoch den Formalismus der Ideologie vor, und vielleicht liegen darin die Gründe für Eva Rollniks betrübtes Schweigen. Die Kerngedanken Eva Rollniks waren ihnen entgangen, sie konnten ihnen nicht mehr entnehmen als Regeln für neue Gesellschaftsspiele mit Dominosteinen und Schattenboxen.

V. SISPACHAY*

Regnete es? Nicht richtig, aber es hörte sich jedenfalls an, als ob es regnete. Es rauschte ununterbrochen.

Das Getöse rollte heran, donnerte gegen ihn, Sturzbäche ergossen sich über ihn, Funkenfontänen schossen hoch und fielen auf ihn zurück. Woher kamen sie? Jedenfalls nicht aus den Wolken. Aber aus dem Boden, aus den eingefallenen Mauern, den aufgeplatzten Rohren. Wirbelndes Wasser, mit schneidenden Tropfen. Er zögerte erneut, die grundlegenden Dinge zu benennen, das Oben, das Unten. Das Wasser toste überall, es loderte, züngelte mit flammenden Klauen in die oberen Stockwerke, es war ein Zischen und Fauchen; die Wasserstrahlen verflochten sich zu brennenden Girlanden, sie flachten ab, verzweigten sich, zerstoben und verliefen sich.

Der Mann ging den Sturzbächen seinerseits in Schlangenlinien entgegen. Man konnte wirklich nicht behaupten, dass es regnete. Man konnte überhaupt nichts Schlüssiges sagen. Schwarze Wandbehänge verschoben sich in waagerechter Linie. Wirbelstürme aus schwarzen Flammen?

Er wusste nicht, wohin. Verlor den Kopf. Konnte nicht zum Fluss gelangen, denn eine Spalte trennte ihn davon. Der Wind drang unter seine Lider, zerrte an den unnützen Hautstücken wie an herrenlosen Segeln.

Und Straße für Straße war der andere hinter ihm; er ließ sich zwar noch nicht blicken, aber er folgte ihm stur. Lange würde er nicht mehr hinter den Mauern verborgen bleiben. Ein zweiter Mann in Lumpen, mit hängenden oder ausge-

* »Nähe« *(Anm. d. Übers.)*.

breiteten Armen, der ihm in jeder Hinsicht glich. Zwischen lauter Irrlichtern und eingestürzten Dächern stellte er sich in die Mitte des aufgeweichten Zements und schrie:

*AY! … PURIQ! … PIN KANKI? … AY! …**

Er hatte den Eindruck, er riefe eine Erinnerung an. Starr kauerte der andere dort, ganz nah, unter einem Stahlblech, und er hätte gern für ihn geantwortet. Angst hatte letztlich der andere.

Eigentlich wäre der sechste Abschnitt der *Schaggå vom Ayarirpu* an der Reihe gewesen, doch mein Vater ersparte sich das Aufsagen, als wollte er die Eintönigkeit seiner Runden durchbrechen, und verließ die Woldemar-Frankhäuser-Allee, um über ein brachliegendes Feld zu laufen, das die Wohngebiete vom Industriegebiet trennte. Mit langen Schritten näherten wir uns dem Gaskessel.

Die Morgendämmerung tauchte Gräser und Unkraut in ein weißes Licht, wie es kurz zuvor die Straßenlaternen mit dem Flieder im Helmut-Frankhäuser-Park gemacht hatten. Ich laufe nicht gerne über einen unebenen Boden. Und vielleicht war meinem Vater ein fester Boden unter den Füßen auch lieber, denn wir erreichten bald einen Kiesweg um einen der Gaskessel, auf dem vermutlich die Wachmannschaften ihre Runden drehten.

Das Knirschen des Kieses unter den Reifen übertönte den Motor des Polizeiautos. Dem fahlen Dämmerlicht des noch schlummernden Tages kamen die Scheinwerfer der

* »He! … Reisender! … Wer bist du? … He, du? …« *(Anm. d. Übers.).*

Überwachungsanlage zu Hilfe, in deren Lichtkegel Staub aufblitzte. Mein Vater lief noch im selben Tempo. Neben uns tanzten mehrere riesige Schatten über den Kies, die uns immer wieder überholten und, unsere Bewegungen auf vollendete Weise karikierend, sich bis zur Grasfläche erstreckten; ohne Schaden zu nehmen, überwanden sie den Stacheldraht des Gitterzauns. Ich vertrieb mir ein wenig die Zeit mit den Gespenstern, die uns begleiteten. Dann, nach zwei ganzen Runden, schritten wir durch die Umzäunung: Die Polizei hatte mit ihrem Dietrich das Schloss der kleinen Seitentür geöffnet.

Mit lautem Getöse sprang mein Vater auf die Eisentreppe, die auf die nächsthöhere Ebene des Kessels führte. Der Aufstieg war ermüdend, aber das beeindruckte ihn wenig; trotz der Leere, die überall um uns zu spüren war, hatte mein Vater noch keine seiner Hunterfähigkeiten verloren. Und ein Hunter neigt nicht zu Schwindelanfällen.

Unten, neben der Seitentür, wartete das Polizeiauto auf unsere Rückkehr.

Am Vortag hatte die Untersuchung im Fall Eva Rollnik unverhoffte Fortschritte gemacht, und tatsächlich fehlte meinem Vater nichts mehr, um sie abzuschließen, sieht man einmal von ein oder zwei Kleinigkeiten ab, denen nur er einen Wert beimaß, sozusagen außerdienstlich und aus reiner Neugier. Der Fall Eva Rollnik aber war aufgeklärt und sollte in diesem Augenblick zu den Akten gelegt werden.

Gestern Nachmittag hatten die Bienenstöcke (oder vielmehr eine Stimme aus dem Bienenstock 409, die im Namen aller sprach) meinem Vater durch den verschlüsselten Text eines üblichen Rundschreibens den Befehl erteilt, sich nach der Nachtschicht zu erkundigen, die den Betrieb und die Sicherheit der Kesselanlagen gewährleistete. Die kurze Nachricht lautete wie folgt: »Bitte überprüfen Sie, ob es nicht doch eine Verbindung gibt zwischen Kollektiv 21 (einundzwanzig) des Bereitschaftsdienstes im Gaswerk und möglichen Untergrundzirkeln. Sollten Sie einen begründeten Verdacht haben, verfahren Sie bitte gemäß den geltenden Richtlinien. Bienenstock 409.«

Mein Vater kannte die geltenden Richtlinien und er kannte diese Art von Rundschreiben: Sie bedeuteten ein Todesurteil. Er hatte der Zelle für das Personalwesen einen Besuch abgestattet und den Dienstplan für die Nachtschichten im Industriegebiet eingesehen. Zwei Tage zuvor war dort unter der Nummer 21 (einundzwanzig) eine neue Mannschaft zur Überwachung des Gaswerks eingeteilt worden, eine Brigade junger Frauen, die gerade ihr Diplom gemacht hatten, eine gewisse Brigade Eva Rollnik.

Im Morgengrauen, die Farben waren noch blass, und die Luft war kälter als in der Nacht, hörte ich, dass der Atem meines Vaters schwerer ging. Er war langsamer geworden, als müsste er sich erst zurechtfinden, obwohl die Treppe keinen anderen Weg zuließ und schnurstracks zu der Plattform führte, die das Stahlgerüst krönte. Kaum hundert Meter entfernt, ragte zu unserer Rechten ein dunkles Massiv empor, ein Kessel, der dem glich, den wir gerade im Laufschritt erklommen. Man musste die Vorstellungskraft kaum bemühen, um dort unsere Doppelgänger zu sehen, die von den winzigen Stufen eines Übergangs immer zwei auf einmal nahmen. Von weitem erinnerte das stählerne Bauwerk an feine, luftige Spitzen; aus der Nähe betrachtet, handelte es sich um ein grobes Gefüge von Stahlträgern voller Rostflecken, die unerfreulich laut hallten. Zu unserer Linken quietschten die beweglichen Glieder, die Riemenscheiben und die senkrechten Schienen; ein heimtückischer Schwefelgeruch lag in der Luft. Überall blätterte die Farbe von der riesigen, grau gestrichenen Kesselwand ab, an der die Feuchtigkeit in kleinen Rinnsalen herablief; die Kessel sahen aus, als würden sie jeden Augenblick einstürzen. In ziemlich regelmäßigen Abständen mussten wir die surrenden Gehäuse der Scheinwerfer umgehen, die noch immer leuchteten. Dann sahen wir auf den Behälter hinab.

Wir hatten aufgehört zu laufen. Der Rundgang auf der höchsten Ebene des Stahlgerüsts überragte die Kuppel des Kessels, dessen Fassungsvermögen um diese Uhrzeit noch nicht ausgeschöpft wurde. Trotz der Strecke, die er bereits zurückgelegt hatte und die sich auf mehrere zehn Kilometer belaufen haben dürfte, ließ mein Vater keine Anzeichen von Kurzatmigkeit erkennen. Unter freiem Himmel spazierten wir über einen Stahlträger, der kaum dicker war als ein Pappkarton. Sofern man die Führungsschienen, die geschmierten Räder und die gewölbte Oberfläche des Behälters vergaß, sah der Bau aus wie eine jener verrückten Jahrmarktsfiguren, die einfache Gemüter das Gruseln lehren sollen. Hin und wieder streifte uns ein schwacher Luftzug. Ich hatte mich meinem Vater genähert. In seinem ausrasierten Nacken standen jetzt Schweißtropfen, auf dem schwarzen Baumwollstoff seines Trainingsanzugs schimmerten Salzränder, und unter seinen Achseln zeichneten sich Schweißringe ab. Er zog den Reißverschluss der Jacke wieder bis zum Kinn hoch.

Dort oben, weit über dem Erdboden, kamen uns vier Frauen in den typischen Overalls von Technikerinnen entgegen: Ihre Gesichter spiegelten Verdruss und Empörung wider. Es war das Kollektiv 21 (einundzwanzig), die Wachmannschaft Eva Rollnik im Bereitschaftsdienst.

VII. AYARIMAY*

Es schmeckte nach Fleisch, genau, es schmeckte nach verdorbenem Fleisch, ein Geschmack, der vom Ursprung aller Zeiten aufstieg, eine brabbelnde Mischung aus dem Innern der Eingeweide, nach dem Pesthauch der Verwüstung stinkend. Genau. Er wusste, bald würde sein Name hervorsprudeln. Seine eigenen Ausdünstungen erstickten ihn, und die Feuerglut seiner eigenen Fäulnis blendete ihn. Er stolperte und riss sich die Hände an den Eisenstangen auf, die aus dem Zement herausragten. Als er wieder aufstand, schlug sein Oberkörper gegen den bleiernen Schutzmantel eines Gebäudes. Die Knochen brachen.

Mit den Riemen und Fetzen, die sein Gesicht umschlossen, brachte er den Mund wieder zu. Noch immer blubberte sein Name auf der Zunge, mal schmierig, mal glühend heiß. Er rang mit den Kiefern um das Schweigen, damit er seinen Namen nicht auf die Madre Tierra speien musste, auf Pachamama, die erneut von einer Sintflut überschwemmt oder von einer Feuersbrunst verheert wurde.

* »Die Leichensprache« *(Anm. d. Übers.).*

Mit gespreizten Gliedmaßen tappte er weiter von einem Häuserblock zum nächsten, röchelnd und sinnlos. Immer wieder stieß er sich an Mauern, rutschte aus, meinte, mit dem anderen zusammengeprallt zu sein, mit dem, der ihm mal folgte und mal vorausging. Dann versuchte er, sich an ihm festzuhalten, ihn ins Elend hineinzuziehen, ihm die Glieder auszurenken, ihm blindlings die Lunge zu öffnen und sich über ihm zu entleeren.

Ah!, dachte er, wenn er doch nur in meinen Händen wäre, wenn ich ihm seinen Namen ins Gesicht spucken könnte! Damit er stirbt! Damit er endlich stirbt!

In Wirklichkeit machte ihm der Gedanke an den anderen überhaupt keine Angst mehr. Er wusste, der andere war aus seiner Fäulnis und Finsternis geschaffen worden, und er beneidete ihn nicht mehr. Der Schlaf übermannte ihn. Ein schäumender, rußiger Strahl warf ihn um, und er sah, dass der andere in einer Vertiefung niederkauerte. Da er sich nach Schlaf sehnte, kauerte auch er sich nieder. Er wollte nur noch schlafen. In Frieden.

Eva Rollnik ergriff zuerst das Wort. »Was suchen Sie hier?«, fragte sie. »Das hier ist eine empfindliche technische Anlage und keine Aschenbahn für Leichtathleten. Wenn Sie nicht auf der Stelle wieder hinuntersteigen, rufe ich die Polizei.«

Mein Vater lehnte sich mit dem Rücken gegen das Geländer und warf einen kurzen, gleichgültigen Blick über seine Schultern in die Leere, die sich lautlos schreiend hinter ihm auftat. Die letzten Streifen der Nacht gingen über der Stadt langsam in Blau über, das Morgenlicht hatte inzwischen einen Großteil des Himmels erobert. Die Luft wurde wärmer und kündigte einen schönen Tag an, einen friedlichen Sonnen- und Pollenflugtag.

Mein Vater änderte seine Haltung nicht und ließ sie noch näher herankommen. Wie jede Wachmannschaft der Nachtschicht streifte auch Eva Rollnik mit einer Pistole im Gürtel durch die Lagerstätten. Diejenige, die die Waffengewalt innehatte, blieb ein wenig hinter den anderen zurück. Mein Vater schätzte den Zusammenhalt und das Können der Gruppe ab: Wenige Sekunden, nachdem sie den Sprechkontakt zu ihm aufgenommen hatten, waren die Frauen schon imstande, ihn im Falle eines Falles auszuschalten, etwa wenn er Anstalten machen sollte, auf irgendeine Weise die Kuppel anzugreifen; oder ihn zu überwältigen, wenn zu erkennen gewesen wäre, dass er über das Geländer springen wollte. Leistungsbereitschaft und Mut kennzeichneten offensichtlich die Brigade Eva Rollnik.

»Zuerst werde ich mich mit Ihnen unterhalten«, sagte mein Vater. »Ich würde nämlich gerne wissen, warum Sie eine alte Sprache von den Hochebenen für die Worte des letzten überlebenden Menschen gewählt haben.«

»Wovon reden Sie überhaupt?«, fragte Eva Rollnik. Es war die mit der Pistole an der Hüfte, ein Mädchen, das meinem Vater in die Augen blicken konnte, ohne mit der Wimper zu zucken.

»Ich spreche vom Leichenspiegel, von was denn sonst«, antwortete mein Vater. »Von Ihrem Spiegel«, setzte er hinzu, »den Sie verfasst haben und den Sie dann den Moränen der Kultur überlassen haben.«

»Den was …?«

»Den Moränen.«

»Ich verstehe gar nichts«, mischte sich die mit dem dunkelsten Haar ein.

Mein Vater betrachtete sie der Reihe nach mit prüfendem Blick. Ihre Haut wies einige leichte Rötungen auf, die Augenbrauen waren nach einer langen Nacht im Dienst ein bisschen struppiger, und auf ihren Augen glänzte jetzt ein Schimmer von Unruhe. Er musste kein professioneller Gesichtsleser sein, und auch kein erfahrener Stalker, um den Gesichtszügen der vier Frauen entnehmen zu können, was sich in ihnen abspielte: Ihrer Ansicht nach war er ein Verrückter, der es sich in den Kopf gesetzt hatte, hoch oben über dem Hauptgaskessel zu thronen, glücklich, ein Publikum für seine wilden Phantasien gefunden zu haben. Natürlich hatten sie nie auch nur eine Seite aus der *Schaggå vom Ayarirpu* gelesen. Techniker sind keine eifrigen Zeitschriftenleser, und am allerwenigsten, wenn es sich um solche Herz-und-Schmerz-Blätter handelt wie die *Moränen*.

Mein Vater warf einen Blick nach unten. Halb auf dem Kiesweg, halb auf der Rasenfläche stehend, die aus dieser Höhe dicht und gepflegt aussah, parkte das Polizeiauto neben der kleinen Seitentür im Gitterzaun. Mit einer leidenschaftslosen Gebärde wies er sie darauf hin:

»Sehen Sie, die Streife ist schon da.«

KOMMENTAR

Die Schaggå vom Ayarirpu *wird kaum als stilistisches Kleinod in die Literaturgeschichte eingehen. Trotz der sprachlichen*

Unbeholfenheit wird man den Text aber seiner historischen Bedeutung wegen in Erinnerung behalten als erstes Beispiel einer neuen Gattung, die von eisernen Regeln geprägt ist: Einheit von Zeit und Handlung, Prinzip der Ungewissheit, sieben Bilder von absolut gleicher Länge, die mit geringfügigen Veränderungen jedes Mal dasselbe Geschehen schildern, dazu ein Kommentar – so war die Schaggå vom Ayarirpu *erschienen und hatte die Kritiken der Puristen überstanden, bahnbrechend und modellgebend für weitere Texte gleicher Art.*

Auf den ersten Blick kündigt der Gegenstand dieser Schaggå noch keine umwälzende Enthüllung an. Das Hin und Her der Hauptperson in einer chaotischen Welt, ihre Sehnsucht, sich zu vergraben, ihre vergeblichen Versuche, sich daran zu erinnern, wie die Dinge heißen, ihr feindschaftliches Verhältnis zu ihrem Doppelgänger (Spiegelbild, Abdruck, Schatten), ihre Weigerung, ein entsetzliches Schicksal auf sich zu nehmen, das sind kurz gesagt die Leitmotive des Ayarirpu. *Wie man sieht, ist das Thema nicht neu: der Mensch auf der Suche nach seiner Vergangenheit, die er vergessen hat und zu der er sich nicht bekennen kann.*

Jene Vergangenheit hat nichts von einer abstrakten Erfindung an sich. Der Zugang zu diesem Text erfordert keinen besonderen Scharfsinn, denn die Anspielungen könnten nicht eindeutiger sein – sie verweisen auf die furchtbare Zeit des Schwarzen Krieges. Abgesehen von der Umgebung (Trümmer, die in gleicher Weise von Wassermassen und Flammenmeeren überschwemmt werden), haben Sprachwissenschaftler beispielsweise Ausdrücke und Redensarten festgestellt, die eine der wenigen toten Sprachen nachahmen, deren Spuren der Krieg nicht völlig verwischt hat, das Ketschua.

Aus einem langen Albtraum erwacht, schwankt der Renaissance-Mensch, der stammelnden Mumie aus der Schaggå gleich, unschlüssig vor seinem scheußlichen Abbild. Die Leiche hat Angst vor der Leiche, sie hat Angst vor dem Spiegelbild der Leiche, vor dem Spiegel, in dessen Tiefe die Leiche sich widerspiegelt. Da die Menschheit der Renaissance noch keinen Frieden mit ihrer Vergangenheit geschlossen hat, ist es eine schmerzhafte Angelegenheit für sie, sich selbst zu benennen. Dabei mangelt es ihr nicht an Mut, sich zu der Rolle zu bekennen, die sie in der Geschichte gespielt hat, aber sie fürchtet sich davor, sich zu einer Rolle zu bekennen, an die sie sich nicht erinnert, und davor, jetzt das Spiegelbild und nicht das Original zu sein … sie fürchtet sich vor der beruhigenden, aber schwindelerregenden Rolle des Doppelgängers. In der Schaggå vom Ayarirpu *führt diese Furcht zu Vergessenheit, Verleugnung und zu einem zweiten Tod.*

Die wichtigste Botschaft des Textes ist also deutlich erkennbar: Wer sich nicht im Leichenspiegel betrachten kann, bildet sich zurück, fällt in einen Dämmerzustand, sein Denken setzt aus.

Allerdings wäre es schädlich (und ungerecht), den Renaissance-Menschen unterschiedslos mit dieser plumpen Schattengestalt zu vergleichen, die in der feuchten und glühenden Atmosphäre ihrer Träume endlos verrottet. Die Leiche, die in den verfaulten Klamotten der Soldaten aus dem Schwarzen Krieg durch den Nachkriegsregen stapft und versucht, sich wieder unter den Ruinen zu verkriechen, hat kein Ziel, keine mitteilbare Vorstellung von der Zukunft. Sie gleicht nicht dem Renaissance-Menschen, der hellsichtig an seiner ewigen Seligkeit arbeitet. Sie ist kein Geschöpf der Gegenwart mehr.

Der heutige Mensch kleidet sich nicht mehr in die fleischlichen Hüllen, die seine widerlichen Vorfahren ihm hinterlassen haben. Er ist nackt, er ist stark, und wenn er es lernt, mit fester Hand den Spiegel zu halten, in dem sich sein Spiegelbild bewegt, wenn er es lernt, sich in der Tiefe stehender Gewässer nüchtern und eingehend zu betrachten, wird er nie mehr im Schlamm versinken oder in Rauch aufgehen oder sich in Tränen auflösen.

Nachdem er sich vergewissert hatte, dass auch nicht eine Zeile der *Schaggå vom Ayarirpu* aus der Feder der Brigade Eva Rollnik stammte, und dass die Brigade weder von den Begleitumständen ihres Erscheinens noch von ihren besonderen Merkmalen eine Ahnung hatte, mit einem Wort, dass sie überhaupt nichts von der Schaggå wusste, hielt mein Vater seine Untersuchung für abgeschlossen. Er tat so, als würde er das Polizeiauto jetzt erst entdecken, und sagte:

»Sehen Sie, die Streife ist schon da.«

Später fiel ihm wieder ein, dass sich in diesem Augenblick ein Schatten der Beklemmung, vielleicht auch bloßer Gereiztheit über die Gesichtszüge der vier Frauen gelegt und sie verfinstert hatte. Unwillkürlich sträubte sich etwas in ihnen gegen die Sorglosigkeit ihres Gegenübers, gegen seine Ruhe, die gleichbedeutend war mit Zynismus und die Ärger oder Unglück verhieß. Es wehte nur ein schwacher Wind, aber von Zeit zu Zeit hörte man ihn um die Stahlträger pfeifen, und dann ächzte das Geländer, das die kreisförmige Plattform umgab, in hohem Ton. Die ganze Zeit lag ein leichter Gasgeruch in der Luft.

Duldsam, ja freundschaftlich im Tonfall, wiederholte Eva Rollnik ihren Vorschlag:

»Machen Sie mal keine Dummheiten. Sie sollten jetzt hinuntergehen. Wenn die Ihretwegen die vierhundert Stufen hinaufklettern müssen, werden sie sich keine Zurückhaltung auferlegen. Ansonsten begnügen sie sich vielleicht mit einer Strafpredigt.«

Mein Vater beobachtete die Frauen verstohlen eine nach der anderen, dann drehte er sich um und sagte zu ihnen:

»Schade. Ich hätte ihn gern aus Ihrem Mund gehört ...«

Er verstummte wieder. Mit Erhalt der Nachricht von Bienenstock 409 hatten sich alle Nebelschleier aufgelöst. Mit einer Ausnahme: Eine Frage würde sich erst nach einer kurzen Unterhaltung mit den Betreffenden klären: Wusste Eva Rollnik, wer sie war?

In allen anderen Fragen war mein Vater zu endgültigen Überzeugungen gelangt. Das Kollektiv Nummer einundzwanzig hatte natürlich keinerlei Verbindungen zu irgendwelchen Untergrundgruppen, und die Bienenstöcke hatten diese Möglichkeit nur aus alter Gewohnheit erwähnt, eine Floskel, die für ihre Redeweise typisch war. Als Wesen aus Fleisch und Blut hatte es eine Eva Rollnik bisher nicht gegeben; jemand hatte sich des Namens bedient, hatte als Eva Rollnik unterzeichnet und sich hinter dieser mythischen Abstraktion verborgen, um neue Vorstellungen in die Ideologie des 2. Jahrhunderts einzuführen. Und wenn sie hier als leibhaftiger Körper in Erscheinung trat, hatte das einen Grund: Ein leibhaftiger Körper konnte vernichtet werden.

Wer versuchte, das Denken der Renaissance-Menschen zu ändern? Und wer benutzte dazu eine Art Strohmann, der monatelang im Verborgenen blieb und dann an einem Ort fernab von der intellektuellen Welt in Erscheinung trat?

Sollten es Strömungen aus dem Untergrund gewesen sein? Diese Vermutung war keinen Pfifferling wert. Saboteure und Untergrundgruppen gehörten damals nicht zur Wirklichkeit oder höchstens zur Wirklichkeit willfähriger Journalisten, die der nicht gerade zimperlich vorgehenden Polizei die Aufgabe erleichterten.

Oder etwa die Sozialdemokraten, diese blasierten Hampelmänner der Eunuchenmacht (um eine boshafte Formulierung der Kommune Elise Dellwo zu zitieren)? Sie kümmerten sich nur noch um die nutzlose Verwaltung ihrer überflüssigen Ministerien, und eifrig bemüht, jedes treffende Eigenschaftswort aus ihren Gedenkreden zu streichen, drehten sich ihre Gedanken ausschließlich um die öffentlichen Feierlichkeiten zu Ehren der Familie Frankhäuser. Die Sozialdemokraten konnte man, das verstand sich von selbst, getrost vergessen. Wer sich für ein Jahrtausend an die Macht klammert, beharrlich den Stillstand verteidigt (um zwei Wendungen aus den zersetzenden Schmähschriften von Elise Dellwo wiederzugeben) und seinen Hintern so sehr plattgesessen hat, dass er nicht mehr aufrecht stehen kann (noch eine Formulierung der Kommune Elise Dellwo), wie die Sozialdemokraten, ist wirklich der Letzte, dem an einem geistigen Wandel gelegen wäre.

Da war die Annahme, diese Unternehmung sei von literarischen Zirkeln ausgegangen, schon viel naheliegender. Allerdings genügte es, die dichterischen Erzeugnisse der letzten Monate mit ein wenig Abstand zu betrachten, um auch diese Vermutung ausschließen zu können. Es sprang geradezu ins Auge, wie weit die stürmische Begeisterung der Kommune und die glänzende, ideologisch aber leere Effekthascherei ihrer Plagiatoren auseinanderklafften. Eva Rollniks Vorhaben war zu ehrgeizig, um in der Welt der Künstler zu wurzeln; es zeigte offenkundig, dass es außerhalb der Künstlerwelt ersonnen worden war.

Wer konnte noch dahinterstecken? Es musste sich um Kräfte handeln, die in den Überlegungen meines Vaters noch keine Rolle gespielt hatten: die Bienenstöcke.

Die Bienenstöcke, dachte mein Vater seit einem Tag. Offenbar hatten sie versucht, einige falsche Gewissheiten zu erschüttern, die im 2. Jahrhundert vorherrschten (und er räumte in aller Bescheidenheit ein, dass es nicht zu den Aufgaben eines Polizisten gehörte, nach den Gründen hierfür zu suchen). Aber nachdem die Schaggås auf dem Feld der Renaissance erst einmal gesät waren …

Wir standen hoch oben, es war ein strahlender Morgen mit sehr klarer, milder Luft.

»Was hätten Sie denn gern aus unserem Mund gehört?«, fragte Eva Rollnik mit veränderter Stimme.

Mein Vater vermied jede hastige Bewegung, er stützte sich weiterhin mit den Ellenbogen auf das Geländer und achtete darauf, die vier Frauen nicht durch einen plötzlichen Augenaufschlag, durch seinen Stalkerblick zu erschrecken; stattdessen neigte er in beinahe lässiger Haltung den Kopf zur Seite. Die Türen des Autos unten waren noch nicht auf- und zugeschlagen worden, die Streife machte keine Anstalten einzugreifen. Das ungewöhnliche Zusammentreffen der Umstände – die Tatenlosigkeit der Polizei, die sonderbare Haltung meines Vaters – verunsicherte die Frauen so sehr, dass sie langsam zurückwichen. Mein Vater zählte die Sekunden; er gewährte ihnen noch einen kurzen Aufschub, um einen letzten Schlussstrich unter seine Folgerungen zu ziehen.

Nachdem die Schaggås auf dem Feld der Renaissance erst einmal gesät waren, hatten die Bienenstöcke zur Kenntnis nehmen müssen, dass ihre List auf den Kopf gestellt und zu ästhetischen Zwecken missbraucht worden war. Hätten sie diese Erscheinung schlicht und einfach übergehen sollen? Das Werk Eva Rollniks stach immer noch auf unerklärliche Weise von der zeitgenössischen Literatur ab. Mit der Zeit hätte diese geheimnisvolle Erscheinung die Aufmerksamkeit der Kritiker auf sich gezogen, und dann wäre eine strenge und ausführliche Untersuchung über das Wesen von Eva Rollnik nicht mehr zu verhindern gewesen.

Deshalb war es notwendig, irgendwo auf dem Weg, den zukünftige Forscher einschlügen, unzweideutige körperliche Spuren zu legen, irgendwo den überhaupt nicht romanesken Leichnam der Brigade Eva Rollnik liegenzulassen; und »irgendwo« hieß außerhalb der literarischen Welt, damit alles Absonderliche an dieser Geschichte eine Erklärung in soziokulturellen Unterschieden finden konnte. Sollten trotzdem eines Tages neugierige Schnüffler den rätselhaften Ursprüngen der ersten Schaggås auf die Spur kommen, würden diese sich in den Geheimnissen um den Tod eines Menschen verlieren und nicht hinter den Mauern der Bienenstöcke gesucht werden …

Freilich verfügten nur die Bienenstöcke über die konkreten Möglichkeiten, in den nächtlichen Bereitschaftsdienst Nr. 21 (einundzwanzig) ein junges Technikerinnen-Kollektiv einzuschleusen, das den verhängnisvollen Namen Eva Rollnik führte. Nachdem sie erst einem erfundenen Wesen (der literarischen Brigade Eva Rollnik) zu beachtlicher Berühmtheit verholfen hatten, ließen die Bienenstöcke ein Wesen aus Fleisch und Blut (die Überwachungsbrigade Eva Rollnik) unauffällig vernichten.

»Der sechsten Abschnitt des *Ayarirpu*«, sagte mein Vater, »trägt die Überschrift ›Unsere Mutter Vergessen‹. Ich hätte gerne gehört, wie Sie das auf Ketschua aussprechen.«

»Ich weiß überhaupt nicht, wovon Sie reden«, antwortete Eva Rollnik.

»Unter uns gesagt, das bedaure ich sehr«, beendete mein Vater das Gespräch.

Für gewöhnlich versuchte mein Vater jedoch nicht, hinter die Logik derjenigen zu kommen, die ihm Befehle erteilten. Er war ein leutseliger Beater, der die Anordnungen seiner Herren ohne jede Gefühlsregung ausführte. Ich habe immer versucht, es ihm gleich zu tun. Den Bienenstöcken ganz ergeben, opfert man ihnen sein Leben – so lautet der Wappenspruch eines Stalkers, eines Hunters, eines Beaters.

Dann stützten wir uns wieder auf das Geländer neben einer Führungsschiene für das Räderwerk des Kessels. Jeden Augenblick würde die Sonne über dem Industriegebiet aufgehen. Bei der Schiene mischten sich die Ausdünstungen von Schmieröl und Metall in den Gummigeruch des Gases.

Ich näherte mich meinem Vater. Ich wusste, dass er trotz der Höhe alles genau sah, was sich weiter unten abspielte, und dass er noch die kleinsten Dinge auf dem Erdboden unterscheiden konnte; ich wusste, dass er die unterschiedlichsten Farbflecken mit derselben Neugier, mit derselben Unerschrockenheit beobachtete: die Kieselsteine, die Knöpfe an den Blusen, die Reißverschlüsse, die Hände, die Augenbrauen, die Schuhe, das Haar, die Grashalme.

Auf dem graugelben Kies unterhalb des Gaskessels sah Eva Rollnik immer noch aus wie Eva Rollnik, und niemand würde daran zweifeln, trotz der verrenkten Glieder.

VIERTER TEIL

Elise Dellwo und die Praxis der Heteronymie

Von ihrer Pension in Graça war es, zumindest nach dem Stadtplan, nicht weit zum Kastell von São Jorge, und deshalb machten sie sich auf den Weg, obwohl die glühende Sonne noch hoch am Himmel stand. Samstag, der Tag des unmöglichen Abschieds, der unmöglichen Trennung, kam mit so großen Schritten näher, dass sie wie Gefahr witternde Tiere ihr Zimmer kaum noch verließen, und wenn, dann unternahmen sie keine langen Ausflüge mehr außerhalb der Stadt und gingen auch nicht mehr zum Strand, sondern kehrten unter dem geringsten Vorwand schnell wieder zurück. Die Pension war ihr letzter gemeinsamer Schlupfwinkel, wo sie nach Belieben miteinander schlafen und reden konnten, und anschließend gingen sie wieder hinaus, im Innersten wund von verdrängter Unzufriedenheit und verdrängter Bestürzung, denn aufgrund der kurzen Zeit, die ihnen noch blieb, und des holländischen Dampfers, der schon im Hafen lag, war die Atmosphäre draußen Gift für die sexuelle Freigebigkeit und die Freigebigkeit der Gefühle, die sie bisher gezeigt hatten, war sie geladen mit Schreckensfasern, mit dem Leid, das sie sich nicht gestanden hatten, das sie nicht teilten.

Und der Schatten der Kiefern, die Brustwehr, die nicht von Flechten überwuchert war und trotz des endlosen Touristenstroms auch nicht besonders abgegriffen, und das unvermeidliche, auf die andere Seite des Tejos, auf Cacilhas und die berühmten Werften der Lisnave gerichtete Fernrohr; aber leider war der Münzschlucker kaputt, und so gingen sie noch ein bisschen auf dem knirschenden Kies entlang der Befestigungsmauern spazieren.

Die Schönheit der Aussicht hätte niemanden gleichgültig gelassen. Ohne ein Wort zu wechseln, bewunderten sie zunächst den Himmel, das Wasser, die Erde. Vor ihnen öffnete sich ein weiter Raum. Sie standen hoch über der Stadt und ihren gleichmäßig verteilten Hügeln; hier und da ragten Palmen und Bäume heraus, die eigentlich für das Mittelmeer typisch sind, und einige Kirchen mit hellen Fassade. Ringsum sahen sie Tausende von Dächern, meist mit Ziegeln gedeckt, und Häuser, die zwar nicht dunkel getüncht waren, aber keinesfalls den Beinamen »weiße Stadt« rechtfertigten, der Lissabon seit langer Zeit hartnäckig anhaftete. Und dazwischen das riesige Blaugrau des Tejos, »mein Freund Tejo«, der so groß schien wie das weite Meer, der aber schöner war, da man das andere Ufer sehen konnte.

Wie dem auch sei, meinte sie, um wieder an der Stelle anzuknüpfen, an der sie das Gespräch unterbrochen hatten, und um weder über sich noch über Kurt noch über die verhängnisvolle Reise zu sprechen. Du musst doch zugeben, dass es nicht sehr gefährlich ist, dieses Buch zu schreiben.

Und weiter: Was hast du denn bislang davon verstanden, meine Dogge? Meine liebe, meine entschlüsselnde und mordende Dogge?

»Soll ich, Herzallerliebste«, schlug er vor, »für dich kurz zusammenfassen, was ich von diesen Bruchstücken erhascht habe?«

»Ja«, antwortete sie, »mal sehen, wie meine Dogge diesen Intelligenztest besteht.«

Darauf er: Eine Art kommentierte Anthologie, Texte, die sich auf ein fiktives Zeitalter, die Renaissance, beziehen. Texte, die aus einer Zeit berichten, in der die Menschen der Renaissance eine schwere Identitätskrise durchmachen.

Dahinter zeichnet sich eine Gesellschaft ab, die auf einem großangelegten Eingriff in die kollektive Erinnerung gründet, auf einer vernichtenden Verstümmelung des Gedächtnisses. Man weiß nichts, zum Beispiel nichts über die biologischen Ursprünge des Renaissance-Menschen, als hätte es irgendwann einen organischen, genetischen Bruch gegeben, in dessen Folge sich die menschliche Natur veränderte. Man weiß auch nichts über die historischen Ursprünge dieser Gesellschaft, die sich in den Wirren eines mythischen Kriegs, des Schwarzen Kriegs, verlieren.

Die Intellektuellen leben in hochspezialisierten Kollektiven und Kommunen (hochspezialisiert in dem Sinne, wie in einem Insektenvolk jede Gruppe eine vorherbestimmte und einzigartige Aufgabe erfüllt) und polemisieren gegeneinander; die einen passen sich der frisierten Wirklichkeit an und flüchten sich in den Ästhetizismus, die anderen suchen nach einer unauffindbaren Wahrheit und leiten theoretische Untersuchungen ein, die sie an den Rand eines Umsturzes führen.

Die Gesellschaft wird von einem politischen Gebilde verwaltet, das reine Fassade ist. Sie befindet sich seit Jahrhunderten in den Händen sozialdemokratischer Einfaltspinsel, die eine Art völlig wirkungslosen ideologischen Totalitarismus ausüben. Unterschiedliche soziale Klassen,

Techniker, Arbeiter, Handwerker wirken beim Bau dieser Kulisse mit, bleiben dabei aber im Hintergrund. Möglicherweise sind es diese Klassen, die lesen und den Nährboden für die von den Schriftsteller-Kommunen einhellig angeprangerte Mülleimer-Literatur bilden? Vielleicht geben sie dem geheimnisvollen Untergrundkampf seine militante Wirklichkeit.

Wichtigste Stütze im Ordnungsgefüge der Renaissance ist jedenfalls die Polizei. Sie ist wachsam, handelt und hat keine Strafe zu fürchten. Man bekommt schnell mit, dass sie nicht dieser Attrappe von politischer Macht dient. In Wirklichkeit ist sie mit Herz und Seele den wahren Machthabern der Renaissance ergeben: den Bienenstöcken. Wer hat die Ordnung der Renaissance geschaffen, wer hat ihr diese Struktur und Bevölkerung gegeben, wenn nicht die Bienenstöcke? Die Bienenstöcke haben das Gedächtnis des Renaissance-Menschen gefälscht, sie verfügen nach Belieben über seine Vergangenheit, seine Zukunft, sie bestimmen seinen Gedächtnisschwund, seine Selbsttäuschungen, Erfolge, Blackouts und Lügen. Die Polizei ist das treu ergebene Werkzeug der Bienenstöcke, doch wie jeder Renaissance-Mensch hat sie keine Ahnung von den Zielen oder der wahren Natur der Bienenstöcke.

Das wär's, glaube ich, für den Augenblick, meine Herzallerliebste, oder?«

Sie hängte sich an seinen Hals. Wie schön du reden kannst, Kurt, meine Dogge, mein Teuerster!

»Und, gefällt es dir?«, fragte sie gespannt. »Wie du siehst, gibt es keinen Grund zur Aufregung.«

»Es gefällt mir überhaupt nicht«, erwiderte Kurt aufgebracht. »Alle Türen stehen sperrangelweit offen, und das BKA wird schnell zu dir vordringen, nachdem es mich am Schlafittchen gepackt hat.«

Darauf sie: Du traust mir wohl nicht, du scharfsinniger und zäher und dekadenter Bullenarsch.

Und er: Arme kleine Terroristensau, wie lange predige ich dir schon, dass du in deinem Winkel bleiben musst, bis du in Vergessenheit geraten bist, dass du den Schnabel halten und dein Denken in ein Schließfach sperren musst? Und du …

Ingrid lehnte mit dem Rücken an einer der Kanonen der Befestigungsanlage. Mächtig und elegant flog eine Linienmaschine in geringer Höhe ihre letzte Schleife vor der Landung, mit der Langsamkeit eines Luftschiffs, als hätte sie den Auftrag, über den Hügeln zu schweben und ein Auge auf die historischen Baudenkmäler zu werfen, um festzustellen, warum die Hauptstadt schön war und warum es phantasievolle Träumer gab, die sie »die weiße Stadt« nannten, a cidade branca.

»Vor etwas über zwei Jahren«, sagte Ingrid, »habe ich einen der berühmten Obersten vom April getroffen und mit ihm diskutiert. Er hatte gerade eine beachtliche Erklärung im Fernsehen abgegeben. Er drohte allen Ernstes, mit seinen Geschützen Lissabon unter Beschuss zu nehmen, um den konterrevolutionären Machenschaften in der Stadt ein Ende zu setzen.«

»Das waren noch Zeiten«, spottete Kurt.

Kurz nach der Verflüchtigung Elise Dellwos (im Ernst: »Verflüchtigung« ist genau der Begriff, den man in der Renaissance-Gesellschaft immer gebraucht, wenn die Polizei einem die Gedärme aufreißt und eine Handgranate darin zündet) war in *Herz des 2. Jahrhunderts* folgender Nachruf zu lesen:

Im Bericht der zuständigen Behörde ist schlicht und einfach von einer Verflüchtigung der Kommune Elise Dellwo, von Sprengstoff und von scharf gemachten Bomben die Rede, als hätte sich die Kommune, die in den sechziger Jahren die literarische Landschaft vergiftet hatte, in den siebziger Jahren einen Namen machen wollen, indem sie die politische Landschaft mit Dynamit beschmutzte. Wie dem auch sei, Elise Dellwo, für die unsere Redaktion niemals auch nur einen Funken Sympathie gehegt hat, diese Elise Dellwo ist nicht mehr. Welche Folgen hat das für unser breitgefächertes Presse- und Verlagswesen? Und lassen sich diese heute schon abschätzen?

Nein! Und genau das macht die augenblickliche Lage so paradox: Es wird noch monatelang nicht möglich sein, die wahre Tiefe des Kraters zu bestimmen, der in jener denkwürdigen Septembernacht durch den unvorsichtigen Umgang mit Nitrobenzol und Melinit entstanden ist. Warum?

Die Kommune Elise Dellwo ist, wer wollte es leugnen, mit ihren ewigen Schmähschriften allgemein bekannt geworden. Fast zehn Jahre lang (für ein Kollektiv dieser Größenordnung, dem nach Schätzungen der Polizei fünf Personen angehörten, ist das eine angemessene Lebensdauer) hat uns Elise Dellwo mit ihren berühmten »Flugblättern« eingedeckt, die in literarischen Kreisen einmütig abgelehnt wurden, da sie nicht das Denken und die Vorstellungen der Renaissance widerspiegelten.

Wir erinnern nur an einige Ansichten, die Kolleginnen über Elise Dellwo geäußert haben: »Eine Betrachtung körperlicher Merkmale drängt sich auf; tatsächlich scheint die Kommune auf krankhafte Weise ihr Tintenfass mit den Übelkeit erregenden Ausscheidungen ihrer Afterdrüsen zu verwechseln« (Kompanie Inge Albrecht). »Ihre Prosa, die zwischen elegischer Phantastik (gepriesen von den rückständigsten Akademisten des vergangenen Jahrhunderts) und dogmatischem Realismus (von allen Schulen abgelehnt) hin- und herspringt, hat etwas Modriges, hat Fäulnis in den aufklärerischen Stil der Renaissance eingeführt« (Kommune Katalina Raspe). »Elise Dellwo ist haargenau das Gegenteil von Geschmack in der Literatur« (Fraktion Adelheid Mohnhaupt).

In ihren Schmähschriften überzog Elise Dellwo das gesamte Räderwerk der Gesellschaft mit Bannflüchen, Gemeinheiten, falschen Verdächtigungen und böswilligen Anklagen: Ob Literaten, Künstler, Kritiker, ob wissenschaftliche Einrichtungen, die Polizei oder die herrschende Sozialdemokratie, nichts entging ihrer streitbaren Feder, abgesehen von den Bienenstöcken (die in der Tat nicht in das Leben der Renaissance-Gesellschaft eingreifen) und den Bevölkerungsschich-

ten, die nicht zum erweiterten Kreis der Intellektuellen gehören (und die sie folgerichtig auf lächerliche Weise verklärte).

Endlich also werden uns diese ekelerregenden Ausschreitungen erspart bleiben. Unser Dank gilt dem Erfinder des Melinits, der Pikrinsäure und ähnlicher chemischer Spielzeuge, oder ganz einfach dem Tölpel, der just in dem Moment niesen musste, als Elise Dellwo die verbrecherischen (und äußerst flüchtigen) Stoffe umfüllte.

Doch kehren wir zur Größe des Kraters und zu seinen nicht abschätzbaren Ausmaßen zurück. Die Kommune Elise Dellwo gab sich nicht damit zufrieden, unsere verlegerischen Traditionen mit Jauche zu besprengen, sie hat auch ein abartiges System der Heteronymie eingeführt. Die Verwendung von Pseudonymen, eine Mode, die seit Ende der fünfziger Jahre die ernsthafte Literatur belastet, stellt eine Plage dar, die wir an dieser Stelle ein ums andere Mal angeprangert haben. Aber die von Elise Dellwo ausgehende Heteronymie hat die Erkenntnisse zu diesem Problem absichtlich verschleiert. Auf hinterhältige Weise hat die Kommune einige leicht zugängliche Festungen umzingelt und verschiedene Pseudonyme ins Leben gerufen, die untereinander über Fragen des Satzbaus oder der philosophischen Erkenntnis polemisierten, in einem beachtlichen Stil zu beachtenswerten Themen Stellung nahmen und sich das Vertrauen der wichtigsten Zeitschriften erschlichen, indem sie die »ungebührlichen Obszönitäten der Kommune Elise Dellwo« brandmarkten oder (gestützt auf Beweise) zeigten, dass die Kommune Elise Dellwo bis über die Ohren in der Mülleimer-Literatur steckte (wo sie unter der heteronymen Bezeichnung »Abteilung Infernus Johannes« wütete). Dann haben sich zwei Heteronyme Elise

Dellwos aus Lust am Skandal gegenseitig unschädlich gemacht. So sind inmitten trüber Ausdünstungen die friedliche Kolonne Waltraud Pohle (Autorin kritischer Aufsätze zu den Romänzen der vierziger Jahre) und die Patrouille Hanna Fritzsch (bekannt für ihre heftigen Angriffe auf die Mülleimer-Literatur und für ihre Essays zur distributiven Archäologie*) entlarvt worden.*

Elise Dellwo hat also ein krankhaftes System aus gegensätzlichen Persönlichkeiten und Maskeraden in unserer Welt verankert, die einander mit unverhohlener Freude bespucken: eine Umgangsweise, die äußerst niederträchtig und dem 2. *Jahrhundert vollkommen fremd ist. Auch nachdem die Skandale Waltraud Pohle und Hanna Fritzsch aufgedeckt waren, hat sich das Klima keineswegs verbessert; im Gegenteil, es ist noch stickiger geworden, denn von diesem Moment an verdächtigte jedes Kollektiv seine Kollegen, insgeheim Beziehungen mit der Piratenkommune Elise Dellwo zu unterhalten – oder sogar selbst Elise Dellwo zu sein. So war das letzte Jahr größtenteils geprägt von (zu keiner Zeit überzeugenden) Erklärungen, (törichten) Gegendarstellungen und wütenden Leitartikeln (die sofort dem Spott der Ungläubigen ausgesetzt waren). Elise Dellwo war es gelungen, das geistige Klima zu vergiften, das schon an der Schwelle zu den siebziger Jahren stark gefährdet war.*

Mit der Verflüchtigung Elise Dellwos hat sich nur ein Glied einer im Untergrund weit verzweigten Kette aufgelöst, die aus Heteronymen in mannigfaltigen Erscheinungsformen und mit den verschiedensten Vorhaben besteht, deren Tätigkeit insgesamt jedoch einer Verschwörung gleichkommt. Eigentlich müsste die Kette nunmehr auseinanderfallen, ei-

gentlich müssten wir in den nächsten Monaten (die vielleicht für manch böse Überraschung sorgen werden) bei dem einen oder anderen, bisher außer Verdacht stehenden Kollektiv ein unerklärliches Schweigen feststellen können. Damit stehen Spekulationen und Wetten jeder Art alle Türen offen, und es kann keinen Zweifel daran geben, dass sie neue Polemiken schüren werden.

Was folgt daraus? Die von der Kommune Elise Dellwo hinterlassene Lücke ist im wahrsten Sinne des Wortes unschätzbar. Das kann uns allerdings nicht davon abhalten, an dieser Stelle eine Vermutung zu äußern, die weitaus schlimmer ist als jene, die für uns nur bedeutet, tatenlos abzuwarten (eine im Übrigen nicht ungefährliche Haltung), bis eine Kommune nach der anderen verkümmert … Denn möglicherweise war Elise Dellwo (wir sprechen von der, die letzte Woche in Rauch aufgegangen ist) gar nicht das Hauptglied (das Orthonym) dieser Kette, über die wir, wie wir zugeben müssen, nicht das Geringste wissen. Was dann? Was wäre, wenn man das falsche Heteronym ausgeschaltet hat? Ein Heteronym, das in Wirklichkeit nicht alle Fäden des Marionettentheaters in der Hand hält?

Was wäre dann? In diesem Fall wird uns, soviel lässt sich jetzt schon sagen, die Praxis der Heteronymie als Mittel der Zersetzung und des Umsturzes in den kommenden Monaten noch viel Kummer bereiten.

Bravo! Bravo! Wer so viel Scharfsinn besitzt wie der Kampfbund Irene Schelm, dem gebührt Beifall. (Es war natürlich nicht schwer, an der ungeheuren Behäbigkeit des Satzes »*Das kann uns allerdings nicht davon abhalten, an dieser*

Stelle eine Vermutung zu äußern, die weitaus schlimmer ist als jene, die für uns nur bedeutet, tatenlos abzuwarten, bis eine Kommune nach der anderen verkümmert« die Handschrift des Kampfbunds zu erkennen.) Aber warum erst »in den kommenden Monaten«? Sollten die Dämpfe der Verflüchtigungschlorate das Zeitgefühl von *Herz des 2. Jahrhunderts* so sehr vernebelt haben?

In den kommenden Tagen – hätte es richtig heißen müssen, Irene Schelm! Auch der größte Scharfsinn hat seine Grenzen, zum Beispiel bei der Polizei, die das falsche Kollektiv massakriert und vernichtet hat (Friede seiner Asche!). Das verpflichtet uns, den Kampfbund zu warnen: Jawohl, wir werden weiterhin im selben zerrissenen, durchtriebenen und räuberischen Stil unsere zerrissene, durchtriebene, betrügerische Gesellschaft anprangern, die auf falschem Schein, auf Lügen, falschen und echten Lügen, auf endlos fortdauernder Willenlosigkeit beruht!

Und zwar in den kommenden Tagen, Irene Schelm, in den kommenden Tagen!

Erneuerte Kommune Elise Dellwo

Nachdem das erste Flugzeug gelandet war, setzte ein zweites zur Landung an. Es war plötzlich am strahlend klaren Himmel von Lissabon erschienen, geräuschlos und ohne Kondensstreifen, wie hingezaubert in einem Quecksilbertraum. Es hatte sich anscheinend mit voller Bremskraft über der Basilica da Estrela materialisiert, ein nur allzu bekanntes Flugobjekt, dessen geläuterte Formen sich vor dem azurblauen Hintergrund so vollkommen rein ausnahmen, dass sie kaum noch etwas mit der Kultur zu tun hatten, von der sie einst ersonnen wurden.

Eine grässliche Kultur, dachte Ingrid, eine betrügerische Gesellschaft, in der es keinen Ort mehr gibt, der nicht von falschen Werten verdunkelt ist, und deren Pfeiler, grübelte sie weiter, Lumperei und Vetternwirtschaft sind, kultische Verehrung des Gottes Mammon und soziale Ungleichheit, eine auf zynische Weise geschützte Ungleichheit, empörte sie sich, die insgeheim durch Raub, Dummheit und Gewalt aufrechterhalten wird. Und sie wünschte sich, von all dem möge nicht mehr zurückbleiben als ein großer Haufen Asche!

Dort standen die beiden, Ingrid Vogel und Kurt Wellenkind, die bewaffnete Untergrundkämpferin und der Leiter der Sicherheitsgruppe, Hüfte an Hüfte am westlichsten Punkt des atlantischen Europas; eng umschlungen lehnten sie an einer zweihundert Jahre alten Kanone und beobachteten das lautlose Gleiten der Boeing in Richtung Flughafen. Der Verkehrslärm stieg hinauf zum Kastell, wo er zu einem gleichmäßigen und angenehmen Rauschen verschmolz. Das sommerliche Klima übertrug seine Gelassenheit auf die Stadt, der Tejo glitzerte über die gesamte Länge seiner Trichtermündung, doch in ihren Köpfen hämmerten schrille Albträume und das furchtbare Gefühl, dass ihre Liebesbande bald zerreißen würden. Bald würde der Bug eines holländischen Dampfers die Taue zerfasern, die sie aneinanderfesselten, und in die blutige Wunde, in diese riesige Wunde zwischen zwei Ufern, die nie wieder vernarben würde, in diesen unerträglichen Riss würde sich der Ozean ergießen, ein Meer von salzigen Tränen, salzigen Wellen mit Schaumkronen jahrelanger Hoffnungslosigkeit: das sinnlose und vergebliche Leid, das ihnen bevorstand.

Geübt in der Kunst, sich zu verstellen, ihre Befürchtungen zu unterdrücken und sie nicht zur Sprache zu bringen, geübt in der Kunst, sich selbst zu belügen, führten sie eine Unterhaltung, aus der alle Anklänge an ihr tragisches Schicksal verbannt waren.

»Kannst du Flugzeuge von weitem erkennen?«, fragte sie ihn herausfordernd. »Die wunderbaren Flugzeuge da drüben… zum Beispiel …«

Darauf er: »Eine 727.«

Sie hatten sich gerade über die Nelkenrevolution im Jahr 1975 unterhalten. Ingrid ließ ihr umfangreiches Wissen darüber aufblitzen. Sie irrte sich nie im Datum einer wichtigen Demonstration; außerdem hatte sie an einigen

Demonstrationen im Juli und August 75 teilgenommen, hatte, umringt von Soldaten im Drillich und zwanzigjährigen Invaliden, die ohne Beine aus Angola oder Mozambik zurückgekehrt waren, die Faust gereckt und mit der linksgerichteten Menge die Auflösung der verfassunggebenden Versammlung gefordert. Sie erwähnte die Namen der Offiziere des Revolutionsrates, sie jonglierte mit Kürzeln, die Kurt teils bekannt waren, teils aber auch nicht: COPCON, SUV, PRP-BR, RALIS, UDP, MFA, MRPP, LUAR, PCP.

»Hörst du noch zu, meine Dogge? Kannst du mir folgen?

»Manchmal, aber nicht immer. Was bedeutet zum Beispiel SUV?«

»Das sind die Vereinten Soldatenräte: Soldados Unidos Vencerão.«

»Was bist du doch für eine unerschöpfliche Quelle des subversiven Wissens, Herzallerliebste!«, spottete er.

Sie erinnerte sich, dass sie ihn mit einem ähnlichen Satz bedacht hatte, als er ihr die portugiesische Bezeichnung für Seilbahn nannte: Elevador da Bica.

»Mir entgeht eben nichts, Bullenarsch«, meinte sie, »weder die verführerischen Oberdoggen der Sicherheitsgruppe noch die Initialen linker Gruppen noch ihre Broschüren oder Flugblätter.«

Aber: Der Gedanke an gedruckte Texte führte Ingrid erneut zu ihrem Buch *Einige Einzelheiten über die Seele der Fälscher* zurück; und sie sah sich wieder gealtert und zusammengekrümmt an irgendeinem tropischen Flecken Erde, als Einsiedlerin, die tröpfchenweise ihren Kriegsschatz aufzehrt, in einem Unterschlupf, der sie nicht vor dem gellenden Kreischen der Nachbarn schützt, von den Frauen im Viertel abgelehnt und den hasserfüllten, aber begehrlichen Blicken der Männer ausgesetzt, sie sah sich über einem nie abgeschlossenen Manuskript sitzen, einem Manuskript, das ihr selbst im Laufe der Jahre unverständlich und verachtenswert geworden war und dessen Blätter sich unter dem langsamen Vordringen des Schimmelpilzes wellten; sie stellte sich vor, wie ihre Tränen auf die unleserlichen Seiten fielen, wie sie über den unveröffentlichbaren Fragmenten ihres verpfuschten Lebens weinte, sie stellte sich ihren Tod beim Halali von Koblenz vor, ihren Tod beim Auslaufen des Schiffs in Lissabon, ihren Tod auf der Autobahn nach Dortmund, sie stellte sich vor, wie sie endlos über ihren Tod weinte, vielleicht in einem Vorort von Jakarta oder in einem baufälligen Haus am Sulumeer zwischen Gerüchen nach gebackenen und verdorbenen Fischen, wie sie schweigsam, mumifiziert, abgeschnitten von der Wirklichkeit und sogar von den Lügen über die Wirklichkeit, abgeschnitten von allem, beim Schein einer flackernden Laterne über ihrem missratenen Buchvorhaben saß, neben sich das eingetrocknete Tintenfass und den seit langer Zeit rostigen Federhalter.

Und: Am besten wäre, dachte sie, wir würden uns auf der Stelle von der Festungsmauer in die Tiefe stürzen. Auf der Stelle und zusammen.

Er war mit einer anderen stummen Aufzählung beschäftigt. Denn seit ein paar Tagen stellte er sich vor, Waltraud Stoll wäre von einem schöpferischen Fieber ergriffen, zöge schon den letzten Federstrich unter ihren Roman und widerstünde nicht dem Drang, ihn in ein Kuvert zu stecken und einem Postbeamten in weißem Hemd mit Schwitzflecken anzuvertrauen, damit der Text in Deutschland gelesen und diskutiert würde.

Du kannst Namen, Geschehnisse und Länder verschleiern, soviel du willst, und die Entschlüsselungsspezialisten des BKA für einige Zeit in die Irre führen, mein Augenstern, und trotzdem werden deine ganzen Ängste hervorscheinen und dich verraten, denn leider gehören sie nicht der Literatur an, Herzallerliebste. Sie sind ihr fremd und deshalb werden sie die Aufmerksamkeit unserer beharrlichsten Schnüffler erregen. Deine Zwangsvorstellungen, meine Teuerste, haben nichts mit dem zu tun, was einen Schriftsteller für gewöhnlich bewegt. Soll ich dir sagen, was? Soll ich dir eine Liste aufstellen?

Er drehte sich zur Seite. Jetzt stand er im Gegenlicht, wie an den strahlenden Himmel gelehnt. Der Schatten betonte die unbeugsame Strenge seiner Gesichtszüge, die er von vielen Generationen umherziehender Krieger und Nomaden geerbt hatte, denen ihr eigenes Schicksal ebenso gleichgültig war wie das menschliche Leben überhaupt.

Dieser Hass auf die herrschenden Mächte, diese paranoide Angst vor der Polizei, die Vorstellung, hinter den Fassaden der Ämter würden geheime, für den normalen Sterblichen unbekannte, aber vernichtende Kräfte wirken, dieser Hass auf die Sozialdemokratie, auf ihre Laschheit, auf die Selbstzufriedenheit der Sozialdemokraten, die Gewissheit, dass die Sozialdemokratie den schlimmsten Totalitarismus darstellt, weil sie keine Brüche kennt, die Ansicht, die Sozialdemokraten dienten nur als Schutzschirm für die wahren Machthaber des militärisch-industriellen Komplexes (um eure schwachsinnige Ausdrucksweise wiederzugeben), diese von den ewigen Identitätswechseln, denen du dich unterziehen musstest, hervorgerufene Angst, dieses vom Verfall der Identität verursachte Schwindelgefühl, die quälenden Geheimnisse, die niemand wissen darf, die quälenden Lügen, mit denen du deinen wahren Lebenslauf verschleiern musst, die Angst vor der Verwandlung, diese Befriedigung, die dir der bewaffnete Kampf gebracht hat, die Angst vor den vielen Jahren in der Einsamkeit des Gefängnisses oder des Exils, das Fehlen friedlicher Beziehungen zwischen den Menschen, der Mangel an Aufrichtigkeit, das Fehlen von Gewissensbissen, die Angst davor, keine Zukunft zu haben.

»Und was heißt RALIS?« hakte er nach.

»Artillerieregiment Lissabon oder so etwas ähnliches«, antwortete sie unsicher. »Muss ich noch überprüfen.«

FÜNFTER TEIL

Einige Abschweifungen die Mülleimer-Literatur betreffend

Ich bin der Knecht von Morog-Ahn, dem Schweinevorführer, der selbst eine alte Zuchtsau ist. Hol' ihn doch der Baratrone und laß' er ihn zweihundertacht Jahre in einem Gemisch aus kochender Milch und ranzigem Öl schmoren! Und nicht nur ihn, sondern auch seine Sippschaft, die ganze kurzbeinige Sippschaft … Jawohl! Pack' sie doch allesamt der Baratrone und reiß' er sie in Stücke! Gütiger Gebieter, hört Ihr mich? Eigentlich müsstet Ihr mich hören, wie sonst auch … Ihr wacht und belauert mich doch hinter meinen Lidern, nicht wahr? Keine Ausflüchte! Ich weiß es genau. Ich spüre, Ihr seid da. Ihr beobachtet und belauscht mich. Und ich sage Euch, diese Kreatur wird bekommen, was sie verdient. Packt Morog-Ahn am Genick, greift ihn mit Euren struppigsten und nesselndsten Klauen und taucht ihn siebenundvierzigtausend Wochen und drei Tage in eine der Dreckbrühen, die Eure Gehilfen zu unserem gemeinsamen Wohl ansetzen und köcheln; und von Ewigkeit zu Ewigkeit wird es Euch tausendfach gedankt sein. Und wenn Ihr kommt, solltet Ihr die Gelegenheit gleich nutzen und die fetten Schwarten seiner Kumpane aufspießen. Ich möchte Euch besonders den Zauberer O'Meschbel ans Herz legen, und den Schurken, der den Bierausschank hat. Es gibt noch mehr von der Sorte. Auf der Innenseite meiner Lider findet Ihr eine Liste, die ich für Euch zusammengestellt habe … Ihr könnt sie nicht übersehen … Da, vor Eurer Nase … Und vergesst bei Eurer Lese, ich flehe Euch an, auf keinen Fall die Babuli, ihr gemeinsames Weib – habt Ihr Euch ihren Namen gemerkt? Macht Hackfleisch aus diesem nichtswürdigen Gesocks und röstet es auf kleiner Flamme, lasst sie neunundvierzig Jahre und tausend Nächte in Eurem großen roten Tiegel brutzeln. Dafür widme ich Euch von Ewigkeit zu Ewigkeit meine schlimmsten Lästerungen, einverstanden? … Abgemacht? … Stecht die Antwort wie sonst auch in meine Träume, mein ehrwürdiger Baratrone.

Geschafft! Es erleichtert mich ein wenig, wenn ich meinen Herrn verfluche. Natürlich führt es zu nichts. Aber mit einem Mal fühlt sich die Innenseite meiner Wangen weniger spröde an.

Gleichwohl, ich bin der Knecht des Schweinevorführers in Jekcho. Das, so müssen Sie wissen, liegt am Ende des Weges, der aus dem Wald kommt; man trippelt durch verdorrte Roggenfelder und über Weiden, wo das Getier meines Herrn herumlungert. Der wahrhaft steinige Weg mündet ins Dorf wie Galle in den Mund, wenn einem etwas bitter aufstößt. Genau dort wohnt Morog, im dritten Gemäuer. Ich hause nebenan im Schweinestall bei den Baturi. Ich beklage mich nicht über die Arbeit; man könnte nicht behaupten, dass ich mich zu Tode schinden würde. Ich bringe meinen Tag mit untergeordneten Verrichtungen zu, und ansonsten streife ich ziellos durch die Gegend; der Lohn dafür sind einige Stockschläge, begleitet von nichtssagenden Flüchen. Aber ich habe ein dickes Fell und würde wohl noch ganz andere Misshandlungen ertragen; die Verwünschungen werden allerdings so*

* Mehrzahl von *Batur*, »Zuchteber« *(Anm. d. Übers.)*.

schlecht skandiert, so schlecht getanzt, dass kein Schmerz unter meine Schädeldecke schlüpft und dass mich keine Albträume plagen. Mein Herr ist ein grobschlächtiger Gauch, seine kümmerliche Magie hat nicht die geringste Wirkung auf mich. Zwar wirkt meine eigene Magie auch nicht sehr. Aber dafür sind meine Zaubersprüche kurz.

Kaum war ich im Dorf erschienen, verpassten sie mir diese lächerlichen und grotesken Beinamen. Am Anfang nannten sie mich Mondhund, und heute heiße ich Mondgesicht. Damit das geflügelte Volk aus der Nachbarschaft etwas zum Lachen hat. Wenn sie die weißlichen Runzeln in meinem Gesicht sehen, stoßen sie sich gegenseitig in die Seiten und brechen in schallendes Gelächter aus; dann schütten sie Hohn und Spott über mich. Und ihre Gesichter? Haben sie sich schon einmal selbst angesehen? Haben sie sich schon einmal über ein Wasserloch gebeugt, um ihre erdigen Schnauzen zu bewundern, oder ihre lachenden Fratzen, die ebenfalls mit Erde beschmutzt sind, mit dreckbraunen Schleimspuren, oder den widerlichen Geruch, den sie verbreiten, haben sie sich schon einmal so gesehen?

Ein trübseliges Gesicht ist die einzige Antwort auf ihren Spott, die ich mir im Augenblick erlauben kann. Trübselig und unterwürfig, aber mit listigen Hintergedanken, von denen sie nichts ahnen, sonst ließen sie mir wirklich die Haut in Stücke reißen und die Knochen zerschmettern. Möge unser Gebieter das schauderhafte Getier tausendneununddreißig Jahre auf einem rostigen Essigbett martern, dieses schauderhafte und überaus schmutzige Getier, denn sie sind schnell mit dem Knüppel zur Hand! Und sie schätzen die herausfordernden Blitze nicht, die bisweilen in der hintersten Höh-

lung meiner Netzhaut aufleuchten. Doch aus Rücksicht auf meine Gesundheit beherrsche ich mich und schweige und breche mitnichten das Siegel meiner Gedanken.

Aber der Tag wird kommen, an dem sie bereuen werden, dass sie gelebt haben; Eure Stunde, mein Gebieter und Baratrone, wird kommen und sie wird von Eurem Ruhme künden! Einer Eurer eifrigsten Diener fleht Euch an: Gewährt mir die Teilnahme an dem Schauspiel, das ihre letzten Zuckungen bieten werden, damit sie sich noch im Angesicht des Todes an ihr Betragen mir gegenüber erinnern. Der Tag wird kommen, an dem ich ihnen alles an den Rüssel spucken werde, was ich jahrelang als schwarzen Dreck in mir angehäuft und hin und her gewälzt habe, der Tag, an dem ich ihnen alles ins Gesicht speien werde, was der Baratrone aus Nachsicht und Mitleid mit seinem ergebenen Schwertträger mir einflößt. Alsdann werde ich mein schweres Gewerk beenden. Vorausgesetzt natürlich, die Linkshändige Leichenmacherin hat nichts dagegen, gelobt sei sie, auch sie, die allewige Anmut.

Die Dämmerung breitet sich über dem vom Regen dampfenden Boden aus, und die kühlen Schwaden des Abendnebels steigen in aller Stille auf. Überall, nur nicht in meinem Rücken, wo die zusammengepferchten Gestalten von Jekcho schon fast schlafen, erhebt sich unbezwingbar der Wald: die Bäume, an denen schon der nächtliche Talg herunterrinnt, und die Farne voller Kröten zu ihren Füßen. Der Weg schlängelt sich ins Dorf, schmiegt sich dem milchigen Blauviolett oder Dunkelgrün des Hügels an. Die Farben werden undeutlich, die Linien verschwimmen. Das kann man schön finden oder auch nicht, je nachdem, ob man den Geruch von feuch-

tem Gras mag oder nicht, und die unmerklichen Bewegungen des Lehmbodens, in dem allerlei Kleintier Löcher bohrt und Dreck schluckt und die Erde eggt, je nachdem, ob man den Wechsel der Töne zu dieser Stunde mag oder nicht, wenn die Lurche mit ihren Stimmen den Chor beherrschen, wenn die Wurzeln unter dem Moos vorwärts kreuchen, und wenn der Nieselregen wieder vom Rand der Blätter zu rutschen beginnt. Je nachdem, ob man es mag oder nicht. Am Anfang habe ich es gehasst. Ich war andere Gefilde gewohnt … Wie fern das alles scheint, beinahe schon vergessen … Und trotzdem geschah es …

Eine betrübliche Geschichte. Hören Sie zu.

Lassen wir den Knecht Morog-Ahns in der Abenddämmerung allein vor sich hin grummeln. Seine lange Klage setzt sich über so viele Seiten fort, dass wir den Bericht bedenkenlos unterbrechen, kürzen und, vor allem, zusammenfassen können, um gegen das Gefühl der Langeweile anzukämpfen, das er unweigerlich hervorruft.

Der Schweinevorführer ist also ein Text, der sich mit der Zähigkeit von Schlammflüssen (oder von verdicktem Blut) dahinwälzt. Es gehört schon eine sehr abartige Veranlagung dazu, wollte man seinen Windungen unbedingt in voller Länge folgen. Wir geben uns damit zufrieden, ihn zu überfliegen. Ein paar flüchtige Blicke genügen, um die anekdotische Geschichte zu erfassen, ein paar tiefere Schürfungen, um die Qualität des Textes zu bewerten und den Sinn dieser Art von Literatur zu beurteilen.

Und um die Netzwerk-Literatur (alias Untergrund-Literatur alias Mülleimer-Literatur) kennenzulernen. Hier zuckt der unvoreingenommene Leser natürlich zusammen. Wovon ist eigentlich die Rede?

Während der ersten vier Jahrhunderte unseres Zeitalters (einer Zeit, die notwendig war, damit die Renaissance sich behaupten konnte und der Renaissance-Mensch die Wahrheit über sich erkannte) war der Ausdruck »Mülleimer-Literatur« in allen Polemiken gegenwärtig. Man kann aber davon ausgehen, dass er im 4. Jahrhundert schon einen Anachronismus darstellte. Zwar war die Erscheinung selbst ab Mitte des 3. Jahrhunderts verschwunden, im Presse- und Verlagswesen hatte sie aber eine immer noch glühende Spur hinterlassen. Eine keineswegs unbedeutende Spur: Mehrere hundert Jahre lang hatte es neben der offiziell anerkannten humanistischen Literatur *etwas anderes* gegeben, hatte *etwas anderes* Wörter benutzt, geschrieben und Texte verbreitet, hatte *etwas anderes* im Untergrund der Kultur überlebt. Dieses Andere trat aus dem Bodensatz nicht greifbarer Netzwerke und Untergrundnetze, den eigentlichen Mülleimern der Renaissance, ins Licht der Öffentlichkeit, also außerhalb jeder geistigen Kontrolle durch die Gesellschaft. Und außerhalb jeder moralischen Kontrolle.

Einige Ethnologen und Linguisten mit abgehärtetem Geruchssinn beugten sich über diese Erscheinung, und manche untersuchten ihre gewaltigen Auswirkungen (diese »Literatur«, diese Stimmen, die schändliche und unschickliche Worte ausstießen, diese Texte, die sich über jeden Kanon der Ästhetik hinwegsetzten, diese frevlerischen Verwünschungen bewiesen, dass die Renaissance-Menschheit mindestens zwei verschiedene Rassen mit unterschiedlicher Geschichte und unterschiedlicher Kultur umfasste, aber mit ein- und demselben, von außen auferlegten Bewusstsein). Allerdings starben jene Wissenschaftler bald, oder aber sie wandten sich von ihren Untersuchungen wieder ab und harmloseren Gegenständen zu.

Der Gedanke, es gäbe eine verborgene Wahrheit, der sich bei der Mülleimer-Literatur unwillkürlich einstellt, der Gedanke einer geheimen Wahrheit über den Menschen und einer unmittelbar bevorstehenden Offenbarung, dieser Gedanke fand bei den Kritikern keinen Anklang. So ließen sie die Gelegenheit zu einer ernsthaften, sich auf Belege stützenden Forschung verstreichen, bis die Untergrundnetze und ihr Geschrei allmählich verstummten. Doch der Ausdruck »Mülleimer-Literatur« erfreute sich großer Beliebtheit in der Bevölkerung. Sich zu beschimpfen, gehörte jetzt zum guten Ton unter den Schriftsteller-Kollektiven. Die Mülleimer-Literatur diente allen Säulen des Denkens (amtlichen Presseorganen, Zeitschriften, die unter der Hand von Sozialdemokraten gegründet oder unterstützt wurden, Zeitschriften, die die Polizei kontrollierte, unabhängigen Zeitschriften, vertraulichen Avantgarde-Blättern oder, in Zeiten wachsender Spannungen, sogar Untergrund-Publikationen) als willkommener Gegensatz, um die eigenen Vorzüge zur Geltung zu bringen. Als Schublade für alles, was man herabsetzen wollte.

Zwei mehr oder weniger zufällige Beispiele aus dem uferlosen Strom von Polemiken im 2. Jahrhundert:

»Wenngleich ihren wirren Entwürfen eine gewisse stilistische Würde nicht abzusprechen ist«, schreibt beispielsweise die Kommune Katalina Raspe (die später wegen ihren Verbindungen zum Untergrund beseitigt wurde), »kann Ingrid Schmitz nicht ernsthaft für sich in Anspruch nehmen, über die unterste Stufe zusammenhanglosen Gefasels hinausgekommen zu sein, auf der die Mülleimer-Literatur seit jeher verharrt.«*

»Die Vernichtung des letzten Exemplars von *Klarheit der Geheimnisse*«, scheint ihr die Erneuerte Brigade Susanne Speitel zehn Jahre später zu antworten, »wird allen eine Freude sein, die die Verwandlung Katalina Raspes in eine Untergrundautorin, in eine Autorin der Abfallkübel, beklagen.«**

Wir haben Tausende ähnlicher Zitate erfasst. Sie zeugen nicht vom Scharfsinn der Polemiker und machen ihnen keine Ehre: eine Kritik ohne Kriterien, in der zersetzende Elemente, Untergrund, Mittelmaß, Mülleimer und Netzwerke wahllos vermischt werden. In unserer Abhandlung bemühen wir uns dagegen, solchen bedauerlichen Missverständnissen keinen Vorschub zu leisten. Deshalb sei eines vorweggesagt: Die Schriftsteller der Renaissance schufen eine Literatur, zu der Meisterwerke und Schund gehören, doch beide gehören ein- und derselben Kategorie an, nämlich der »Renaissance-Literatur«. Texte aus den Untergrundnetzen gehören aber nicht zu dieser Literatur***, ganz gleich,

* Katalina Raspe, »Die Stufe des Grotesken«, in: *Renaissance,* 3. Folge, Nummer 20.

** Susanne Speitel, »Ein Jahr mürrischen Grunzens«, in: *Gesichter des 2. Jahrhunderts,* ohne Nr.

*** Wir werden bald sehen, warum *Der Schweinevorführer* eine besondere Einordnung verdient.

ob sie feinsinnig oder abscheulich sind. Und zwar aus einem entscheidenden Grund: Sie sind nicht von Männern oder Frauen der Renaissance verfasst worden.

Heute lässt sich in der Tat vieles leichter aussprechen als in den ersten Jahrhunderten unseres Zeitalters. Also tun wir es: Der Mensch der Netzwerke war nicht von derselben Beschaffenheit wie der Renaissance-Mensch. Weder auf geistiger noch auf gefühlsmäßiger Ebene, ja, nicht einmal auf körperlicher Ebene. Mit einem Wort, er war *von anderer Rasse*.

Ein kleiner Unterschied, den die Prosaschriftsteller des 2. Jahrhunderts bei aller Mühe kaum erkennen konnten.

»Ich habe einen Bärenhunger!«, bemerkte Kurt mit einem tragischen Tonfall, der völlig übertrieben war. »Und was bieten die Speisekarten? Lange Listen phantastisch klingender Fische, aber leider kenne ich weder ihre Namen noch kann ich sie aussprechen.«

Sie lachte. Ingrid Vogel lachte über die Gerüche in der Straße, die zu unbeschwerter Fröhlichkeit anstifteten, über den Grillgeruch, den Geruch nach röschem Brot und nach Ferien. Sie lachte auch über Kurts mürrischen Tonfall, dessen Ursache zweifellos Hunger war, und über die zusätzlichen Rätsel, auf die der Polizist stieß, während sie ihren Spaß hatte an all den Linguados, Peixes-Espadas, Solhas, Tamboris, Espadartes, Pescadas, die vor Kurts Augen tanzten und in seiner Vorstellung nur ein flüchtiges Bild in groben Umrissen hervorriefen, eigentlich nur ein Bild des unbekannten Fischs, der weder richtig lebte noch richtig tot war und trotz seiner offenkundigen Wirklichkeit ganz unwirklich schien. Genauso wie die Personen, von denen ihr Buch handelte.

»Ein Aufsatzthema«, schlug sie vor: *»Ist die lückenlose Aufzählung aller Einzelwesen einer Art hilfreich oder hinderlich bei der Feststellung, um welche Art es sich handelt?«*

»Sollte es sich um eine Aufzählung von Terroristen handeln, wird dies für die Sicherheitsgruppe immer leicht festzustellen sein«, antwortete Kurt schlagfertig.

»Dreckiges Schwein, verdammtes, dreckiges Bullenschwein«, raunzte Ingrid. »Ich werde eine Açorda de Mariscos nehmen,« fügte sie noch hinzu, »dasselbe wie vorgestern in Cascais. Und lass uns einen Platz suchen, wo wir keine deutschen Touristen zu Tischnachbarn haben.«

Aber im gleichen Augenblick dachte sie:

Am Anfang war es nur ein wilder Aufruhr; eine kleine Minderheit lehnte sich auf gegen die Reichen, gegen die Mächtigen, gegen die Zuchteber und Mutterschweine des Nordatlantiks, aber ziemlich schnell, noch während wir unsere Lebensweise auf die Raubzüge und den Untergrund umstellten, entdeckten wir, dass der soziale Körper in seiner Gesamtheit verfault war, dass er bis ins innerste Mark stank, dass der Koloss des Westens reif war, gestürzt zu werden, dass er nicht mehr taugte zum Wiederaufbau auf einer vernünftigeren Grundlage, sondern nur noch zur vollständigen Zerstörung, und plötzlich erkannten wir, dass der proletarische Kern, auf den wir unsere Hoffnungen gesetzt und unsere Theorien gebaut hatten, für unsere Ziele nicht mehr zu gebrauchen war, ja nicht einmal das proletarische Gewebe, und während wir die Nahtstellen der amerikanischen Kriegsmaschinerie angriffen und versuchten, die wichtigsten Räderwerke des industriellen Großkapitals lahmzulegen, hatten wir ständig diesen allerorts verbreiteten Pesthauch in der Nase, der aus den gepolsterten Wohnungen und Häusern strömte, in denen der Mob hauste, kämpften wir gegen die arroganten amerikanische Bullensäue und gegen die Napalmdealer in Südostasien und gegen dieselben Dealer im Westen, die allen Kulturteer über die Lider schütteten, damit niemandem mehr die

Augen aufgingen, und die ein zähes Pech über das Denken gossen, damit niemand mehr sich regte und schrie, doch die große und unübersehbare Masse, die wir anfangs noch wachrütteln wollten, erwachte nicht, sondern suhlte sich weiter im Dreck, und ihre Ausdünstungen rochen weiterhin nach verdorbenem Fleisch, wir aber hatten uns gegen den westlichen Saustall erhoben und tauchten mal hier und mal dort auf mit unseren lächerlichen Maschinenpistolen, wir raubten die Banken des Bankenkönigs aus, wir hefteten den höchstdekorierten Würdenträgern Orden aus Blei an die Brust, und doch konnten wir nicht leugnen, dass wir vor allem, nämlich Tag für Tag und zu jeder Stunde der nicht enden wollenden Tage, den übelriechenden Atem der Massen bekämpfen mussten, deren Unschuld wir lautstark verkündet hatten, und während wir unsere Schläge gegen militärisch-industrielle Ziele verdoppelten, blies uns von der Bevölkerung ein Wind der Verwesung entgegen, für den wir uns schämten, wenn wir ihn rochen und wenn wir bemerkten, woher er kam und wonach er stank, und deshalb schwiegen wir untereinander lieber über diesen ideologischen Zusammenbruch, wobei jeder und jede von uns annahm, dass künftig Pulverrauch seinen oder ihren Blick trüben und Kämpfe seine oder ihre Seele verformen würden, und dass es nicht seine oder ihre Sache wäre, die Lage zu beurteilen, und während wir gemeinsam eine allgemeine historische Erklärung zur westlichen Suhle verfassten, fanden wir Beweise für ihren Pestgeruch, wir schwadronierten gemeinsam über seine Ursachen, die auf den Weltkrieg und den Nazismus zurückgingen, und wir zeigten, dass die Fälschungen nach dem Krieg für das Überleben jeder deutschen Familie und für das Gleichgewicht in jedem deutschen Haushalt unentbehrlich waren, kurz, wir fanden gemeinsam Gründe, um die Bevölkerung der Metropolen zu entschuldigen, aber rein persönlich fand keiner und keine von uns eine Entschuldigung für die Schweinehirten der westlichen Welt, auch nicht für das westliche Schwein selbst, und allmählich begannen wir, solche Gedanken voreinander zu verbergen, da sie dem Volk gegenüber ebenso viel Dünkel und Verachtung ausdrückten wie die Gedanken der nordatlantischen Könige oder die der Könige der Sprengköpfe, und in der Nacht erschienen plötzlich die Lichterketten der Polizeisirenen und der amerikanischen oder französischen Jeeps, und auch, wenn sich jede von uns mit einer düsteren Begeisterung der Guerilla angeschlossen hatte, aus unserem Blick auf die schlummernden Metropolen war nun jede Begeisterung verschwunden und allein die Düsternis geblieben, sodass sich jede von uns in sich selbst zurückzog mit dem sicheren Gefühl, dass es unmöglich ist, den Genossinnen das Ausmaß der eigenen Enttäuschung mitzuteilen, dass man diese Übelkeit erregende Enttäuschung nicht einmal sich selbst gestehen, geschweige denn im vertraulichen Gespräch zugeben konnte. Also wurde der Nihilismus mit großer Bitterkeit in die verschließbaren Mülleimer des Bewusstseins gesteckt, und danach sickerte die Nacht in den Tag, breitete sich eine entsetzliche Einsamkeit unter den Schweinen aus, und als plötzlich die Dunkelheit hereinbrach, schien die Morgendämmerung unerreichbar bis in alle Ewigkeit.

Doch kehren wir wieder zu Mondgesicht und seinem endlosen Monolog zurück. Fassen wir ihn auf vier oder fünf Seiten zusammen.

Wie begründet Morog-Ahns Knecht seine Anwesenheit in Jekcho? »Ich war nicht immer ein elender Knecht. Früher war ich Mönch«, beginnt er und erzählt dann eine ziemlich verworrene Geschichte, der wir Folgendes entnehmen können: Von einem unzufriedenen Sklaven herbeigerufen, haben die Assalteser (»Geschöpfe unseres gütigen Gebieters, des Baratrones«) das Kloster und seine Ländereien verwüstet. Da ihm im Traum ein Bote erschienen war, der ihn rechtzeitig gewarnt hatte, flüchtete der Mönch »in die zweite Sphäre« und entging dem Blutbad. Am Ende seiner Flucht ins magische Chaos gelangte er »in dieses geschlossene, verschlossene und von Wäldern umschlossene Dorf« und war plötzlich »dazu verurteilt, dem Schweinevorführer als Knecht zu dienen«. Er dankte »unserem edlen Gebieter«, dass er ihn von einer »noch härteren« Strafe verschont hatte, wie zum Beispiel, ihm »die wulstige Schwarte eines der Schweine von Jekcho« als Haut zu verpassen. Freilich ahnt man zugleich die Unaufrichtigkeit seines Danks, denn in der nächsten Zeile jammert er: »Eine Art Schleier hat sich über meinen Geist gelegt und ihn verroht, meine früheren Kräfte besitze ich nicht mehr …«

Wenn man es recht bedenkt, ist die Geschichte nicht zum Lachen. Aber das alles gehört der Vergangenheit an, und man gewinnt nichts, wenn man auf diese Weise knurrend in seinen Erinnerungen versinkt; die unnützen und beunruhigenden Töne sorgen nur dafür, dass die fett herabhängenden Lefzen beben und der Geifer über die Schultern rinnt und auf die Erde tröpfelt, die in der Abenddämmerung schon hart und schwarz geworden ist.

Jawohl: Beschäftigen wir uns lieber mit der Gegenwart. Denn während ich schwatzte, ist die Nacht hereingebrochen, die feuchte und dunkle Nacht. Schlagartig hat die Nacht den Abend abgelöst.

Da vorne könnte man sie berühren, da könnte man die Nacht befühlen, meine Nacht, meine Gefährtin in all diesen stumpfsinnigen Stunden. Und ihre Verbündeten, den Waldrand und seine Gräben, das Rauschen des Windes über den Farnen und den wilden Gräsern des Hügels, über die Weinrebensarvanne und die Klematissarvanne, das Ertragmeinicht, die Lettriske, den Eschling, das Tausendliebchen, die rote Sebarnie, die Ringelwinde, die Sumpfhonigmiere, die Kräuselwicke, die Halskrausen-Geranie, das echte Schlierenkraut, den Gamander-Ehrenpreis, das falsche Schlierenkraut, die Ufer-Schlammkarde, den Nabelzaus, die poröse Goltheria, die aschene Goltheria, den giftigen Johanniswurz, den Hirtentäschel, den Eselstraum, die Eie, das Kummerlieschen, die Kälberschelle, den gemeinen Knöpfrich, den stinkenden Knöpfrich, die Flammbeere, die Nebenbuhlerin der Morgenröten, das Frankenkorn, das Täschchen, den Dottertropf. Mein Schuppen liegt zur Hälfte unter Gestrüpp versteckt, dunkel wie ein Schiff, das nicht mehr ausläuft.

Dorthin fliehe ich, wenn die Zeit sich endlos dehnt, dort, im Verborgenen flüstere ich, in Sicherheit vor dem dörflichen Gezeter, meine Racheschwüre und spucke große Töne; im Duft von Harz und Pilzen döse ich vor mich hin. Dort lassen sie mich in Ruhe. Wenn ich sie richtig verstanden habe, meiden sie die Nähe des Waldes: Es könnte ja sein, dass ein wildes Tier mit weit aufgerissenem Maul hervorkommt, oder ein anderes, alles verschlingendes Fabelwesen unseres Gebieters.

Davor habe ich keine Angst, ich kenne den Wald besser als sie, kenne seine Reaktionen bei Platzregen oder Schnee, seine Wutanfälle, seine Gezeiten, das Treibgut, das er immer wieder ans Ufer zurückwirft. Und ich mag ihn.

Heute Abend hat der Nebel über den Waldwegen ein sehnsüchtiges Verlangen nach Pelzjacken zurückgelassen, nach Horden von abgezehrten, unbeugsamen, wortkargen Nomaden. Ein paar Schritte weiter vorne ragt die undurchdringliche Wand empor. Alles ist ruhig. Im Graben toben die Frösche und gehen ihrem Vergnügen am endlosen Geplapper nach; rechts ruft eine Eule ohne viel Hoffnung auf Antwort nach möglichen Gefährten. Seit einigen Abenden lauere ich ihr auf, um sie zwischen den Zweigen zu erspähen und zu bewundern, aber ich habe sie noch nicht entdeckt. Und das, obwohl Ihr, mein Gebieter, die Güte hattet, mir einen Adlerblick zu verleihen, wofür ich Euch siebzehntausendfach danke im Namen aller Geschöpfe, über die Ihr herrscht, und im Namen aller Dinge, die Ihr erschafft.

Plötzlich war da ein Schatten.

Sollte es etwa unser oberster Kapitän, sollte es der Baratrone sein, der sich herabgelassen hat, den Waldrand abzu-

laufen? – Nein, natürlich nicht. Es ist Hundekrem, der andere Knecht, der einzige andere Knecht in Jekcho. Wir zwei stellen diese beklagenswerte Kaste dar …

Hundekrems Herr ist der aufgeblasene Schlauch, der den ganzen Tag Zaubertricks für den Jahrmarkt ausbrütet und vorbereitet, O'Meschbel, die höchste moralische und geistliche Instanz in diesem gottverlassenen Nest – seine sprudelnden Wässerchen und nutzlosen Zaubertränke sollen ihm um die Ohren fliegen und ihm sogleich das Gesicht zerfressen, sie sollen seine Halsadern in ihrem Feuer verzehren, sein Blut vergiften und sein Herz unter Krämpfen teeren! Man muss schon so begriffsstutzig sein wie die Einwohner Jekchos, um seinem Hokuspokus Glauben zu schenken und seine Unfähigkeit zu übersehen. Trotzdem hüte ich mich, seiner Sippschaft ein Licht aufzustecken über das Wesen seiner Täuschungen; für eine solche Frechheit müsste ich schwer büßen: Sie würden mich in Stücke reißen und den gefräßigsten Baturi zum Fraß hinwerfen.

Aber ich sprach von Hundekrem, dem Knecht. Eigentlich hätte er mich bei meinen Rachefeldzügen tatkräftig unterstützen sollen, denn unseren Herren gegenüber standen wir beide im selben, feindlichen Lager, im Lager derjenigen, die eines Tages auf die Idee verfallen könnten, die Assalteser und die anderen Kinder der Großen Brut anzurufen, damit sie weite Landstriche verwüsteten.

Leider hatte Hundekrem nicht dasselbe Glück wie ich, als er sich aus der zweiten Sphäre quälte, sollte er überhaupt diesen Weg genommen haben, um auf die Welt zu kommen; seine Wiedergeburt ist schlecht verlaufen. Als schämte er sich, eine Dummheit begangen zu haben, sondert sein Schädel ständig Wollschweiß ab, der sich auf der Kopfhaut mit einer dicken Schicht Hasenfußsekret mischt. Es ist unmöglich, etwas aus ihm herauszubekommen. Er hat vieles vergessen; er weiß nicht mehr, zu welcher Rasse er gehört; er weiß auch nicht mehr, unter welchen Umständen er aus seinem Kloster vertrieben worden ist; aber vielleicht stammt er aus derselben Gegend? Ihr allein, mein Gebieter, mein ehrwürdiger Gebieter, könntet mit Eurem umfassenden Wissen über die in dieser Welt hausenden Geschöpfe solche Fragen beantworten. Es ist zwar schade, dass mein Leidensgefährte mir bei einem Ausbruch oder Gewaltstreich nicht nützlich sein kann, aber ich verfluche ihn trotzdem nicht. Hundekrem besitzt weder den Willen noch die notwendige Tatkraft, um dem Herrschaftsbereich der Dorfbewohner zu entkommen.

Deshalb stehe ich hier allein am Rand der Wiese, deren Kräutern und Gräsern Ihr, mein Gebieter, Namen gegeben habt, deshalb bin ich, trotz des anderen Knechts, abgeschnitten und auf mich gestellt am Saum der Schlupflochgrannen, des Spinnerinnen-Bitterdorns, der fliegenden Kräuselwicke, der Buchsie, des Bauchschnäppers, des trügerischen Haubenstängels, des Begonichs, der Fruchtbecher-Aviola, des Greisblatts, der Drossel-Quecke, des Tausendretterleins, der Rohrbeere, der Ankerbinse, der Taubnessel, des Totenglöckchens, der zweistieligen Kleewelke, der weißen Apfelwelke, der roten Steinwelke, des Ziegenbisses, des pechtragenden Lebentreus.

Wer das einzige, aus dem 3. Jahrhundert stammende Verzeichnis aller Werke, die seit Beginn der Renaissance in den Untergrundnetzen kursierten*, Punkt für Punkt durchgeht, wird verblüfft sein, wie lange die verbrecherischen Wahnvorstellungen, die die Menschheit in den endlosen Jahrhunderten ihrer Kriege heimsuchten, in den Köpfen geblieben sind. Uralte Zwangsvorstellungen, die man längst für ausgemerzt hielt … Das Talent der Autoren entfaltet sich natürlich in den seichten Gewässern abweichender Sexualpraktiken, verantwortungslosen Sozialverhaltens und bloßer Gewalt. Von Talent kann hier eigentlich nicht mehr die Rede sein. Die meisten Texte der Mülleimer-Literatur folgen unterschiedslos einer linearen Erzählweise, um einen scheinbar ergiebigen, in Wirklichkeit aber mageren Stoff zu verarbeiten. Prägnanz und die Kunst der Zusammenfassung gehörten offensichtlich nicht zu den Stärken der Netzwerk-Autoren (im Gegensatz zu den Renaissance-Autoren), die zahllose umfangreiche, unverdauliche Bände voll schwerwiegender inhaltlicher Fehler hinterließen.

Man muss aber einräumen, dass *Der Schweinevorführer,* wenngleich eine Schlammpackung, außergewöhnlich gut aufgenommen wurde. Obwohl es sich im 2. Jahrhundert nicht gehörte, ein Werk aus den Netzen näher zu untersuchen, konnte sich der Text mehrerer Artikel erfreuen, in deren Folge ein Kollektiv von Ethnologen und Ethnolinguisten sogar eine Umfrage startete, um herauszufinden, welche Bedeutung den Netzwerken in der wiedererstehen-

* »Systematischer Führer für Wanderungen durch die Staublandschaft«, in: *Zusammenflüsse,* Nr. 16, erstellt vom Kollektiv Jörg Sjöström.

den Gesellschaft zukam. Wozu ein solcher Aufwand? Hatte man nicht ein für alle Mal beschlossen, dass die von den Netzwerken ausgespuckten Seiten nichts als Abscheu und Missachtung verdienten?

»In dieser Tierfabel scheußlichster Sorte«, schreibt das Kommando Angela Schiller, »wohnen wir bis zum Erbrechen einer Reihe von Tötungen bei. Ein halb schwachsinniger Mönch, der die Kutte abgelegt hat, schlachtet verschiedene Tiere ab, mit denen er durch ein Sklavenverhältnis verbunden ist. Alles spielt in einer hermetisch abgeriegelten Welt, einem von wilden Pflanzen und Bäumen eingeschlossenen Dorf, abgeschieden wie eine Insel.

Die Handlung ist in ein wahnhaft phantasierendes Denken gebettet und folgt den Spiralen eines langatmigen, endlos verschachtelten Gebets. Das Geschehen ist für den Leser nicht nachvollziehbar, sodass er nicht auseinanderhalten kann, was in den finsteren Grübeleien des einsamen Mönchs der Wirklichkeit entspricht und was reines Hirngespinst ist. Mit einem durch nichts zu mildernden Widerwillen muss der Leser mehr als ein Dutzend Todeskämpfe über sich ergehen lassen. Das Abschlachten erfolgt durch Spatenstiche, und zwischen den Opfern werden kaum Unterschiede gemacht. Der Mörder verrichtet sein Henkerswerk jedes Mal mit einer grauenerregenden Gleichartigkeit und, trotz des stetig anwachsenden Leichenbergs, ohne jede bemerkenswerte Gefühlsregung.

Kurz gesagt, es handelt sich um ein hässliches und einfältiges Machwerk, der Autorenschaft eines Renaissance-Kollektivs unwürdig. Elise Dellwo musste sich darüber im Klaren gewesen sein, denn sie hat für diese Veröffentlichung hinter einem Pseudonym Schutz gesucht, das dem Fälschergeist der Mülleimer entspricht, hinter dem Pseudonym Abteilung Infernus Johannes.«*

Jetzt kann man sich schon denken, warum die Kritiker so heftig reagierten: Ein Renaissance-Kollektiv, die Kommune Elise Dellwo, hatte mit den Untergrundnetzen zusammengearbeitet, und auf diese Weise ist eine widerwärtige, alle literarischen Kreise beschmutzende Mischung entstanden. Die Kommune Elise Dellwo (oder vielmehr eines ihrer zahlreichen Pseudonyme und Heteronyme) hatte sich erdreistet, die Tinte, das Blut und den Schlamm der Renaissance mit der Tinte, dem Blut und dem Schlamm aus den ekelerregenden Quellen der Mülleimer zu vermischen.

Der Schweinevorführer stand bald im Zentrum einer Polemik, die eher einer gesellschaftlichen Krise als einem literarischen Problem glich.** Wenn sich die Kritik mit die-

* Kommando Angela Schiller, »Zerrüttungen«, in: *Nachrichten des 2. Jahrhunderts*, Nr. 38.

** Zur Erinnerung an diese Polemik verweisen wir auf die Artikel der Patrouille Hanna Fritzsch und des Kampfbunds Irene Schelm in: *Satz- und Schiffbruch*, Nr. 1 beziehungsweise in: *Schrunden des 2. Jahrhunderts*, Nr. 1, im Übrigen beides Pseudonyme, unter denen Elise Dellwo veröffentlicht hat, und auf eine Broschüre der Kommune Katalina Raspe, *Ihr schwarzer Krieg und unserer*, ein Essay, der von der Patrouille Detlev Viett (einem weiteren Heteronym der Kommune Elise Dellwo) mit dem Aufsatz »Netzwerke und Mülleimer der Sozialdemokratie« postwendend beantwortet wurde, einem knappen halben Dutzend Seiten, die einen Flammenwerfer gegen die gesamte Ideologie der Renaissance richten. Freilich erfährt man das Notwendige auch aus unserer Studie »Platz da für die Hochstapler!«, erschienen in: *Rundschau des 7. Jahrhunderts*, Nr. 9.

sem Text auseinandersetzte, dann sicher nicht wegen seines Inhalts, sondern wegen seiner zweideutigen Herkunft: Er ist zwar in den Netzwerken erschienen, ersonnen und verfasst wurde er aber in einer intellektuellen Festung der Renaissance. Unter den Mülleimer-Menschen verbreitet, richtete er sich jedoch nicht an sie, sondern an den Renaissance-Menschen. Wir beschränken uns hier auf die Feststellung, dass ein solches Wirrwarr im 2. Jahrhundert hasserfüllte Angstreaktionen auslöste, die an Hysterie grenzten, begleitet von panischem Gezeter und Geschrei.

Völlig irrationale Reaktionen also, die man sich nur mit einem unterschwelligen, uneingestandenen und schlecht ausgelebten Rassismus erklären kann.

Doch vertiefen wir uns jetzt wieder in den Text, den das Kommando Angela Schiller auf so ungenaue Weise zusammengefasst hat.

Mondgesicht und Hundekrem brechen auf mit einer Laterne, um, wie es heißt, »an den Ufern des Waldes« zu wildern. Plötzlich bemerken sie über der im Dunkeln verschwindenden Landschaft »riesige schwarze Gestalten«, die »nach Art der Riesenvögel oder nach Art der Wolken« – wer kann das schon so genau wissen – »langsam Kreise ziehen …« Oder »nach Art geflügelter Lindwürmer, oh Barathone, beschützet uns!« Für Mondgesicht stand zweifelsfrei fest, dass sie »auf Anordnung unseres Gebieters« dort oben schwebten: »Die Linkshändige Leichenmacherin geht um, begleitet von einigen Abgesandten der Großen Brut«.

Natürlich fährt den beiden Knechten ein mystischer Schrecken in die Glieder; sie brechen das Wildern ab, gehen ins Dorf zurück und legen sich, ein jeder auf seinem Strohsack, schlafen.

Bis zum Ortseingang von Jekcho gehen wir schweigend den Weg entlang, dann trennen wir uns. Er rennt davon, um sich im Keller von O'Meschbel zusammenzukrümmen, und ich werde gleich wieder die Flöhe und Schaben treffen, von denen es hinten im Schweinestall nur so wimmelt. Beim Betreten des Stalls schimpfe ich vor mich hin, allerdings leise, denn ich will Morogs Getier nicht aufwecken. Ich gebe nichts darauf, den Tieren unter dem Vorwand der Rache an meinem Herrn zu schaden. Von den großen Speckhaufen um mein Nachtlager hat sich also kaum einer nach mir umgedreht. Um diese Uhrzeit gleichen sie alle ihrem Herrn. Sie schlafen.

Beten wir.

Linkshändige Leichenmacherin! Linkshändige Leichenmacherin! Linkshändige Leichenmacherin!

Gepriesen seid Ihr von Ewigkeit zu Ewigkeit, Linkshändige Leichenmacherin! Vorhin, als ich Euch, flankiert von Euren Geschwistern aus der Großen Brut, am hohen Gewölbe über die schmutzigen Verschläge des Dorfes wirbeln sah, war ich nicht erbost. Ihr habt genügend Muße gehabt, um diese Hängebäuche mit den ranzigen Falten und den stumpfen Hirnen zu beobachten; Ihr habt die Bewohner Jekchos gewogen und den stallenen Glanz ihrer Träume gedämpft, nicht wahr? Nun, holde Dame, überlegt Euch gut, wer es verdient, zermalmt zu werden. Um eines nur möchte ich Euch in dieser Angelegenheit bitten: Sorgt dafür, dass Morog-Ahn einen möglichst schmerzvollen Tod erleidet, dass sein Rüssel von einem Fachmann unter Euren Dienern gedrückt und ge-

quetscht wird, und dass sein Körper fünfzehntausend und neun lange Wochen von innen verfault und vierzehn Jahrhunderte von unerträglichen Schmerzen zerfressen wird; und überzieht den dummen Zauberer O'Meschbel, der Euch Abend für Abend vergeblich anruft, mit Wunden, die fürchterliche Gase freisetzen; und macht, dass es Ted Schmerk, dem Inhaber des Bier- und Fuselausschanks, pausenlos und ohne jede Erleichterung nacheinander sämtliche Eingeweide zusammenzieht, und dass Breg-Mogol', der Pflüger mit den Hörnern, und Schem der Schwätzer braten, bis sie schwarz sind; und lasst Bloudy-Mongo, den Hühnerhetzer und Gänseschänder, sowie seinen Kumpan Badraf, der selten genannt wird, dreiundsiebzigtausend Tage über einer tiefroten Feuersglut baumeln und gebt ihre Rücken so lange Euren Bogenschützen als Ziel; und gießt kochende Milch in die Adern von Brd'mel, dem Würmer- und Larvenvorführer, damit sie für immer anschwellen und wundscheuern, desgleichen in die Adern von Breg-nôh, dem Ballonführer, von Dschocko-Jel, dem Brennnessel-Abrichter-und-Gleichrichter, von Schurowy-Pios, dem Akrobaten, und von Meister Bowsk; und lasst auch eine Legion Eurer Mörder mit ihren krallenbewehrten Gliedern die Gedärme und Schamteile von Kan-blöblöh' zertrampeln, der am äußersten Ende des Dorfs ein- und ausgeht, lasst Gräwill, die zwerghafte Gestalt, und Grelak-Drk', den schweigsamen Lederschlauch, siebenundsechzig mal siebenundsechzig Monde in den schweren Skorpionmörsern zerkleinern, oder in den von den Bediensteten der Großen Brut gehandhabten Rollasselmühlen oder Tausendfüßlerpressen; und schüttet auch tausenddreihundertsiebenundzwanzig Pfund dickflüssiges Pech über die Babuli, ihr scheußliches

Weibsbild, damit ihre Haut achtunddreißig mal vierhundertzwölf Herbste lang Tag und Nacht brutzelt. Und dann möchte ich Euch noch bitten, Euch bei unserem Gebieter, dem Baratrone, für mich zu verwenden, damit er mich aus diesem Dorf hievt, in das mich ein Zufall aus der zweiten Sphäre verbannt hat, und damit ich die Mönchskutte wieder anlegen und meine täglichen, Euch allen gewidmeten frommen Meditationen wieder aufnehmen kann. Bitte, holde Dame, weist Eure Abgeordneten, die Assalteser, und Eure Boten, die Pechner, darauf hin, dass ich nicht nach Jekcho gehöre, dass ich demütig bin und es mich in dieses Dorf versprengt hat, und dass ich der Großen Brut und ihrer Tafel meine größte Hochachtung erbiete.

Im Namen des Herrn der Welt da oben und da unten, im Namen dessen, der kommt und der geht und des itzo von dannen Gegangenen: Erhört mich und meine Wünsche, linkshändige Leichenmacherin! Ich grüße Euch, Linkshändige Leichenmacherin! Ich grüße Euch!

Nach diesem Gebet kriecht Mondgesicht unter seine Decke und schläft ein. Ein Albtraum weckt ihn wieder: Eine Abordnung von Pechnern umgibt ihn; die Pechner tanzen im Kreis um ihn, strecken die Hände bis »in seine Träume und Schäume« und stimmen mehrmals das folgende Couplet an:

Ta-rha-rah-a'
Taha-rha-raha-ah!
Deinen Schatten über Jekcho werfe! …
Sämtliche Lichter in Jekcho lösche! …

Und drücke die Lider von Jekcho zu! …
Alle Lider, alle, hörst du! …
Mit dem Eisen! …
Drücke alle Lider zu! …
Al-le Li-der, al-le! …
Taha-raha-rhaha-rah'!

Nunmehr hält sich der Knecht für auserwählt von der Großen Brut und seinem Gebieter, dem Baratrone, das ersehnte und seit Jahren inbrünstig herbeigebetete Blutbad selbst anzurichten.

Am nächsten Morgen schon macht er sich ans Werk: »Heute ist der Tag gekommen, an dem Jekcho und seine Bewohner ein Ende finden«, raunt er den Schweinen zu, bevor er in den Hof hinaustritt, während »die Nacht sich Streifen für Streifen hinter die Berge zurückzieht« und »im benachbarten Gemäuer polternd eine Schüssel herunterfällt, ein Zeichen, dass die Herren sich entlausen und sich glattstreichen, sich kratzen und sich in ihren Mauern die Schmiere ihres bleiernen Schlafs abwischen«.

Als die Baturi den Stall verlassen und auseinanderlaufen, tritt sein Herr, Morog-Ahn, auf. Die Beschreibung ist nicht sehr schmeichelhaft. »An seinem Rüssel klebt Stroh, und alles liegt noch in Falten von der Nacht; er hat die Augen zusammengekniffen, der Blick ist böse, das Haar grindig, der Nacken krumm. Einziges Gewand ist ein schmutzstarrender Troyer, der fast wie eine glänzende Rüstung aussieht. Der Wind verfängt sich darin, ohne dass es zu plätschern beginnt. Er räkelt sich ausgiebig auf der Schwelle, streckt Arme, Beine und Flügel. Und wie immer betrachtet er hasserfüllt die Welt. An seinen hochgezogenen Lefzen merke ich, dass er jeden Augenblick seine schlechte Laune an mir auslassen wird.«

Nach einer Schimpfkanonade wirft Morog-Ahn seinem Knecht tatsächlich vor, Morog-Batur, das fetteste Schwein der Herde, zu vernachlässigen. Da Mondgesicht eine betonte Lässigkeit an den Tag legt, verspricht ihm sein Herr eine Tracht Prügel. »Ehrwürdiger Baratrone, edler Gebieter!«, staunt Mondgesicht. »Wie sehr doch dieser Morgen allen anderen gleicht!«

Unmerklich sind wir damit bei der ersten jener Tötungsszenen angelangt, die Infernus Johannes alias Elise Dellwo die empörten Episteln der Kritiker im 2. Jahrhundert eingebracht haben.

Morog ist tatsächlich mit einem Stock in der Hand aus seinem Gemäuer zurückgekehrt und trippelt nun zu mir herüber; dabei fuchtelt und wirbelt er mit seinen verkümmerten Flügeln, als meinte er ernsthaft, auf diese Weise seinen massigen Körper in die Höhe zu bringen. Aber nichts geschieht, er hebt nicht vom Boden ab. Darin gleicht er dem grotesken Geflügel von Bloudy-Mongo, dem Erdschnüffler aus der Nachbarschaft, der sein Federvieh mit sich selbst gekreuzt hat – soll ihn der Baratrone eggen und vierteilen für dieses Verbrechen! Alsdann: Seine Wurmfortsätze zucken, sein schlaffer Hängebauch schleift über den Boden, der angetrocknete Mist zerbröselt und rutscht an seinen Schenkeln hinab.

Wenn er sich auf mich stürzt, und ich das Aderwerk und die Furunkel an seiner verbeulten Stirn erkenne, wenn ich seine Augen geifern und seinen Mund wüten sehe, halte ich gewöhnlich meine Arme schützend vor den Kopf, nehme eine die Schläge und die Kränkung mildernde Haltung ein und warte, bis mein Herr seine Gehässigkeit an mir auslassen hat … Aber heute …

»Na warte, du Nichtsnutz! Ich werde dich gleich züchtigen!«, stößt Morog-Ahn hervor.

Meint er wirklich, dass ich seine Misshandlungen bis in alle Ewigkeit über mich ergehen lasse, ohne mich zu wehren? Da täuscht er sich … Heute wird er bekommen, was ihm gebührt, eine Tracht Prügel in einmaliger und unüberbietbarer Größenordnung.

Ich schleiche mich in den Schweinestall. Rechts neben dem Futtertrog werde ich etwas finden, um mich zu verteidigen und um ihn mit wenigen Worten zu lehren, wer unser erhabener Baratrone ist, von dem er nie etwas wissen wollte. In seinem Eifer stürzt er hinter mir her. Sein gegen den Himmel gerichteter Knüppel donnert in dem Augenblick gegen den Türrahmen, als ich meine Hände um den Spatenstiel schließe. Er steht zu drei Vierteln im Innern, wie es sein muss. Im Namen des Herrn von da oben und da unten, im Namen dessen, der kommt und der geht und des itzo von dannen Gegangenen! Mit dem Teller des Spatens versetze ich ihm einen Schlag auf den Rüssel und ich spüre, wie etwas Weiches und Verdammungswürdiges unter dem Metall am Ende des Stiels aufplatzt. Besten Dank, holde Dame, Ehre sei Euch, mein Gebieter! Ich fühle Eure Stärke in mir!

Morog läßt den Stock fallen und bricht zusammen; zuerst geht er in die Knie, dann fällt er auf die Seite, wie ein Sack Äpfel oder ein Sack Samenkörner, und während er in sich zusammensackt mit einem Gestammel, das Musik ist in meinen

Ohren, schlage ich noch einmal mit voller Wucht auf dieselbe Stelle, sodass der vordere Teil seiner Schnauze zerplatzt, und der hintere zweifellos auch.

Trotzdem überkommt mich ein unbestimmtes Gefühl der Enttäuschung und nagt an mir. Zwar habe ich ihm in einer Sekunde die Augen für immer geschlossen, aber dafür bohrt gegenwärtig keinerlei Schmerz mehr in ihm. So setze ich, holde Dame, darauf, dass in Euren Gefilden alles zu seinem Empfang bereitet ist, denn drüben soll sich jetzt die Große Brut Gedanken machen über die neunundzwanzig Bäder und die siedend heiße Mischung aus ätzenden Ölen und Giften, in die er tausendneunundzwanzig Jahrhunderte lang getaucht wird. Sonst hätte er seine Reise nicht teuer genug bezahlt, meint Ihr nicht auch?

Ich löse den Spaten von ihm und betrachte ihn eingehend. Es soll schon verlockendere Anblicke am frühen Morgen gegeben haben. Was ich sehe, ähnelt einem Schweinepfuhl: Es ist schwärzlich, schleimig, schlickrig und zischt wie eine Kette von Saugnäpfen, wenn man an ihren Rändern herumstochert. Der Witz wäre, wenn die Baturi auf den Gedanken kämen, in seinem Gesicht herumzuwühlen, wie sie draußen, wenn es warm ist, auf der Suche nach Essbarem, nach Wurzeln und Verwestem im Dreck graben. Vielleicht sollte ich es ihnen ins Ohr grunzen, vorausgesetzt, Ihr, ehrwürdiger Gebieter, und auch Ihr, holde Dame, gestattet, dass ich ihnen eine solche Anregung zugrunze.

Mit dem Fuß schiebe ich Morogs Bauch zur Seite, damit sich die Tür ganz öffnen lässt. Der Kerl hat ein unglaubliches Gewicht, ein wahres Gebirge. Morog-Ahn gluckert unter meinen Bemühungen. Wie könnt Ihr nur zulassen, edelmütiger

Gebieter, dass solche Wesen über Eure schönen Weiden springen? Und warum, Gefährten der Großen Brut, warum erstickt Ihr sie nicht gleich nach der Geburt, wo Ihr doch wisst, dank Eurer Spiegel, wie sie in Zukunft aussehen werden?

Nachdem ich das Spatenblatt am Hemd des Schweinevorführers abgewischt habe, blockiere ich die Türklinke hinter mir und verlasse den Stall. Im Hof grunzen einige Baturi. Einer von ihnen schnüffelt an der Freitreppe des Gemäuers, als würde er seinen Herrn suchen. Er täte besser daran, woanders zu schnuppern …

Merkwürdig, dass während der berühmten Diskussion über Elise Dellwo und die Mülleimer-Literatur niemand vorgeschlagen hat, den *Schweinevorführer* unter rassischen Gesichtspunkten zu lesen. Man versuchte, hinter den fremdartigen Namen von Mondgesichts Opfern den einen oder anderen hochrangigen Polizisten oder Sozialdemokraten zu erkennen, als ob der Text zur (letzten Endes sehr beruhigenden) Klasse der Schmähschriften gehören würde. Aber niemand entdeckte die Spuren eines unerträglichen Unbehagens im *Schweinevorführer*, eines mit der Rassenzugehörigkeit und der tiefenpsychologischen Identität eng verknüpften Unbehagens, eines entsetzlichen Unbehagens, das sich auf keinem anderen Weg Luft machen konnte als durch dieses literarische Erbrechen auf unterstem Niveau. Vielleicht hatte nicht einmal der Autor (dessen Verstand eher von Stimmungen beherrscht, denn von Scharfsinn geprägt war) bemerkt, welches Geheimnis die von ihm verfassten Zeilen bargen. Vielleicht hatte er es auch nicht bemerken wollen.

Eines scheint jedoch klar: Es gibt eine Vielzahl von Hinweisen, die eine solche Analyse rechtfertigen. Selbst wenn der Text mit dem Tod Morogs enden würde, stünde uns ein breiter Fächer von Beispielen zur Verfügung, die zeigen, dass die rassische Angst vor dem Anderen (und nicht die politische Angst, wie die Patrouille Detlev Viett zu Unrecht behauptet) im Vordergrund steht.

Halten wir zunächst einmal fest, dass in der geschlossenen Welt, in der die Handlung spielt, ein wahres Durcheinander an Arten und Rassen herrscht. Die Begriffe »Mensch« oder »menschlich« kommen nicht vor. Dafür benennt Elise Dellwo (Infernus Johannes) die Hauptpersonen durch ihre gesellschaftlichen Funktionen (Herr, Knecht, Zauberer, gemeinsames Weib usw.) oder die Zuweisung einer bestimmten Stellung innerhalb einer ziemlich rätselhaften technischen Rangordnung (Würmer- und Larvenführer, Brennnessel-Abrichter-und-Gleichrichter usw.). Weiter errichtet die Kommune (die Abteilung) eine sehr traditionelle religiöse Pyramide (an der Spitze steht unser Gebieter, der Baratrone, unter ihm die Linkshändige Leichenmacherin, noch weiter darunter die Angehörigen der Großen Brut, die Pechner, Assalteser usw.) Diese Personen hängen durch ein System von Feindschaften und Bündnissen zusammen, dem wir an anderer Stelle ein Bändchen gewidmet haben*. Unabhängig von der Stellung, die sie auf der Stufenleiter der Macht oder der Gewalt einnehmen, werden sie in ihren äußerlichen Merkmalen alle als Tiere beschrieben.

* Näheres ist in unserem *Versuch zur Charakterisierung verbrecherischer Gruppen im 2. Jahrhundert* zu finden.

Die Merkmale ihres tierischen Wesens sind allerdings verschieden. Flügel beispielsweise können eine Art kosmische Dimension erreichen (die Linkshändige Leichenmacherin kreist mit ihren Bediensteten in Höhe der Wolken oder der Sterne) oder lächerliche Wurmfortsätze sein (Morog-Ahn gelingt es nicht, im Hof vom Boden abzuheben). Laufend stößt man auf Anspielungen, wie Krallen, Geifer, Gift, Leder, Rüssel, Fangzähne, Hängebäuche, Mist. Die ländliche, bäurische Umgebung legt den Gedanken an genetische Kreuzungen zwischen den Herren und ihrem Vieh nahe (das Geflügel von Bloudy-Mongo). Wenn einem Schwein Persönlichkeitsmerkmale gegeben werden, erhält es denselben Namen wie sein Besitzer (Morog-Batur), womit eine verwandtschaftliche Beziehung angedeutet wird, eine Blutsverwandtschaft oder zumindest eine geistige Verwandtschaft. Diese Anhäufung von Einzelheiten und Zweideutigkeiten drängt einem beständig Bilder von Blut, Vererbung, Identität und Rassenzugehörigkeit auf.

In dieser Geschichte sind von Beginn an alle Vorbereitungen zum Völkermord getroffen; unter rein rassischen – oder rassistischen – Gesichtspunkten betrachtet, scheint der Knecht Morog-Ahns in Wirklichkeit dieselben körperlichen Züge zu besitzen wie diejenigen, denen er dienen muss (und um deren Ausrottung er sich bemühen wird). Nur sein Bewusstsein, ein ausgeprägtes Bewusstsein von der Hässlichkeit der anderen, unterscheidet ihn von den Bewohnern Jekchos.

Darin liegt zweifellos die wichtigste Lehre, die wir diesem Text entnehmen können, das untergründige Ergebnis der Überlegungen von Infernus Johannes: Welcher Art die

Bündnisse, die Beweggründe und die Rechtfertigungen der aufeinandertreffenden Feinde auch sein mögen, welcher Art auch ihre Siege und Niederlagen, nichts vermag ihre abstoßende Gleichartigkeit zu verbergen.

Vier rassische Gruppen stehen sich hier einander gegenüber, doch in Wirklichkeit sind sie sich alle ähnlich: eine überlegene Rasse, die Große Brut, eine mittlere Rasse der Mönche und Knechte (die sich für auserwählt hält, von den Dorfbewohnern jedoch als eine Rasse auf der unteren Sprosse der Stufenleiter, zwischen Herren und Vieh stehend, behandelt wird), eine der Ausrottung preisgegebene Rasse (die der Knecht als unzulässige Karikatur seiner selbst betrachtet), und schließlich die Baturi und das Federvieh, die, da sie eindeutig rein tierische Wesen sind, vom Hass verschont bleiben (wenngleich man verwandtschaftliche Beziehungen zwischen ihnen und den Dorfbewohnern feststellen kann). In dieser Welt aus Schlamm, Einsamkeit und Blut braucht es schon die wahnhafte Grübelei Mondgesichts, um Unterschiede zwischen diesen vier Gruppen auszumachen.

Wie fern uns jetzt die »Tierfabeln« Angela Schillers gerückt sind! …

Manchmal verstand Kurt, was in Ingrid vorging, manchmal erfasste er nur die ersten Schichten an der Oberfläche, manchmal sah er nur die scheinbare, heitere Gelassenheit ihrer Miene, die sie in jener Woche in Lissabon aufsetzte, und darunter eine knirschende Unruhe, die auf den kurz bevorstehenden Zeitpunkt ihrer Abreise nach Asien oder aber ihres Abschieds von diesem Plan zurückzuführen war, und unter dieser Schicht noch das wirbelnde Durcheinander ihres Wahns, ein Gewebe aus schwer zu ertragenden Visionen, Paradoxien, verdrängten Phantasmen und Gewalt, durchwirkt vom Geheul einer terroristischen Auslegung und ohne jedes Licht aus der Welt der Wirklichkeit. Außerdem las er, wie über ihre Schulter gebeugt, ihr Buch. Oder zumindest Teile aus ihrem Buch. Manchmal gelang es ihm über mehrere Seiten hinweg, ihrem vielfach getarnten Denken zu folgen, das seinen eigentlichen Gegenstand, seine eigentlichen Ziele absichtlich unterschlug und das sich absichtlich in Kommentaren erging, die von jeder Verbindung zur Wirklichkeit ablenkten. Zu diesen beabsichtigten und genau berechneten Tarnmanövern kamen noch die Bilder, ja sogar ganze Gedankengänge und Systeme, die Ingrid nicht beherrschte, die sie kaum erahnte und die sich ihr aus Tiefenschichten aufgedrängt hatten, die sie lang und breit erforscht zu haben glaubte; in Wirklichkeit jedoch war ihren Nachforschungen dort alles entgangen. Es gelang Ingrid in ihrem Buch, die Welt zu verschleiern, ihre persönliche Geschichte zu verschleiern, dem BKA, den Spürhunden und den alles entschlüsselnden Fleischerhunden von der Sicherheitsgruppe auf meisterhafte, wirksame Weise etwas vorzumachen, es gelang ihr, jedweden Leser irrezuführen, aber immer, wenn sie sich vorstellte, dass sie ebenso meisterhaft auch sich selbst belügen oder Kurt solche Lügen über sich auftischen könnte, ging irgendetwas schief, ergriff etwas anderes Besitz von ihr, das außerhalb ihrer absichtlichen Zurückhaltung und außerhalb ihres vorgetäuschten oder echten Wahns lag, und von dem sie nichts wusste. Manchmal erhaschte Kurt Bruchstücke von dem, was Ingrid weder hatte maskieren noch in sich vergraben können. So erschien ihm Ingrids Buch erneut von der ersten bis zur letzten Seite gefährlich und verdammenswert. Erneut zeigte es in seiner vollkommenen, romanhaften Undurchdringlichkeit eine Durchsichtigkeit, eine Klarheit, in der die Fleischerhunde mit Feuereifer wühlen und schnüffeln würden.

Als hörte er sie sagen, jede schonende Vorbereitung außer Acht lassend:

Der Leser meines Romans *Einige Einzelheiten über die Seele der Fälscher* soll die brutale Gewalt am eigenen Leib spüren; ich möchte ihn mit dem Rüssel in diese Schweinerei tauchen, die wie ungeklärter Schlamm in einem rätselhaften Kessel blubbert und kocht, aus dem sich jeder bedient, um sein Leben oder seinen Tod zu rechtfertigen. Aus dem jeder mit den Händen schöpft, mit der Seele und mit Gliedern, die nicht wissen, was sie tun, die es den Gegnern vorübergehend ermöglichen, sich abzutasten, zu würdigen und schließlich sogar sich gegenseitig zu trösten und zu ermutigen. Der selbst bis über die Augen mit Dreck und Jauche besudelte Leser soll den absurden und empörenden Charakter sowohl der einen als auch der anderen wittern, und auch die Heuchelei hinter den amtlich verlautbarten Gründen für die Konfrontation. Einige von uns hatten eine klare Vorstellung von der Gesellschaft, die wir zertrümmern wollten, und sie beschrieben kaltblütig die politischen, geschichtlichen und ideologischen Verhältnisse, die den Westen so ekelerregend, die Atmosphäre so ungenießbar gemacht hatten. Aber selbst die hellsichtigsten, selbst die vernünftigsten von uns hatten den Kampf aufgenommen, weil sie auf einem inneren Pfad voller Flecken, Blut und Schweinereien wandelten, der sie in eine Landschaft führte, wo Hellsichtigkeit und Vernunft nur noch Gespenster waren. Es war der Weg der Eliten, den die Elite der westlichen Schweine schon tausendfach betreten und breitgetreten hatte, und der entlang der geistigen Schranken, die sie mit ihnen teilten, von einem Krieg zum anderen führte, von einer Jauchegrube in die andere. Ich würde diese Ähnlichkeit aller gern unter Beweis stellen, die Ähnlichkeit der anarchistischen Richter mit den Richtern in Uniform, aller handelnden mit allen schweigenden Bewohnern der westlichen Sumpflandschaft, die Ähnlichkeit unter Feinden, die aus derselben atlantischen Tonerde geformt wurden, und die unter albtraumhaften Genossen, die versuchen, aus dem Misthaufen herauszuklettern oder die verpestete Erde zu säubern, die aber selbst Gewächse des militärisch-industriellen Misthaufens sind, und die Ähnlichkeit zwischen den unsichtbaren Machthabern und ihren leukotomisierten Sklaven, diese Gleichheit im Denken und in den Lebenswegen, die auf eine gemeinsame Herkunft und auf dieselbe unveränderliche Gehirnjauche zurückzuführen ist.

Wir wollen dem Leser die nächsten Abschnitte nicht zumuten, die das Buch mit Blut besudeln, auch keine Zusammenfassung davon, denn Mondgesichts Tag ist in fünfzehn aufeinanderfolgende Morde unterteilt, die sich alle gleichen. Die Opfer verteidigen sich schlecht und wehren sich kaum gegen den Spaten, der sie erschlägt. Auf den Straßen und Türschwellen des Dorfs, das der Regen ebenso sehr verwandelt wie der Wahnsinn des Knechts, liegen die Leichen (die »Verlassenen«) herum. Die Beschreibungen bleiben schwach, beschränken sich häufig auf heruntergeleierte Listen von Fachausdrücken, die meist völlig frei erfunden sind*. Während der Platzregen niedergeht, greift ein berittener Assalteser ein. Die Große Brut hat nur einen ihrer Schergen gesandt, um das Massaker zu überwachen und zu beschleunigen, denn es ist schon spät am Nachmittag, und bevor die Nacht kommt, muss alles beendet sein.

An dieser Stelle wird plötzlich ein überraschendes Zwischenspiel in die Erzählung eingeschoben, der Erzählstrang verzweigt sich wie im Traum, ein Zwischenspiel, an dem

* In *Psychoanalyse der Aufzählung vom 1. bis zum 3. Jahrhundert* setzte das Linguistinnen-Kollektiv Hedwiga Koday diese literarische Technik, die eigentliche Handschrift der Heteronyme Elise Dellwos, mit den »Augenblicken eines fürchterlichen Frohlockens des Bewusstseins« gleich.

das Fortschreiten der Handlung vollständig scheitert. Wir meinen das unterirdische Schauspiel, das von den »Verlassenen« des Vormittags aufgeführt wird.

Zuvor dringt Mondgesicht in den Schuppen ihres gemeinsamen Weibes, der Babuli, ein. »Nicht dass mich dieser Ort mit Freude erfüllt hätte«, bemerkt er dazu.

Es ist niemand da. Niemand, der mich erwartet. Im Halbdunkel hallt der Lärm des Regens wider, der auf das Dorf niederprasselt, der über die Dächer und den Schlamm galoppiert und die Verlassenen peitscht, die draußen im Hof meines verstorbenen Herrn ihren inneren Frieden gefunden haben.

In den winzigen Fenstern hängen Spinnweben wie Strohgeflechte, aber es kommt noch genügend Tageslicht herein, um etwas zu sehen. Der Raum hat sich nicht verändert. Man muss sagen, dass selbst jemand mit kaputten Augen sich hier zurechtfände, so sehr muffelt es, als wären die Gerüche aus Stein gehauen, als wären sie unverrückbare Möbel. Ich brauche die Augen nicht zu schließen, um die Bilder zu sehen, die an diese Ausdünstungen geknüpft sind, und um die Atemgeräusche dieser alltäglichen und immer gleichen Ausschweifungen zu hören, bei denen es so wenig Abwechslung gab, dass man dachte, sie wären unter den Gesetzen eines liturgischen Rituals erstarrt.

Die Babuli ist völlig erledigt auf ihrer Rosshaarmatratze, in einer grotesken Haltung aufs Kreuz gelegt, von irgendeinem dummen Fettwanst aus Jekcho bedeckt, zerwühlt, erkundet, umgepflügt, das Ganze begleitet von ausgedehnten Bewegungen im Stroh und in den Daunen, untermalt mit dem Quäken einer ungeheuren und viel zu schnell befriedigten Lust, und deshalb noch verstärkt von einem wütenden und schmerzvollen Quäken. Schwitzende und gefräßige Babuli, durchlöchert und zugestöpselt und aufgestöpselt und verkorkt und entkorkt und zugepfropft und gleich wieder aufgebohrt in einem heillosen Durcheinander und mit viel Gezeter; die vom Mist verklebten Flügel schnalzen und mischen sich ein. Hinzu kommen häufig noch das Hohngelächter Gräwills, der zwergenhaften Gestalt, dem es ein Vergnügen ist, die ineinander verzahnten Fleischmassen ausgiebig zu mustern, und die verdrucksten, obszönen Kommentare irgendeines Gasts, der fiebernd wartet, bis er an der Reihe ist, die Hände schon muschelförmig zwischen den Schenkeln, in den hinteren Achselhöhlen, auf den entzündeten Mundwinkeln oder zuckenden Gliedmaßen. Und die Gerüche erst! Die ganze Geruchsskala auf einmal. Da riecht es nach Maulpferd, nach Gänsemagdscham, nach Üblisse, nach Tränensackmist, nach Dreisamerei, nach Triefe, nach Melke, nach Schimmelspitz, nach schillernder Mulche, nach zähriger Mulche, nach Blättermulch, nach violem Bulbus, nach Bocksäften, nach glühender Pilote, nach gummiliertem Fruchtknoten, nach aufspringender Hagebirne, nach Dalbersalbe, nach Faserrillen, nach kelchigen Fibrillen, nach Verspritzungen, nach permischem Fusel, nach Abschliff, nach schwammigen Bachflohkrebsen, nach Schweiß vom Steiß, nach gerupften Bastardenten, nach Panschbier, nach Brunze, nach Brunstranze, nach Falbengefäßen, nach Monilien in allen Stadien, nach spasmischen Rülpsern, nach Mohrenrotschimmel, nach Eselskuh-Drüsen, nach Schwarzfuchs-Drüsen, nach Stutenäpfeln, nach gedrückten Drüsen, nach bis zum Blut-

erguss geriebenen Aviolen, nach Fortpflanzungshöckern und nach Euter.

Hört Ihr mir überhaupt zu, edler Gebieter? Wenn Ihr mir zugehört habt, hättet Ihr dann vielleicht die Güte, die Herrin dieses Ortes auf dem Enterhaken festzuschnallen und in dünne Streifen zu reißen, die Ihr anschließend, sagen wir, viermal hundertneuntausend Wochen in Öl brutzelt? Ich würde ein Leben lang jeden Morgen ein Dankgebet an Euch richten, und auch danach, wenn ich daselbst in den Jahrhunderten und im Alldunkel verlassen sein werde.

Ich gehe ein paar Schritte in das leere Haus hinein und stoße dabei versehentlich die Tür zur Seite, die ich eingetreten und zu Boden gerissen habe. Zu meiner Überraschung tut sich vor mir ein gähnendes Loch auf. In der Tiefe hat die Verwandlung des Dorfs tatsächlich stattgefunden: Unter der Holzplatte wird ein Kellereingang mit einer groben, direkt in den Letten gehauenen Treppe sichtbar. Das alles war gestern oder heute Morgen noch nicht da.

Vielleicht sind sie dorthin geflohen? Die erste Stufe ertaste ich mit den Zehenspitzen. Ich zögere einen Moment, halte zitternd und kampfbereit den Spaten in Stirnhöhe. Dann steige ich unter die Erde. Zuerst verschwindet die waagrechte Tür aus meinem Blick, als Nächstes der noch staubige Boden aus Tonerde, und dann die Welt draußen mit den zischenden Wasserfällen am Himmel. Unterwegs begegnet mir im Morast ein vom Regen triefender Batur. Er hält an, taxiert mich. Sein dicker, ausdrucksloser Schädel schwankt hin und her, dann erstarrt er. Wenn ich Zeit hätte, würde ich ihn überreden, bei der Babuli einzuziehen, wo er sich vielleicht wohler fühlen würde als in Morogs Schweinestall. Doch heute Abend wird ihnen, den Hühnern und den Schweinen, ohnehin das ganze Dorf gehören, und dann werden sie es sich nach Belieben in jedem Winkel behaglich machen. Alle Herren werden verlassen sein, ich selbst werde mit dem Assalteser zur Großen Brut zurückkehren … Ich winke ihm zu … Doch er sieht mich nicht …

(…)

Im Namen des Herrn der Welt da oben und da unten, im Namen dessen, der kommt und der geht und des itzo von dannen Gegangenen!

Als ich am Ende der Treppe um die Ecke biege, befinde ich mich plötzlich wieder auf bekanntem Gelände: nicht in einem finsteren Kellerloch, sondern in der Hütte von Breg-nôh und Dschocko-Jel, genauer gesagt, im Mittelraum, wo gewöhnlich die Feiern und Aufführungen stattfinden … Und …

Auch das noch! Die Linkshändige Leichenmacherin stehe mir bei! Was geht in dieser Unterwelt vor? Die Linkshändige Leichenmacherin stehe mir bei, und unser Gebieter, der Baratrone flöße mir genug Mut ein und nehme hinreichend Torheit von mir, um durchzuhalten! Denn der Raum ist nicht leer …

Es findet gerade eine Aufführung statt. Alles ist still; man hat das Podium aufgebaut wie in den besten Zeiten, das dörfliche Publikum ist tatsächlich hier versammelt und lauscht aufmerksam. Die Vorführer stehen in einer Schlange und warten geduldig, bereit, auf die Bühne zu springen, wenn sie an der Reihe sind. Und auf den Brettern, da …

Möge doch einer von Euch mich beschützen, edle Gebieter, wenn meine Stimme sich bis zur Großen Brut hinaufschraubt! … Auf den Brettern waltet Morog, mein Herr, schon seines Amtes, als ob nichts gewesen wäre.

Ich mustere die Anwesenden eingehend. Aus unerklärlichen Gründen bleibe ich unbemerkt. Die Verlassenen vom Vormittag stehen als Gruppe am Rand des Podiums, und kein leuchtendroter Sprung, keine eiternde Spalte hat ihre hässlichen Schädel verfärbt. Wie oft müssen sie, dieses Gesocks, eigentlich getötet werden, damit man sie wirklich los ist? Könntet Ihr nicht, holde Dame, ihnen einen hübschen, unauslöschlichen Stempel einbrennen, damit sie es fürderhin nicht mehr wagen, aus eurer Totenherde zu entfleuchen? Und damit Eure Schäfer, sollte es dennoch vorkommen, sie von weitem ausfindig machen und im Trab auf Eure Gefilde zurücktreiben können? Denn sonst werden sie über die Schlingen der Wirklichkeit stolpern und Anstoß erregen; hier, zum Beispiel, haben sie sich wieder unter die anderen gemischt, ähneln sie den anderen, unterscheiden sie sich nicht von den anderen, sind sie nicht mehr und nicht weniger von Schnäpsen und Wässerchen aufgedunsen als die anderen. Wie soll ich denn Eurer Ansicht nach mein Gewerk zu Ende führen, wenn meine kraftvollen Spatenschläge sie nicht versteinern, sie nicht mattsetzen, und wenn die Verlassenen sich mit Eurer Erlaubnis wieder erheben?

Soeben beendet Morog-Ahn seine Darbietung. Wie oft hat er diesem schwachsinnigen Publikum seine schwachsinnige Nummer schon vorgeführt? Vier Schritte entfernt von mir täuscht Schem der Schwätzer Verwunderung und Verblüffung vor; Schurowy-Pios und Kan-blöblöh' klatschen Beifall. Obwohl es eigentlich nichts ist, was einen aus dem Häuschen bringen könnte, denn Morogs Zauberkunst ist äußerst dürftig. Als Requisit benutzt er einen alten gusseisernen Ofen auf Füßen, ein gestrandetes Ofenwrack mit zahlreichen Schub-

laden und Klappen voller Ruß. Sobald er ihn berührt, pustet der Ofen Qualm- und Bisterwölkchen in den Raum.

Die Nummer besteht im Großen und Ganzen aus diesem Stück: Mein Herr steckt ein Ferkel in die Schublade links oben, dann zieht er mehrere Zugklappen, ahmt über ein Belüftungsloch gebeugt das Geräusch des Feuers nach, schüttelt die Gitterroste und Stößel, schwenkt eine Eisenstange, stochert mit ihr mal hier und mal da und tut so, als würde er auf diese Weise das Ferkel wegzaubern. Nach einem kurzen Augenblick öffnet er die rechte Ofenklappe und zieht unter dem bewundernden Gejohle des Publikums das Tier heil und ganz heraus. Das Publikum jubelt; es meint tatsächlich, das Tier habe auf wunderbare Weise die Innenwände aus Eisen und das Alldunkel durchquert. Morog lässt es in seinem Irrglauben. Mit pompöser Bescheidenheit zieht er seinen Partner an den Ohren aus dem gusseisernen Bauch und hält ihn hoch zum Beweis, dass es sich nicht um einen falschen Batur handelt. Und während im Saal die Hochrufe und Bravos ertönen, verfällt das arme Schweinchen in furchtbares Quieken.

Nach Morog-Ahn betritt Breg-nôh die Bühne. In diesem Zirkus, in dem es nichts zu lachen gibt, ist die Reihenfolge der Auftritte seit Jahrhunderten dieselbe …

Wir unterbrechen die Beschreibung der Vorführung an dieser Stelle, denn ihre maßlose Aufblähung (fünfunddreißig Seiten im Originalmanuskript!) scheint uns durch nichts gerechtfertigt. Die Handlung verliert sich und dünnt immer mehr aus zugunsten ritueller Vorgänge und Gebärden, die uns ungeheuer rätselhaft vorkommen. Mondgesicht erstarrt mit seiner Mordwaffe auf der Schulter, er wird nachdenklich, beruhigt sich.

Allerdings wäre es bedauerlich, diesen langen Abschnitt – unter dem Vorwand, er sei zu bizarr, zu ungebührlich – unter den Tisch fallen zu lassen. Denn er stellt weit mehr dar, als eine heillose Ansammlung von Wahnvorstellungen der Abteilung Infernus Johannes, er bildet die Brücke zwischen den beiden in eine schwere Krise geratenen Vorstellungswelten des 2. Jahrhunderts, nämlich zwischen der Phantasie des Mülleimer-Menschen und der ebenso verstümmelten und unterdrückten Phantasie des Renaissance-Menschen.

Zur Erläuterung greifen wir auf einen Artikel zurück, den wir letztes Jahr in der Zeitschrift *Im Kielwasser* veröffentlicht haben*, und aus dem wir jetzt einige Zeilen zitieren:

»Zu unserem großen Befremden (schrieben wir damals), brechen mitten in der Erzählung, unvermittelt, ungehemmt mit aller aus der metaphysischen Einsamkeit ihrer Hauptperson resultierenden Kraft die wesentlichen Obsessionen des 2. Jahrhunderts hervor: die Fragen nach der Rassenzugehörigkeit, nach dem nicht feststellbaren Vater und der fehlenden Kindheit. Allerdings drücken sich diese im vorliegenden Fall auf eine sehr ungewöhnliche Weise aus, nämlich durch ein furchtbares Grauen vor der Sexualität

* »Die Verwandlung der Erinnerungen in den Untergrundzellen des 2. Jahrhunderts«, in: *Im Kielwasser,* Neue Folge, Nr. 831.

und durch eine zweifelhafte Spekulation über die Fortpflanzungstechniken der eigenen Art.

Es ist kein Zufall, wenn Mondgesicht die Tür der Babuli, des gemeinsamen Weibes aller Bewohner von Jekcho, aufbricht, obwohl er weiß, dass das Haus leer ist. Ihre Behausung ist in Jekcho nämlich mit einem besonderen symbolischen Wert behaftet. Obwohl sie ohne jede Gefälligkeit beschrieben wird, dient sie unleugbar als Zufluchtsort gegen den Regen, vor allem aber gegen die zwingende Notwendigkeit zu töten. Es ist ein geschlechtlicher, weiblicher Ort, auch ein Ort der Fortdauer des Lebens, der außerhalb der Welt und außerhalb der Gesetze dieser Welt liegt. Ein Ort, zu dessen Zentrum (dem Aufführungssaal) man erst gelangt, wenn man einen dunklen, feuchten unterirdischen Gang (die erdige Treppe) hinter sich gebracht hat. Ein Ort, an dem das Recht auf Müdigkeit, das Recht auf Zweifel, auf Langsamkeit im Denken und Handeln, und schließlich das Recht auf Geheimnisse geschützt sind.

Im Innern dieses weiblichen Orts stürzt das Irrationale den bis dahin wohlgeordneten, mechanischen Ablauf der Tötungen um. Aber nicht irgendeine irrationale Regung, sondern eine ganz bestimmte, die an die schrecklichsten Geheimnisse des kollektiven Unbewussten im 2. Jahrhundert rührt, die das schlimmste Durcheinander menschlicher und tierischer Wesenszüge wiederaufnimmt, die Leben und Tod grundlos, sinnlos und zwecklos vermischt und unvermittelt die Frage aufwirft, welche körperlichen Vorgänge die Fortpflanzung der Lebewesen begleiten.

Was bekommen wir bei dieser Vorführung eigentlich zu sehen? Morog-Ahn zeigt einen Taschenspielertrick. Er steckt ein kleines Schwein in einen geschlossenen dunklen Raum und zieht es (nach einer gewissen Zeit) aus einem angrenzenden, gleichartigen dunklen Raum wieder hervor, um es im Hellen vorzuzeigen und quieken zu lassen. Niemandem ist entgangen, dass wir es hier mit einer theatralischen Umsetzung zu tun haben; mit dieser Nummer soll dem Publikum beigebracht werden, wie die Fortpflanzung unter Tieren geht. Die richtige Deutung der Symbole ist jedoch schon lange (»seit Jahrhunderten«) vergessen, ist längst verlorengegangen. Einige Einzelheiten sind gefälscht worden, weshalb das Lehrstück absurd wirkt. Morog-Ahn hat keine Ahnung, was sein Beitrag zu dem unveränderlichen Ritual bedeutet; seine Zuschauer erwarten davon keineswegs die Enthüllung irgendeiner Wahrheit.

Und der Autor? Aus dem Fehlen jeglichen Kommentars zum Thema darf man getrost schließen, dass der Autor, dass die Abteilung Infernus Johannes auch nicht über die Schlüssel verfügte, die das Verständnis zu dieser Abschweifung innerhalb seines Buchs erschließen.

Tatsächlich war eine solche literarische Schwäche, die an intellektuelle Hochstapelei grenzt, vor dem Hintergrund der allgemeinen Verdummung im 2. Jahrhundert weder ungewöhnlich noch erstaunlich.«

Da wir nur eine begrenzte Anzahl von Seiten zur Verfügung haben, werden wir der Frage nach den Irrtümern und Verirrungen im kollektiven Unbewussten zu Zeiten Infernus Johannes', seien sie sexueller, rassischer oder politischer Natur, nicht weiter nachgehen.

Jetzt müssen wir nur noch den Knecht loswerden.

Nachdem Mondgesicht aus seiner nachdenklichen Starre erwacht ist, rappelt er sich wieder auf und beseitigt mehrere Dorfbewohner, die der Aufführung zuschauten, während die Verlassenen auf der Bühne ihr komisches Gebaren fortsetzen, ohne auf das kriegerische Tohuwabohu zu achten, das im Saal entfacht worden ist. Wieder auf der Straße zurück, vermehrt der Knecht noch die Zahl seiner Opfer. Dabei leistet ihm der schändliche, bösartige Assalteser Hilfe und erschlägt seinerseits mehrere Einwohner Jekchos, darunter auch den zweiten Knecht.

Es gießt unaufhörlich, und der Glaube Mondgesichts an seinen Gebieter nimmt von Stunde zu Stunde mehr ab. Der Knecht argwöhnt, die Große Brut könnte ihm ihre moralische Unterstützung entzogen haben; wenn er weiterhin mordet, so ist dies reines, mechanisch ablaufendes Triebverhalten mit einer Art Nihilismus aus Überdruss. Völlig verschmiert, durchgefroren und zum Umfallen müde, lässt er seiner Gehässigkeit gegenüber der Großen Brut freien Lauf, beschimpft die Linkshändige Leichenmacherin und begünstigt in seinen pausenlosen, wirren Verwünschungen immer mehr »den Herrn der Welt da oben und da unten, den, der kommt und der geht und den itzo von dannen Gegangenen«, eine Gottheit oder ein göttliches Prinzip, das er jetzt über den allmächtigen Baratrone stellt. Offenbar hat er die Absicht, auf diese Weise alle zu verleugnen, in deren Namen er das Dorf vernichtet hat.

»Mir kommt es nur noch darauf an«, meint der Knecht, »dass ich Jekcho nach Einbruch der Dämmerung verlassen kann. Und dass sie mich ein Tier besteigen lassen. Werde ich mir einen Batur mit dem grässlichen Assalteser teilen müssen oder mich auf Morog-Batur schwingen dürfen? Oder muss ich gar wie ein Sklave dem Schemen meines vor sich hin fluchenden Führers hinterhertraben?«

Inzwischen gießt es nicht mehr wie aus Kübeln, das Prasseln des Regens beruhigt sich allmählich. Bald werden entlang des Weges Bächlein plätschern, und die Zähren, die die Dächer vergießen, in der Stille klingen. Nur der Himmel wird seine Farbe nicht ändern. Er wird bis zum Abend bleiben, wie er ist, ein geronnenes dunkles Gelee, und die Nacht über und morgen und alle Tage, klumpig und geronnen bis in alle Ewigkeit, von öligen Schlämmen schraffiert und von schwarzen Schalen verfinstert bis in alle Ewigkeit. Warum sollte es auch plötzlich einen blauen Himmel über Jekcho geben? Wenn der Regen erst einmal die Achseln gezuckt und sich verzogen hat, wird sich dieses schleimige Blei dort oben in die Ewigkeit ausdehnen.

Was aber wird aus mir?

»Und eines, merke …«, krächzt der Assalteser.

Er sieht mich kaum noch an, als wäre er in Gedanken schon daheim, in dem rußigen Saustall, wo er seinen Batur mit den Siebenmeilenhufen festbinden wird, als sähe er durch den Spalt seines Bronzehelms schon hinter die hohen Mauern der dritten Sphäre, in die ihn seine allerabscheulichsten Artgenossen unter großem Geschrei und unter dem Kreischen und Knirschen der Taukloben treideln werden.

»Kein Platz da, für dich. Kein Platz da oben.«

Ein Schauer läuft über meinen Rücken.

»Aber, was soll …«

»Kein Platz da. Du bleibst hier«, bekräftigt er nach einer

beträchtlichen Anstrengung, die Worte zu finden. Er bemüht sich, keine Zweifel in mir aufkommen zu lassen.

Das kann doch nicht wahr sein! Holde Dame! Dieses Verbannungsurteil wird doch aufgehoben, oder? Ich werde doch nicht bis in alle Ewigkeit in Jekcho verwesen?

Verzeiht mir, hohe Dame, verzeiht, dass ich mit bösen Worten gegen Euren Namen und Eure Befehle gewettert habe … Ich war bluttrunken und erschöpft … Schöne Dame! Macht! Und Edelmut! Ich flehe Euch an, streicht die Worte in Eurem Gedächtnis, die meinem Mund aus Dummheit entsprungen sind, die ich aus Dummheit in den Wind gesprochen habe, und verbrennt sie sofort, und reißt mir auf der Stelle, so dies Euer Wille sei, das geifernde Stück Fleisch aus dem Mund, das Schuld daran hat, und entfleischt ihn meinetwegen bis zum hintersten Backenzahn, aber lasst mich nicht allein in Jekcho!

»Aber warum?«, jammere ich. »Wer hat Euch befohlen, mich so schlecht zu belohnen?«

»Bleib in deinem Dorf«, antwortet er.

»Ist das ein Befehl im Namen unseres Gebieters?«

»Du bleibst«, wiederholt er ein letztes Mal.

Mehr ist nicht aus ihm herauszubringen. Die Wirbel von oben saugen ihn an, und ich vermute fast, dass er die Gerüche und die Stürme und die Blutspritzer in dieser Gegend des Weltalls schon vergessen hat unter seinem furchterregenden Helm. Durch einen Tritt mit der Ferse bedeutet er seinem Batur, dass es Zeit ist aufzubrechen, und der Batur beginnt, seine schwarzen Hufe aus dem Schlamm zu lösen.

Mir zittern die Beine, ich werde von panischer Angst befallen, ich bekomme keine Luft mehr, ich falle auf die Knie, in eine Pfütze. Ich strecke meine Hände dem Einzigen entgegen, der mich noch trösten kann.

»Edler Gebieter!«, flehe ich ihn an. »Nehmt mich mit auf Eurem Batur, auf dem Batur mit den Siebenmeilenhufen. Zum Dank werde ich Euch für immer dienen. Ich werde Euer ergebener Sklave sein! Ich werde Euren Ruhm auf allen Wegen verkünden … Edler Gebieter, mein edelmütiger Gebieter! Nehmt mich mit! …«

Ich glaube nicht mehr, dass mein heftiges Gezeter und Gestammel noch etwas nützt. Ich glaube an überhaupt nichts mehr. Seit langem schon habe ich jede Hoffnung aufgegeben, mit meinen Bitten irgendetwas zu erreichen. Eine Welle der Gleichgültigkeit, des Unbeteiligtseins durchzieht mich vom Scheitel bis zur Fußwurzel.

Plötzlich schnaubt der Batur laut, steigt in die Höhe, bockt und schleudert mich aus dem Weg, sodass ich mich mehrmals überschlage. Von diesem Hieb gegen die Brust wird mir schwarz vor Augen. Oder war es vielleicht der Assalteser? Hat er mir mit dem Morgenstern die Rippen gebrochen? Schließlich liege ich auf einer Seite hingestreckt und bis zur Schulter in Schlammfluten versunken. Ich sage kein Wort mehr. Und sie, der Batur und der Assalteser, auch nicht. Sie wenden sich von mir ab, würdigen mich keines Blickes und schlagen den Weg ein, der durch die Felder zu den Farnen und in den Wald führt. Sie traben zum Dorf hinaus und tauchen in den milchigen Nebel ein, der den Regen abgelöst hat. Bald sind sie nur noch ein grauer Fleck, der sich in der Ferne auflöst, oder auch ganz nahe noch, an der Grenze zum Firmament, am Ende der Welt, dort wo der Landstrich von Jekcho allmählich im Nichts versickert. Da liege ich nun, in den Lehm geflätzt, die letzte Leiche. Und es fällt mir schwer, die Bilder zu erkennen, die mich noch erreichen. Da liege ich nun, niedergestreckt und erschlagen, in den Pfützen, wie die anderen.

Die Nacht wird auf uns alle niedersinken, es wird das Ende sein. Im Augenblick sind wir noch drei Lebende in Jekcho; in der wiedereingekehrten Stille höre ich das Todesröcheln des Zauberers und der Babuli. Der Assalteser hat sie so verletzt, dass ihre Wunden sie noch bis zur Dämmerung quälen, und die Dämmerung kriecht schon zwischen den Strohhütten herauf. Wenn die Nacht anbricht, wird alles enden: das Murmeln des Wassers und die Klagelaute. Wenn die Dunkelheit Jekcho überflutet, wird das Dorf bereits eine Ruine sein, die Straße und die Höfe haben sich dann in Sümpfe verwandelt, hier und da werden Leichen herumliegen, die Verlassenen und, schlaftrunken, auch ich. Und dicht unter den Wolken wird, warum auch nicht, die Linkshändige Leichenmacherin zufrieden kreisen, umgeben von ihren Henkershelfern mit den machtigen Federgewändern.

Ich stürze mich in diese Überlegungen, um den Schmerz zu vergessen, der mir alle Kraft raubt. Der Hieb des Assaltesers war verheerend. Ich kämpfe gegen den Schmerz der Quetschung an, und meine Gedanken werden sehr langsam. Noch kann sich alles wenden. Es würde genugen …

Ja! Noch kann sich alles wenden, und keineswegs zu Eurem Vorteil. Möglicherweise gibt es eine weitere Sphäre, deren Bewohner und Herren mit der Großen Brut verfeindet sind. Wer wollte mich davon abhalten, ihnen meine untertänigste Ergebenheit anzudienen, meine ungetrübte und rückhaltlose Hingabe? Mit aller Treu, zu der ich in der Lage bin, werde ich ihre Fahnen schwingen und ihre Parolen schmet-

tern, ich werde die Farben ihrer Sphäre hochhalten. Ein Wort von ihnen, bevor die Dämmerung der Landschaft ihr Siegel aufdrückt, ein einziges Wort würde genügen …

Wenn sie mir doch nur ein Zeichen gäben! Dann würde ich mich sogleich wieder erheben und sie lobpreisen.

(…)

Mit der Nacht kehrt Ruhe in Jekcho ein, kein Regen zischt und prasselt mehr, die morastige Landschaft gibt sich der Stille hin, den Träumereien nach dem Tod. Die Pfützen bedecken beinahe meinen ganzen Körper, nur mein Gesicht ragt noch heraus wie ein schrundiger alter Stein am Wegrand. Ich kann mich nicht mehr rühren; bevor der Assalteser auf dem Batur verschwand, stampfte mich dieser noch ein wenig tiefer in den Boden, und dabei muss irgendetwas in meinem Rücken überdehnt worden sein; zudem habe ich das Gefühl, das Blatt eines Pflugs steckt zwischen meinen Schultern. Es muss tief ins Fleisch eingedrungen sein. Aber diese Kleinigkeiten sind mir gleichgültig, auch mich hat jetzt die Ruhe ergriffen. Ich bin gelähmt und, ohne zu klagen, kämpfe ich meinen letzten Kampf. Im benachbarten Gemäuer haben O'Meschbel und die Babuli ihre Lider schon geschlossen.

Je dunkler es wird, desto mehr gewinnen die Verlassenen an Gewicht und feierlicher Würde. Zum einen sind ihre Bäuche aufgebläht und erbleicht, dann haben sie zu leuchten begonnen, als ob in ihrem Innern versteckt eine Laterne brennen würde. Einen Augenblick lang habe ich geglaubt, es handele sich um eine Auswirkung des Wassers auf ihre Körper, aber es muss etwas völlig anderes sein. Denn auch die Verlassenen, die geschützt im Trockenen lagen, haben diese rätselhafte runde Form angenommen. Und bei näherer Betrach-

tung sehen sie viel besser aus als ich. Diese Schönheit auf die allerletzte Minute bedeutet wohl, dass sich die Große Brut ausgerechnet die Verblichenen des Dorfes auserwählt hat, dass sie entschlossen ist, sie trotz ihres Verfalls zu erhalten und zu retten, sie zu beschützen und zu verherrlichen, und sie zu sich emporzuziehen …

Pah! … Sollen sie doch aufblähen mit Falschtod und kugelrund werden, soll sich die Große Brut mit ihrem wässrigen Fleisch den Bauch vollschlagen, soll sie sich verschlucken und vergiften! Auf dass sie alle, einer nach dem anderen, an Magenkrämpfen krepieren. Soll der Baratrone doch zum alten Haufen fahren, und die Linkshändige Leichenmacherin gleich mit, und alle Vöglein im Nest, und ihr ganzes Gefolge, und ihre Höflinge und Soldaten und Diener mit finsterer Fresse! … Kein Schwur mehr bindet mich an dieses undankbare Geschlecht!

Doch weder weiß ich, was mich jetzt erwartet, noch wer sich am Ende um mich kümmern und mich mit seinen Mandibeln herauszwacken wird. Ich hoffe auf nichts mehr. Ich hoffe nur, dass die Klauen, die mich zermalmen werden, einem künftigen Zerstörer aus der dritten Sphäre gehören, irgendeinem Gesandten dessen, der kommt und der geht. Selbst zu Zeiten, als ich noch Verstand hatte, gab es Formeln, deren wirre Knäuel ich nie entrollt habe, gab es Mächte, die sich hinter den Wörtern versteckten, das ist sicher; und jetzt gilt es, ihre Zornesblitze anzurufen. Es wird höchste Zeit. Im Namen des Herrn …

Im Namen des Herrn der Welt da oben und da unten, im Namen dessen, der kommt und der geht und des itzo von dannen Gegangenen! Ich sterbe, dabei bin ich noch nicht hin-

ter die Geheimnisse der Welten und der Ewigkeiten gekommen … Mein Geist versiegt … Aufgekratzt und von Wahnsinn beherrscht … Schmerzbesudelt und dahingekreucht sterbe ich auf stinkendem Jekchoer Boden, sterbe ich meiner Treu und Glauben enthoben, verkrötert und aller Überzeugungen ledig, und …

Allmählich verlieren die Verlassenen ihr Schweinewesen und ihr dörfliches Wesen. Drei von ihnen haben sich bereits vom Boden gelöst und schweben in geringer Höhe, vielleicht fünf oder sechs Fuß hoch, über dem Schornstein wie dicke, schwülstige, obszöne Monde. Ihre Starre macht sie grimmig, und ich würde mich bedroht fühlen, wenn ich noch für das Gefühl empfänglich wäre, das ich einst Angst genannt habe. Ich höre die Tropfen in die Pfütze herabfallen, aus der sie stammen. Es ist völlig dunkel. Wenn ich mich bewegen könnte, würde ich mich langsam aufrichten wie eine Brennnessel und meinen Körper mit sauberem Wasser reinigen; ich würde im Schein dieser riesigen Schmerbauchlaternen, der einzigen sichtbaren Sterne, nach sauberem Wasser suchen, im Schein des irrlichternen, eher spärlichen Glimmens, das ständig aus ihren Wampen dringt.

Auf den Feldern da hinten haben sich, zurückhaltend noch, zaghaft und gedämpft, die Frösche eingemischt, ohne der tiefen Stille Abbruch zu tun. Auch mein Atem stört die Atmosphäre nicht mehr, seit ich hier in meiner letzten Einsamkeit erstarrt bin. Von Zeit zu Zeit höre ich beachtlichen Lärm, ein wässriges Geräusch, als ob Wäsche aus einem Zuber geholt würde; dann weiß ich, dass sich erneut ein Bewohner Jekchos in die Lüfte erhoben hat und reglos über dem Schlamm schwebt.

Jetzt erhellen schon sieben oder acht von ihnen die aufgeweichte Welt zwischen dem Gemäuer des Zauberers und Morogs Schweinestall. Ich kann ihre Gesichter nicht mehr erkennen; sie haben schon keine Gesichter mehr. Die Finsternis breitet sich aus wie zäher Brei. Ich erkenne nichts mehr außer ein paar seltsamen, starren Flecken. Mondgesicht? Dieser Spitzname stünde ihnen eigentlich besser als mir. Es fällt mir immer schwerer auszudrücken, was mir, langsam, noch in den Sinn kommt. Ich denke nicht mehr an …

Ich denke nicht mehr an die Linkshändige Leichenmacherin. Ich glaube nicht mehr an meinen Gebieter. Bald wird der itzo von dannen Gegangene kommen und sie bestrafen, alle miteinander, wie sie da sind, ob klein oder groß. Der itzo von dannen Gegangene ist der mächtigste aller Herren und Gebieter. Ich muss unbedingt in seine Dienste treten.

Mit dieser Szene endet *Der Schweinevorführer.* Der Knecht brummt noch vor sich hin, als Karikatur eines Vasallen, der nicht mehr weiß, wem er Gehorsam schuldig ist. Ob er noch im Todeskampf liegt oder schon tot ist, ändert nichts mehr an der Sache.

Die Verlassenen um ihn herum steigen aus dem Wasser auf, Tropfen fallen herab, und, von einem inneren Feuer schwach erleuchtet, schweben sie über den Pfützen und dem Schweinepfuhl. Wie zuvor, als seine Meister ein Spektakel mit verworrener Symbolik aufführten, stellt der Knecht keine Frage nach der Bedeutung dessen, was er sieht.

Ebenso wenig die Autoren.

Wir haben schon darauf hingewiesen, dass im 2. Jahrhundert weder die Schriftsteller-Kollektive noch die Kritiker noch die Leser eine zusammenhängende Vorstellung von den physiologischen Vorgängen hatten, die der Arterhaltung dienen. Mit anderen Worten, sie wussten nicht, was sich vor der Geburt abspielt.

Die Lektüre der letzten Szene des Schweinevorführers enthüllt einen weiteren Abgrund von Unwissenheit. Weder Mondgesicht noch die Abteilung Infernus Johannes noch die Kommune Elise Dellwo noch die Kritiker, die sie unter das Joch ihrer Beschimpfungen beugten, noch die Öffentlichkeit hätten sich die grundlegendsten Wahrheiten über den lebendigen Körper, den toten Körper oder den nicht mehr lebenden Körper auf einigermaßen vernünftige Weise vorstellen können. Mit anderen Worten, sie wussten nicht, was sich nach dem Tod abspielt.

Unwissenheit und Angst wogen schwer zur damaligen Zeit …

SECHSTER TEIL

schaggå von der Rückkehr Abdallahs, Kapitän des tobenden schwerts

Und überhaupt, ungnädige Dogge, wie kommst du eigentlich auf die Idee, ich würde mich mit diesem Buch an deine Kumpel von der Sicherheitsgruppe wenden? An die Spezialisten vom Entschlüsselungsdienst? An die vielen Gefängniswärter des Imperialismus und an all diese Hunde? Wie kommst du nur auf den Gedanken, ich dächte an den einfühlsamen Leser, an den scharfsinnigen oder ernsthaften Leser, an den hinter seinen Fensterläden und Polizeiwachen wohlbehüteten Leser?

Nein, meine Dogge, ich habe nur einen Ansprechpartner, und das bist du, Kurt, meine Dogge. Ich denke nur an dich, meine liebe Dogge, an meine Doggenliebe, Kurt: an dich.

I. DIE EINSAMKEIT DES PIRATENMONDES

Unendlich ist die Einsamkeit des Piratenmondes, wenn die blaue Marmornacht schwül und drückend auf den Strand sinkt, doch ohne eigene Substanz, blutleer, die unendliche Einsamkeit des Piratenmondes. Trotz der Starre aller Dinge graben und schaben die Zimmerer der Silbersterne, die Trimmer des nicht mehr, des nie mehr anbrechenden Morgens im Rumpf der Schiffe ein letztes Leck auf der Suche nach einem Weg aus ihren Kalksteinträumen. Durchscheinende Ausgucke mit bleichen Lippen und ausgefransten Zungen stürzen lautlos über dem Ruder zusammen. Schlaftrunken, gefühllos und von gewaltiger Größe nähern sich die blassblauen Schemen aus den Untiefen der stillstehenden Oberfläche, erstrecken sich so weit wie der graue Himmel, der noch unbewegter ist als das Meer, vergleichen die Erinnerung an die Seewinde mit der Erinnerung an die Morgenröten und kehren in ihre geruchlose Heimat zurück. Über seine nunmehr nutzlosen Schätze gebeugt, die Edelsteine im Seeigeldickicht außer Acht lassend, stochert der Kapitän des tobenden Schwerts in den Türschlössern seiner Festung aus Algen und Schlick. Ein Moment von selbstsüchtiger Unwirklichkeit. Nur die zerstäubte Woge und ihre zwielichtige, erstorbene Gischt rauschen noch leise im Mondschein. Das unermüdliche Schiff schau-

kelt nicht mehr, und seine in den Umarmungen der Meeraale schlafende Mannschaft hält den Atem an. Schon vor undenklichen Zeiten ist das Lieblingstier des Kapitäns, ein Griffon mit gekräuseltem, nachdenklichem Kopf fortgegangen, um ungewisse Hilfe zu holen. Erst blitzen Lichter auf in Tauwerk und Takelage, dann blinken sie, dann erstarren sie. Rastlos treibt die Zeit, dehnt sich, dauert, findet keinen Ankerplatz; dennoch fließen Tränen hinter den Lidern und geben der tauben Dunkelheit gebieterisch den Rhythmus vor.

II. DER HUND AM UFER

Bei jeder Welle, jedem Donnern der Kiesel im Schlick kommt ein Hund mit blutiger Schnauze ans Ufer. In seinen Augen sind Botschaften zu lesen, die allenfalls ein Goldschmied der Bilderwiese entschlüsseln könnte, denn der Herr, der sie verfasst hat, sein Herr, weiß nicht mehr, welche Sprachen auf dem Festland gesprochen werden, und vielleicht zweifelt er gegenwärtig sogar, ob es überhaupt eine Küste gibt, gegen die der Ozean brandet. Müde und gedankenversunken streckt das Tier den Kopf aus dem Sand, während sich der Schlamm, schon auf den nächsten Angriff bedacht, röchelnd zurückwälzt. Es atmet nicht mehr; sobald das Wasser abgeflossen ist, wird das Tier sterben. Die Netzhaut seiner schwermütigen Augen gibt die grauenerregende Ecke einer Wand aus schwarzen Algen wieder, und davor ein Bett mit zerwühlten Decken, und auf diesem Bett einen schweiß- und goldstucketriefenden Mann mit kahlem Schädel, und in diesem Schädel ein schmutziges Geschöpf, das unablässig eine mit Salz gefüllte Sanduhr beaufsichtigt. Auf der Netzhaut kann man auch das Meer erkennen, das in Buchten spielt, die kein Korsar jemals entlanggesegelt ist, und hohe Basaltfelsen, die in früherer Zeit mächtige Türme und Paläste waren, und breite Rundwege, auf denen Krebse ohne Illusionen und ohne Er-

barmen Wache halten. Manchmal beugt sich ein Geist über das verletzte Tier und fragt, ob es nicht in die entgegengesetzte Richtung laufen könne, zu den versunkenen Inseln, wo sein Herr wohne? Und ob nicht jener einen Schlüssel zu den schunkelnden und zitternden Skulpturen besitze, mit dem man jede Tür im Granitfelsen öffnen könne? Der Griffon wendet sich ab wie ein Wolf, dem man den Gnadenstoß gibt. Hinter der flimmernden Gischt erblickt er einen Moment lang sein ganzes in Treue verbrachtes Leben. Und wieder donnern die Kiesel in der Brandung.

III. DER SCHATZ DER BLONDEN LOCKE

Als sich die Brandung gelegt hatte, kräuselte sich das Wasser noch mit einem wermutbraunen Schimmer an seinem Bauch, und mit nichts als Abgründen in den Augen stand der Kapitän des tobenden Schwerts aufrecht am Strand oder vielmehr, er bildete sich dies ein, und lauschte dem fern über dem Meer anbrechenden Tag. Bis über die Knöchel im nassen Boden steckend, schwankte er hin und her, sonst bewegte er sich nicht. Auf keinen Fall wollte er aus Ungeschicklichkeit oder Ungeduld den Lauf der Zeit aufhalten. Er erinnerte sich eines bestimmten Satzes aus seinem letzten Traum, als ihn die Mutter aller Wellen in eine schwindelerregende Höhe getragen und er die runzelige Himmelsschale und das Kristall der gelähmten Wolken an seiner Brust gespürt hatte. Der Satz lautete: »Wenn du in die trockenen Gefilde zurückkehrst, Abdallah, in die Lande, die nach so vielen im Sturm durchwachten Nächten ein Hafen für dein kurzes Leben, eine Erholung für deine Seele waren, wenn du dich auf den hässlichen, brüchigen Säulen, die du deine Beine nennst, im Gleichgewicht halten kannst, wenn du nach den Zärtlichkeiten der Mutter aller Wellen noch weißt, wer du bist, und wenn du den Schneeduft deiner Wunden, die Namen deiner Geliebten in Erinnerung behältst, aber auch das Bild der glitzernden kleinen

Buchten, in denen du als Erster die Segel gefiert hast, und zuletzt das Bild des schwarzen Rumpfs, der sich plötzlich mit einem grässlichen Ächzen vor dir öffnete, dann, Abdallah, wenn du nichts vergessen hast, begehe nicht den verhängnisvollen Fehler, Schein und Wirklichkeit zu verwechseln: Warte lieber. Du musst deinen Rücken für lange Zeit dem Horizont aussetzen, du darfst nicht die geringste Bewegung machen, ja, nicht einmal andeuten, sonst läufst du Gefahr, deinen Schatz, die blonde Locke erneut zu verlieren, und diesmal für immer.«

IV. RISSE AM HORIZONT

Abdallah wartete lange geduldig unter der Sonne, aber lang war ein Ausdruck, der mit den Jahrhunderten an Bedeutung verloren hatte. Mit der zähen Beharrlichkeit von Tang erstarben vor seinen Füßen kleine Wellen mit ophitischen Kräuseln, Armreifen und grüne Perlenketten in einem langsamen Tanz. Er kehrte den Rissen am Horizont, dem Himmel und allen Kormoranen der Dämmerung den Rücken zu und bot dem Kieselstrand die Stirn. Indes richtete sich seine Aufmerksamkeit auf die Drift der Gegenstände, doch er sah sie nicht driften. Strich für Strich bildete er im Geist jede der fernen Quecksilbergarben nach, die bei Flut die Klippen verrieten, jeden falkenden Schatten einer Möwe auf dem Kamm des schäumenden Azurs oder am Tiefpunkt des smaragdgrünen Wellentals. Hinter ihm glättete das noch kaum bezwungene und rauschende Meer die Narben seiner Wunden, brummte und grollte. Flut folgte auf Flut und Vollmond auf Vollmond, mal fuchsrot, mal milchweiß; der Wind verstummte, dann hob seine schmachtende Klage von neuem an, bevor er wieder verstummte. Jetzt erst bewegte sich Abdallah unter seiner von einer Salzkruste überzogenen Kleidung. Ein aschgrauer Sternenregen perlte fortwährend zwischen seinen Fingern, als hätte sich in seinen Handflächen eine unmenschliche

Schnittwunde aufgetan; sein Waffenrock barst mit einem hellen Klang. Eine vom Meer kommende Böe trug die Pollen aus den offenen Stellen seines Leibes zur Steilküste, Schuppen, grau schimmernde Plättchen aus Schlick platzten von ihm ab, und sein Schwert toste im Wind. Da veränderte sich die Faserung des Raums für den unmittelbar bevorstehenden Versuch, und die Brandung türmte sich höher auf. Allmählich erinnerte er sich an die Jahrhunderte, in denen er steif und starr geworden war. Dann machte er, von allen Ketten befreit, einen Schritt.

V. DIE BERNSTEINLANDSCHAFT

Jeden Abend und jeden Morgen entzündete der Wind die Steilküste; Funken aus Sand stoben in die Einschnitte des Felsens. Wenn es dunkel oder hell wurde und der mit Erinnerungen und urzeitlichem Muschelsand durchwirkte Süd mit einem Mal in die vertraute Gischt wirbelte, färbte sich der knisternde und ächzende Granit schwarz oder gelb. Bis an den Fuß des unermesslichen, steinernen Vorhangs war es ein sanft ansteigender Strand. Hie und da schauten gekrümmte Rücken und Fratzen aus dem Kies; Rumpf an Rumpf waren umgekippte Fischerboote und die Überreste der Wachtiere in die Bernsteinlandschaft eingeschmolzen, versteinert seit Jahrtausenden, an deren unermessliche Reihen Abdallah nicht erinnert werden wollte. Um voranzukommen, müsste er an diesen Wracks vorbei, müsste er einen verborgenen Weg einschlagen und den Hohlkehlen des Labyrinths, die die Mitternachtsebben hinterließen, genau folgen. Abdallah beherrschte die Ufersprache; immer wenn er es in seinem Wassergefängnis nicht mehr aushielt, an den moosbedeckten Kiel zu stoßen, freudlos auf die Beschläge seiner Kisten oder auf die Urnen zu starren, aus denen Aquamarine und Diamanten rieselten, immer wenn er jede Zuversicht verlor und nur noch schluchzend vor seinem Gold saß, brachte ihm die Mutter aller Wel-

len die Schlickschrift bei; sie lehrte ihn, die Spuren der angebrochenen Zeit zu lesen, dann zog sie sich wieder zurück. Die Luft war freundlich und feucht, gesäumt vom launischen Echo der Wellenbrecher; ein äußerst vorsichtiger Taschenkrebs duckte sich in einen Einschnitt. In einer Anwandlung von Zärtlichkeit für den Uferrain, den er betrat, machte der Seeräuber einen zweiten Schritt. Das Salz fiel in Schuppen von seinen Schultern und Armen; es knirschte wie ein Laufwerk, das nach einer Ewigkeit wieder in Gang gesetzt wird.

DIE BITTERE UNENDLICHKEIT DER ZEIT *

Wenn man von der Form absieht und nur den Inhalt berücksichtigt, dürfte es kaum etwas Heimtückischeres geben, als die undurchsichtige (und beunruhigende) Darstellung der Zeit in der Schaggå von der Rückkehr Abdallahs.

*Unter Achtung des klassischen Regelkanons der Schaggå** (gleiche Länge der sieben Abschnitte, äußerst langsames Fortschreiten der Handlung) greifen die Autoren*** auf Figu-*

* Dieser Kommentar ist zusammen mit der Schaggå in den Frankhäuser-Archiven hinterlegt worden. Wie bei solcherlei literarischen Fingerübungen üblich, beziehen sich die Fußnoten häufig auf fiktive Arbeiten und Untersuchungen *(Anm. d. Übers.)*.

** So wie ihn die *Schaggå vom Ayarirpu* vorgegeben hat.

*** Noch heute bezweifeln Kritiker, dass es sich um die Handschrift der Brigade Eva Rollnik (Autorin der *Schaggå vom Ayarirpu*) handelt. Wir meinen allerdings, dass die *Schaggå von der Rückkehr Abdallahs* kein Täuschungsmanöver des Bataillons Silke Proll zur Auffrischung der abgeblätterten Farben ihrer Jugendromånzen ist (wie vonseiten der Kritik vermutet wurde). Die Phantasie, der diese Schaggå entsprungen ist, hat beileibe nichts mit der Geziertheit zu tun, die das Werk von Silke Proll prägt (und auf der ihr Erfolg beruht). Andere Merkmale bestätigen, dass Silke Proll nicht die Verfasserin dieser Seiten ist: der schwerfällige, umständliche Stil (Silke Proll ist eine elegante Autorin); der über-

ren aus Schiffbrüche *zurück, der berühmtesten Romänze des Bataillons Silke Proll. Der Leser, den diese noch ungewöhnliche literarische Struktur womöglich verwirrt hätte, befindet sich also auf erschlossenem Gelände. Die kleine Geschichte von Silke Proll ist ihm noch im Gedächtnis: Der Piratenkapitän Abdallah strandet auf einer einsamen Insel, wo er neben den Wrackteilen seines Schiffes und dem aus Überseekoffern quellendem Gold langsam altert, fern von Leïla, seiner Geliebten. Diese hat beschlossen, ihm treu zu bleiben und auf ihn zu warten; den Blick in die Zukunft gerichtet, auf den Tag, an dem sie ihn endlich wieder in ihre Arme schließen wird, wünscht sie sich, dieselbe zu bleiben, die Abdallah umarmt hatte, bevor er zum Hafen hinaussegelte; sie trinkt einen magischen Liebestrank, der sie ewig jung und begehrenswert erhält; nach vielen Jahren wird Abdallah, vom Alter gebeugt, von einem Schoner aufgesammelt und zur Küste zurückgebracht; doch er erkennt Leïla nicht wieder, die er,*

triebene Gebrauch von Adjektiven (Silke Proll ist auf diesem Gebiet nie zu weit gegangen); der unnatürliche Charakter der Tropen (zum Beispiel »die Zimmerer der Silbersterne« (?), »ein Goldschmied der Bilderwiese«, »die runzlige Himmelsschale«, »ein aschgrauer Sternenregen«, »ein Hauch von untertauchendem Schwertwal«); das Fehlen rhythmisierter und gereimter Dialoge (eine besondere Stärke von Silke Proll); hinzu kommt die viel zu unauffällige Rolle, die Abdallahs Geliebte spielt (unter keinen Umständen hätte sich Silke Proll in ihrem fanatischen Feminismus jemals solche Zurückhaltung auferlegt und Leïla so sehr im Dunkeln gelassen). Aus Bequemlichkeit werden wir die Autorin vorläufig also »Brigade Eva Rollnik« nennen, immer unter dem gebotenen Vorbehalt, dass wir über ihre wahre Identität nichts wissen.

weise wie er war, in seiner Erinnerung mit sich hatte altern lassen, und auch sie erkennt ihren früheren Geliebten nicht mehr, beschuldigt ihn, ein Schwindler zu sein, und jagt ihn davon.

Die Brigade Eva Rollnik erzählt diese Geschichte noch einmal, aber den Erfordernissen der Schaggå entsprechend mit vielen Entstellungen: Abdallah wird jahrtausendelang auf dem Grund der Ozeane zurückgehalten; jeden Tag kommt eine Welle an den Strand, die aussieht wie ein Hund, und bezeugt seine Gefangenschaft und sein Überleben; eines Tages schließlich tritt der Piratenkapitän ans Ufer, nimmt wieder Gestalt an und vereinigt sich mit seiner Geliebten, die ihn auffordert, zu ihr ins Innere des Granits zu kommen, wo sie, ohne die Geduld zu verlieren, im Vertrauen auf seine unausbleibliche Rückkehr geschlummert hat.

Was die Wahrscheinlichkeit der Handlung anbelangt, kennt Eva Rollnik keine Skrupel. Eine im Hintergrund bleibende, verschleierte, frei erfundene Mythologie hilft ihr, die zahlreichen faktischen Unwahrscheinlichkeiten dieses Abenteuers zu begründen. Dergestalt schwimmen »der Piratenmond«, »die blassblauen Schemen der Untiefen«, die »Wachtiere«, »die blonde Locke« und zu guter Letzt noch ein zugleich feindseliges und freundliches Wesen, »die Mutter aller Wellen«, durch den Text. Der Leser würde gerne mehr über sie erfahren, doch er muss mit wenigen mageren Hinweisen zurechtkommen: die Beschreibung dieser von Fabelwesen bewohnten Welt ist nicht das Ziel, das sich Eva Rollnik gesetzt hat.

Jedermann weiß, dass Schaggås mit Allegorien arbeiten. Aber welches Symbolsystem muss diesen sieben Abschnitten *zugrunde gelegt werden*? Soll die wirklichkeitsfremde und schwach entwickelte Persönlichkeit Abdallahs die Menschheit am Vorabend der Renaissance verkörpern? Die soeben aus der Tiefsee des schwarzen Kriegs wieder aufgetauchte, unter ihren bleiernen Albträumen noch benommene Menschheit? Zweifellos. Aber Abdallah ist hier kein bedeutender Held, neben vielen anderen Anhaltspunkten für den Geist beschränkt sich seine Rolle darauf, im gleichen Maß Raum und Zeit einzunehmen wie das Geräusch der Kieselsteine, die Gerüche der Schuppen, die Launen des Winds oder die Farbe des Monds. Abdallah ist nicht das wichtigste Thema der Schaggå, die seinen Namen trägt und in der, unter Ausschluss jeder anderen Anstrengung, alle Mühe auf eine anschauliche Schilderung von Zeit und Zeitdauer verwandt wird.*

Man wird es vielleicht bemerkt haben: Während die Rückkehr Abdallahs »Milliarden Nächte« benötigt, behandelt jeder Abschnitt nur eine äußerst kurze, nahezu unmessbare Zwischenzeit. Erinnern wir uns nur an die Zeitspannen, in denen sich die wichtigsten Handlungen dieser Schaggå abspielen: eine Stille zwischen zwei Wellen, das flüchtige Bild eines Wracks, ein Knarren des Salzharnischs von Abdallah, ein Schritt vorwärts usw. Nach dem Beben, das genügte, um

* Wir haben hier eine psycho-analogische Lesart verworfen, die eine rein erotisch-sexuelle Deutung der Schaggå liefert. Einige Einzelheiten dieser Annäherung (der wir nicht zustimmen) kann man dem äußerst umstrittenen Werk der Fraktion Adelheid Mohnhaupt entnehmen (die sich gleich zu Beginn ihrer Ausführungen einen dicken Schnitzer leistete, als sie die *Schaggå von der Rückkehr Abdallahs* dem Suchtrupp Gudrun Schubert zuschrieb), in: *Die schunkelnden und zitternden Skulpturen Gudrun Schuberts.*

den »undurchlässigen Spiegel des Granits« zu bezwingen, kommt es in einem »großen Augenblick« zum Wiedersehen der Liebenden.

Es liegt doch klar auf der Hand: »Der große Augenblick« ist ein Synonym für die Ewigkeit: Hier sind die lächerlichen Pulsschläge der Zeit herangezogen worden, um die grenzenlose Ausdehnung ihrer Dauer darzustellen. Darin liegt also das Geheimnis, das Eva Rollnik in ihren Text gelegt hat. Mit zwei möglichen Deutungen: 1.) Man kann die Zeit im eigenen Bewusstsein zermahlen, sie so weit zerstoßen, bis sie nur noch aus flüchtigen Augenblicken besteht, und auf diese Weise den unermesslichen Druck der Trennung, der Einsamkeit, des Alterns in der Fremde verringern. 2.) Im Vergehen der Zeit ist einzig die Gegenwart wahrnehmbar; folglich muss jedes Individuum zu einer besonderen Wachsamkeit gelangen; der Mensch muss auf seine Blindheit reagieren, und auf die Irrtümer, denen er anhaftet, er muss sich vor seinen fehlerhaften Maßsystemen in Acht nehmen und vor jeder subjektiven Einschätzung der Zeit hüten.

Einige idealistische Schulen haben bestritten, dass es die Vergangenheit gibt, andere haben die Unwahrscheinlichkeit der Zukunft bewiesen. In der Schaggå von Eva Rollnik verliert die Gegenwart ihrerseits ihren Zusammenhalt und ihre Kraft. Umgeben von einer schwächlichen, der subjektiven Erfahrung unterworfenen Gegenwart, steht die Welt still, leidet sie an Starrsucht. Jede Veränderung in der Gegenwart (Bewegungen, Geräusche, alles, was als Zeitmaß dienen könnte) ist das Ergebnis einer Anstrengung des Piratenkapitäns, ist ein ungeschickter Ausdruck seines Willens oder seiner Verstandeskraft.

Natürlich könnte man einwenden, alle Geschehnisse, die nicht durch Regungen Abdallahs bewirkt worden sind (zum Beispiel der Wechsel von Tag und Nacht, die Abfolge von Ebbe und Flut, das Donnern der Wogen in der Brandung) ergäben ein Raster für die Welt und könnten zu einer genauen, von der Wahrnehmung unabhängigen Berechnung der Zeit beitragen. Untersucht man aber die Umstände ein wenig näher, unter denen die Zeit dauert, findet man für diese kosmische Tätigkeit keine Bestätigung außerhalb des Bewusstseins (oder der Erinnerung, oder der Träume) des Helden. Wenn ein Blick »unablässig eine mit Salz gefüllte Sanduhr beaufsichtigt«, dann im Innern *von Abdallahs Schädel; sobald sich derselbe Blick aber von ihr abwendet, hält die Wasseruhr der Welt »eigensinnig an der Ebbe als ihrem Richtpunkt fest«. Eine nach der anderen ersterben die Wellen am Strand, da sie jedoch Tiergestalt annehmen, erlangen sie keine eigenständige Wirklichkeit; es sind keine Wellen, sondern Botschaften;* jede Welle ist ein Griffon Abdallahs. *Unter dem unbewegten Meer können nur die Tränen hinter den Lidern »der tauben Dunkelheit gebieterisch den Rhythmus vorgeben«. Als Abdallah am Rand der Gischt einer erstarrten Landschaft den Rücken kehrt, vermag nur seine geistige Tätigkeit das »Laufwerk« wieder in Gang zu setzen, das die Geräusche verursacht und die Drift der Gegenstände bestimmt. Im Bewusstsein des Kapitäns ist die Gegenwart eindeutig eine* künstliche Gegenwart*: Sobald er diese aufgibt, um sie gegen eine andere, noch fossilere zu tauschen, die Gegenwart der blonden Locke nämlich, erstarrt alles hinter ihm, und die Wolken, die träge nach Norden ziehen, verharren endgültig auf der Stelle.*

Alle Beispiele, die wir angeführt haben, veranschaulichen dasselbe theoretische Gerüst: Die Welt außerhalb Abdallahs ist nicht von Dauer; außer in seinen Sehnsüchten oder Träumen besitzt sie weder Rhythmus noch Maß. *Als absurde Größen verinnerlicht, fallen Sekunden und Jahrtausende im endlosen und ohne Antwort bleibenden Schrei der Basstölpel zusammen.*

In der Schaggå von der Rückkehr Abdallahs *zweifelt Eva Rollnik an der schuldhaften Arglosigkeit Abdallahs, der sein subjektives Zeitempfinden für eine absolute Wahrheit hält. Die einer Verpuppung gleichende Vereinigung von Abdallah und Leïla (nennen wir diesen Vorgang getrost »die Rückkehr Abdallahs« und überlassen es dem Leser, seine allegorischen Bedeutungen zu erforschen) hat eine ungeheuer lange Zeitspanne gedauert, viel, viel länger als eine »Handvoll Jahrhunderte«*. Aufgrund ihrer Haltung zur Gegenwart spielt diese Tatsache für die beiden Helden jedoch keine Rolle.*

Mit diesem Text hat die Brigade Eva Rollnik keine gefällige Spekulation verfasst, sie hat keinen Spaß gemacht und keine intellektuelle Spielerei zum privaten Vergnügen erfunden. Vielmehr beschreibt sie einen Menschen, der tatsächlich eine Sekunde mit einem Jahr und eine Handvoll Jahrhunderte mit der nahezu endlosen Leier der Jahrtausende verwechselt. Sie

* In Anspielung auf einen neumodischen Ausdruck. »Eine Handvoll Jahrhunderte trennt den aufgeklärten, feinsinnigen, erfahrenen Renaissance-Menschen von seinem barbarischen Vorfahren, der mit finsterem Herzen im Krieg unterging«, schreibt beispielsweise das Vereinigte Kommando Siegfried Schulz in seiner Einleitung zu *Mythos und Wirklichkeit des Überlebens.*

beschreibt ein Individuum, das mit krampfhaft zusammengekniffenen Lidern seinem Schicksal entgegengeht.

Öffne endlich die Augen!, beschwört ihn die Brigade Eva Rollnik. Versinke nicht länger in Träumereien! Erkenne die bittere Unendlichkeit der Zeit!

Und sie wendet sich damit an Abdallah, an Leïla, an ihre Puppe und was daraus hervorgeht, an den Renaissance-Menschen, an uns …

VI. DAS ENDGÜLTIGE VERHARREN DER WOLKEN

Eine Steintür ist eine geheimnisvolle Grenze zwischen möglichen Welten. Kein unüberwindliches Hindernis für jemanden, dessen Körper voller Ziselierungen ist, die von Muränen und Seeigeln stammen, und dessen Geist Gedanke für Gedanke von Haien durchgekaut wurde. Abdallah blieb nicht stehen, als er am Fuß der Steilküste angekommen war; er suchte nicht nach einer bestimmten Felskante, an der seine tastende Hand Halt finden könnte, und nicht nach den Perlmuttablagerungen an den Muscheln, an denen er sich die Glieder aufschürfen, die wettergebräunten Sehnen und die Nägel einreißen würde, auch nicht nach einer kühlen Nische, die seinem Antlitz einen Hauch von untertauchendem Schwertwal und fischreicher Morgendämmerung bieten würde. Er hielt die Augen weiter geschlossen, als hätte er sich schon immer diesseits der Erdoberfläche befunden, in tausend Faden tiefer Finsternis angekettet. Er kümmerte sich nicht um die gewaltigen Wölbungen des Horizonts; langsam, aber sicher tauchte er in den undurchlässigen Spiegel des Granits. Da zersprang der trügerische Filz der Felswand an seinem Körper und er spürte eine spöttische Frische, die seine Knie und seine Hüften streifte, und ein Zug beifälligen Staunens umspielte seine Lippen. Hinter ihm standen die Fluten wieder still; nun würde der Wellenkamm die Spitzen seines Kräuselns nicht mehr weiterklöppeln, die Basstölpel erstarrten im Flug mit einem Schrei, der ohne Antwort blieb, und auch die Wolken, die träge nach Norden zogen, verharrten endgültig auf der Stelle. Vor ihm tat sich das Königreich der blonden Locke auf. Dort drinnen lächelte seine so überaus geduldige, seine so inniglich begehrte und jetzt so nahe Geliebte. Er strich sich mit dem Daumen über seine Wangen. Vermischt mit Schweiß und Tränen fiel der Schnee von seinen Wunden ab.

VII. DER GROSSE AUGENBLICK

Dann warst du da, entzückendes Geschöpf der blonden Locke, bewundernswerte Dienerin des Piratenmondes, ein Geschenk für den, der das Gebirge der Jahrhunderte erklommen hatte, um zu dir zu gelangen, du warst da und hast dein Kleid und deine Zöpfe aufgebunden vor diesem Seefahrer, von dem die Mutter aller Wellen dir in der ersten seiner Milliarden Nächte gesagt hatte, dass er eines Morgens aufwachen und Kurs auf deine quarzversiegelte Wohnstatt nehmen werde. Darauf folgte, du erinnerst dich, ein langer Moment von irrsinniger Trägheit. Deine Nacht war in Geschmeide gefasst, in Schiffbrüche und Gesichte; darin glänzten die Vorsteven versenkter Galeonen und Hexen als Galionsfiguren, und häufig konnte man auch traurige Ertrunkene sehen, die sich auf den Handlauf der Reling stützten und gegen Steinkorallen kämpften. Aus seinem dunklen Verlies sandte Abdullah dir Träume, in denen er weder das Blut noch das Fieber aussparte; du hörtest den Zimmerern der Silbersterne bei der Feinarbeit zu, und dem Flüstern der verzweifelten Trimmer, du stelltest dir die Meeraale um ihre Hüften vor; das Gespenst eines großen Hundes, dessen Gischtpupillen du ohne Unterlass absuchtest, kam an den Strand, um dort zu zerrinnen. Im Innern des Felsens eingeschlossen, verfluchtest du stumm die Wasseruhr, die eigensinnig an der Ebbe als ihrer Richtschnur festhielt. Trotzdem konnte nichts das Filigran deines Gedächtnisses zerstören noch die Verheißung, die dich ausharren ließ: Der sagenhafte Morgen käme; selbst verwandelt, unkenntlich geworden, schlösse Abdallah dich in seinen Odem. Und siehe, nach so vielen Jahren geschah es. Du hast dich nicht mehr gerührt. Schweigend seid ihr im großen Augenblick eurer Ewigkeit gewandelt. Als dann der Morgen stehenblieb, musstet ihr nur noch eine Sprache und Gebärden neu erfinden.

SIEBTER TEIL

Hommage an die Brandstifter

Gereizt richtete Konrad Etzelkind seinen Blick wieder auf das hell erleuchtete Fenster im zweiten Stock. Nirgendwo sonst brannte noch Licht, und in der Dunkelheit war vom Informationsministerium nichts zu sehen. Tagsüber sah das graue Kalksteingebäude völlig heruntergekommen aus, aber nach Sonnenuntergang zeigte es sich von finsterer Erhabenheit, als wollte es architektonisch mit der nüchternen Strenge und Mächtigkeit der Frankhäuser-Archive wetteifern. Mit dieser zeitweiligen nächtlichen Ähnlichkeit endete allerdings auch schon jeder Vergleich. Das Archivgebäude stand in einem anderen Viertel, mehr als achthundert Meter entfernt, und seine Mauern waren nicht errichtet worden, um eine, am großen Maßstab der Geschichte gemessen, so kurzlebige Erscheinung wie die Sozialdemokratie zu beherbergen. Die Archive gehörten zu einer anderen Welt, in der andere Werte zählten, dachte Konrad Etzelkind; sie gehörten, zwang er sich, seinen Gedanken weiterzuführen, zu den Bienenstöcken. Ihre gepanzerten, vor jeder Naturkatastrophe sicheren unterirdischen Gänge erstreckten sich zweifellos bis zu den Grundmauern des Ministeriums, bis hierher. Hier … Unter seinen Füßen spürte er die Grashalme brechen, spürte er den verdursteten Rasen und die staubige, von der hochsommerlichen Hitze des Tages noch warme Erde. Jedenfalls gab es, das wusste er genau, keinen Tunnel, der sich einen Weg durch die Unterwelt der Stadt bahnte, um die unermessliche Welt der Frankhäuser-Archive mit der unbedeutenden Welt der Sozialdemokraten zu verbinden. Eine solche Verbindung bestand höchstens zu den abgeschirmten Gebäuden der Bienenstöcke, Punkt, Absatz.

Im Schein der Lampe konnte man Personen erkennen, die sich laut Dienst- und Stundenplan um diese Zeit dort nicht hätten aufhalten dürfen. Störenfriede also, die es aus dem Weg zu räumen galt. Nach den der Polizei übermittelten Angaben leerte sich der Verwaltungstrakt des Ministeriums gegen Ende des Nachmittags, und die Reinigungskolonnen hatten die Büros verlassen, bevor die Nacht anbrach. Anschließend waren die Türen von einer Wach- und Schließgesellschaft verriegelt worden. Folglich gab es keinen Grund, dass zu dieser Stunde noch Licht aus einem der Zimmer hinter der Fassade schien. Niemand hätte es sich erlauben können, nur zum Vergnügen einen Spaziergang durch die amtlichen Räume zu machen. Niemand mit Ausnahme der Kabinettsmitglieder, die dort lebten, denn ihre Wohnungen lagen über dem schönen Innenhof des Ministeriums. Konrad Etzelkinds Gesicht verriet seine Unzufriedenheit. Man hatte sich für diese Nacht entschieden, weil Neumond war, aber vor allem, weil die Sozialdemokraten nicht zu Hause waren und wohl kaum vor den frühen Morgenstunden zurückkommen würden. Tatsächlich sollte sich ihr wöchentliches Bankett bis in den Morgen hineinziehen; das Festprogramm sah eine Gedenkfeier des Frankhäuser-Komitees und anschließend eine festliche Ordensverleihung vor.

Diese Sozialdemokraten!, dachte Etzelkind nicht ohne Ironie. Höchste Zeit, dass sie mattgesetzt werden. Nehmen seit geraumer Zeit abweichende Haltungen ein, zeigen Anwandlungen von Unabhängigkeit. Arbeiten viel zu lasch mit uns zusammen. Was glauben die eigentlich? Dass sie wirklich die Macht haben? Höchste Zeit, dass sie einen Denkzettel verpasst bekommen, wiederholte er sich. Eine kalte Dusche für das Geflügel, damit es weiß, wo es hingehört. Höchste Zeit, dass ihnen die Flügel gestutzt werden. Wir werden sie stutzen.

Er durchquerte die Hecke an der Stelle, wo die Eisenkette durchtrennt worden war, und stieg in das Auto, das am Rand des Bürgersteigs auf ihn gewartet hatte. Der Fahrer warf ihm einen fragenden Blick zu.

»Wir überprüfen noch einmal alle Vorkehrungen, und dann geht's los«, sagte Konrad Etzelkind. »Wer jetzt noch Überstunden macht wie die Irren im zweiten Stock, ist selber schuld.«

Der Wagen startete ohne den geringsten Ruck und fuhr, geräuschlos wie ein Boot auf einem Kanal, langsam in Richtung Berthold-Frankhäuser-Straße. Die Lastwagen mit Material und Werkzeug parkten fern von jeder Straßenlaterne unter Kastanienbäumen. Das Eingangstor zum Park war schon aufgebrochen, die Flügel standen weit offen; die Alarmsäule daneben schien unberührt, tatsächlich hatte man sie aber außer Betrieb gesetzt. Die Luft war rein. Niemand streunte hier herum, weder auf dem Bürgersteig noch auf dem Rasen. Ruhiger hätte die Straße kaum sein können. Sie überholten die unbeleuchteten Lastwagen und fuhren die Gartenanlage entlang, vorbei an buschigen Hecken, an Zaungittern mit langen Spießen in regelmäßigen Abständen, an einer sandfarbenen Mauer, dann fuhren sie erneut über die Berthold-Frankhäuser-Straße. Die Straßen waren so menschenleer, als wäre eine Ausgangssperre verhängt worden.

Auf Anordnung ihres Chefs schlichen sich zwei Polizisten zum Transformatorenhäuschen an der Ringstraße, um die Stromversorgung des Viertels zu unterbrechen und die Schieber der Gasleitung festzuziehen. Plötzlich herrschte auf den Straßen um das Ministerium völlige Dunkelheit. Zwei- oder dreihundert Meter weiter leuchteten die Gaslaternen wieder, aber ihr Licht reichte nicht bis zum Ministerium.

»Sieh mal einer an«, bemerkte Konrad Etzelkind mit einem hämischen Grinsen, als er aus dem Wagen stieg, »Strom- und Gasausfall im ganzen Sektor!« Er duckte sich in die Hecke, bog die Zweige auseinander, und als er auf die ersten Grasbüschel trat, hob er den Kopf. Dabei behielt er das Fenster im zweiten Stock im Auge, das sich jetzt, im Bisterbraun der warmen, schwülen Nacht, nicht mehr von den anderen unterschied. Zu seiner Rechten hörte er die Lastwagen unter die Platanen fahren, hörte er das schwache Echo ihrer gedrosselten Motoren. Einige Schatten huschten über die Blumenbeete und den Rasen, ohne sich damit aufzuhalten, im Zickzack zu laufen oder von Baum zu Baum zu rennen.

In weniger als einer Minute würde der Spähtrupp durch die von keiner Sirene gesicherte Küchentür ins Erdgeschoss gelangt sein.

Jemand öffnete das besagte Fenster und lehnte sich hinaus, wahrscheinlich um nachzusehen, welche Ursache oder welches Ausmaß der Stromausfall hatte. Etzelkind zog seine Waffe, zielte und drückte auf den Abzug. Das Geräusch, ein kurzer Seufzer, war nur in seiner unmittelbaren Umgebung wahrnehmbar. Ein Seufzer oder das kurze Stöhnen, das manche Leute von sich geben, wenn sie sich im Schlaf umdrehen. Der Mann lehnte sich noch immer zum Fenster hinaus; das Geschoß raste auf ihn zu und traf ihn in der richtigen Höhe, durchschlug seinen Hals und die untere Schädelhälfte. Da der Körper über dem Fenstersims zusammensackte, ohne mit den Armen zu fuchteln oder einen Klagelaut von sich zu geben, erschien eine zweite Gestalt im dunklen Rechteck der Fensteröffnung, ein Mann mittlerer Größe. Etzelkind sah, wie er sich seinem Kollegen näherte, ihn an der Schulter packte, ihn wegzuziehen versuchte, dann aber innehielt. Er drehte sich nicht um, sah nicht ins Innere des Zimmers und rief auch nicht um Hilfe: Ein Zeichen, dass es keinen Dritten im Bunde gab, der ihm Beistand leisten könnte. Etzelkind ließ ihm noch den Bruchteil einer Sekunde Zeit, dann nahm er ihn ins Visier; wieder erklang dieser Seufzer, sei es der Erleichterung, sei es wie im Schlaf, und der Mann brach ebenfalls zusammen, fiel mit durchschlagenem Brustkorb nach hinten und verschwand.

Ein Mitglied der Sicherungsabteilung hatte begonnen, mit einer Lösung, die der Hitzeentwicklung während des Brandes höchstwahrscheinlich widerstand, eine Liste von Bekennern auf die Fassade zu pinseln. So könnte man bei der kriminaltechnischen Untersuchung die Signaturen zumindest nachzeichnen und dann entziffern.

Erweiterte Kompanie Inge Albrecht. Verena Goergens. Sturmgruppe zu Ehren von Verena Goergens. Überfallkommando Gedenken an Katalina Raspe, Erneuerte Sturmgruppe zu Ehren von Siegfried Schulz.

Konrad Etzelkind wich den Farbtöpfen aus und schimpfte mit zwei Polizisten, die das klemmende Gitter eines Türflügels am Haupteingang nicht schnell genug öffneten. Es war nämlich vorgesehen, hier alles hinauszutragen, was man im Laufe der Operation einsammeln würde. Endlich gab das Gitter nach. Mithilfe eines Dietrichs knackten sie gemeinsam das Sicherheitsschloss, dann setzten sie die Alarmschranke außer Betrieb und stürzten sich, ohne dass die Sirene losheulte, ins leere Foyer. Vom anderen Ende des Gebäudes, aus dem Jörg-Frankhäuser-Flügel, hallten Geräusche wider, die allen getroffenen Vorsichtsmaßnahmen und Anweisungen zur Lautlosigkeit Hohn sprachen. Man hörte die Karren mit dem Treibstoff rollen, und dumme, nutzlose Triumphschreie zerrissen die Nacht. Konrad Etzelkind schickte sofort eine Staffel los, die die Mannschaften zur Ruhe bringen sollte. Dann stieg er in den zweiten Stock hinauf.

Das Zimmer, das vor kurzem noch hell erleuchtet war, fiel auf, weil die Tür einen Spalt breit offenstand, ein dunkelgrauer Spalt, der den in tiefster Finsternis liegenden Flur teilte. Etzelkind machte die Tür ein Stück weiter auf und trat in das Büro. Es war karg eingerichtet, wenngleich das Mobiliar auch flauschige Samtkissen umfasste, wie es sich für einen sozialdemokratischen Hintern gehörte. Ein anonymer Ort, für offizielle Treffen nicht geeignet, ein Besprechungszimmer ohne besondere Bestimmung. Mitten in der Nacht hatten sich hier zwei halbsubversive Elemente der Sozialdemokratie getroffen, um einer Tätigkeit nachzugehen, die die Bienenstöcke missbilligten; aus Dummheit und wohl eher aus Arglosigkeit denn aus Unverschämtheit hatten sie nicht einmal die Vorhänge zugezogen. Sie hatten Stimmen abgehört oder ihre Gespräche aufgezeichnet, und als das Licht plötzlich erloschen war, hatten sie missmutig gebrummt und waren zum Fenster gegangen, wo sie tödlich getroffen wurden. Jetzt ruhten sie an Gestaden von unvorstellbaren Farben und Ausmaßen. Wo befand sich dieses Ufer? Am Rand oder im Zentrum des Todes? Ist das überhaupt wichtig? Sie waren, jeder auf seine Weise, zusammengekrümmt. Ihre sterblichen Reste würden bald in den Flammen schrumpeln und zergehen. Konrad Etzelkind packte den, der wie ein Hampelmann über Bord hing, unter den Achseln und warf ihn an die Seite seines Genossen. Dann schloss er das Fenster.

Auf dem Tisch stand ein Aufzeichnungsgerät, eine Walze steckte in der Halterung des Laufwerks, andere Walzen, entsiegelte Zylinder, lagen unordentlich verstreut überall um die Abdeckhaube aus lackiertem Holz. So geht das also, dachte Etzelkind. Die Stimmen sind in Walzen eingraviert, die man anschließend rückwärts abspult mit einem Laufwerk, das die Aufzeichnungen in entgegengesetzter Richtung abnimmt. Dabei werden die Schwingungen wiedergegeben, die bei der Aufzeichnung ins Wachs eingeritzt worden sind. Sich vorzustellen, wie eine Aufzeichnung von Klängen geht, war nicht schwerer, als sich zu vergegenwärtigen, wie Licht von einer Platte mit Silbersalzen aufgenommen wird, aber die Logik eines Konrad Etzelkind schloss den Vorgang der klanglichen Wiedergabe aus. Es war, als hätte eine Fotografie zum Beispiel auf irgendeine Weise dazu angeregt werden können, die ursprüngliche Situation der Aufnahme in Raum und Zeit wiederzuerschaffen, als hätte die Fotografie einer brennenden Kerze selbst Licht gegeben. Ein absurder Gedanke.

Na schön, brummte der Polizist. Schließlich war es nicht sein Auftrag, in diesem stillen Büroraum technische Rätsel zu lösen, die ihm unbegreiflich waren. Er löste sich von der Betrachtung des Geräts und durchsuchte das Zimmer. Der Schrank enthielt eine kleine Serie von Wachszylindern, aber es handelte sich nicht um die Sammlung des Ministerialrats Markus Rückert. Dass es weder Sicherheitsschlösser noch Panzerschränke gab, machte ihn stutzig. Es offenbarte die grobe Nachlässigkeit, die himmelschreiende Verantwortungslosigkeit, die damals im Informationsministerium herrschten. Die Sozialdemokraten hatten nicht einmal daran gedacht, ihr Tun zu verbergen, sie waren sich keiner Schuld bewusst. Und schuldig gemacht hatten sie sich, denn jede schöpferische Äußerung, jede Spur geistiger Tätigkeit musste in unvergänglicher, schriftlicher Form in den Frankhäuser-Archiven hinterlegt werden, damit sie von allen, die die Wahrheit über den Renaissance-Menschen wissen oder ein getreues Abbild des neuen geschichtlichen Zeitalters zeichnen wollten, einen Monat, fünf Jahrhunderte oder dreißigtausend Jahre lang zerpflückt, untersucht und abgewägt werden konnten. Vor einigen Wochen oder Monaten waren diese Maschine und diese Walzen aufgetaucht. Wenn die Sozialdemokraten sie jetzt benutzten oder an den Frankhäuser-Archiven vorbei selbst eine Sammlung von Stimmen anlegten, sägten sie an einem Grundpfeiler der Renaissance-Kultur. Mehr noch, dachte Etzelkind ergänzend. Die Bienenstöcke sind der Ansicht, die aufgezeichneten Stimmen seien mit dem Verstand nicht so gut zu erfassen; es handele sich vielmehr um ein vergängliches Dokument, das auf alle Fälle der Niederschrift bedürfte, wollte man es ergründen. Und außerdem, dachte er abschließend, dass sich die Sozialdemokratie das Recht auf private, ungeprüfte und unüberprüfbare Archive herausgenommen hat, zeigt nur: Die Sozialdemokraten haben vergessen, wer sie eigentlich sind, nämlich Lakaien der Bienenstöcke. Und noch eins: An die Lektion, die wir den Lakaien heute Abend erteilen, werden sie sich noch lange erinnern, mindestens bis Ende des Jahrhunderts.

Er lächelte, ohne die Mundwinkel seines geschlossenen Stalkermunds merklich zu verziehen; er war ein Mann der Tat, ob am Tag oder nachts, und dieses Vorgehen gefiel ihm.

Auf der anderen Seite des Flurs rissen die Mannschaften alles ab, was nach Sperre, Sicherung oder Schloss aussah. Dabei wurde kein Wort gewechselt, nur die Luft brauste unter dem Radau des Reißens, Reibens und Brechens. Etzelkind murmelte einen Befehl, und drei Schatten huschten an ihm vorbei in den kleinen Büroraum, um die Leichen zu entstellen und die viel zu leicht erkennbare Handschrift der Geschosse zu verwischen. Das Aufzeichnungsgerät und die Walzen sollten mit den Lastwagen weggefahren werden; darum kümmerten sich andere Schatten.

Neben den Büroräumen waren auch Dienstwohnungen im Ministerium untergebracht. Der amtliche Teil des Gebäudes ging auf den Park hinaus. Hinter dieser Fassade lagen, Flügel auf Flügel, zweckmäßige, seelenlose Zimmer mit den passenden Einrichtungen für den Mittagsschlaf, für das kleine Abenteuer im Sekretariat und für den förmlichen Empfang von Besuchern. Als sie in die andere Hälfte des Gebäudes eindrangen, die der Öffentlichkeit nicht zugänglich war, entdeckten die Polizisten Räumlichkeiten ganz anderer Art: Die meisten Räume gingen auf einen sehr gepflegten Innenhof mit Brunnen und Arkaden; hier zeigte sich eine Welt, deren Reichtum von der Straße nicht vermutet werden konnte, was sie in diesem Augenblick noch anstößiger machte: stattliche Zimmer, weich gepolstert, in gedämpften Tönen, an den Wänden hingen Portraits der Familie Frankhäuser, Bibliotheken, private Amphitheater, mit Stoffen, Teppichen, eitlem Tand üppig ausstaffiert; Gemächer, in denen zwischen Goldverzierungen und Kleiderablagen manchmal irgendein Kämmerling beseitigt werden musste; nach Rosen und edlen Hölzern duftende Ankleide- und Schlafzimmer, in deren Dunkelheit manchmal eine Konkubine zum Schweigen gebracht werden musste, von der die Polizei nichts gewusst hatte und deren Herkunft ihr auch künftig unbekannt bleiben sollte, oder eine geheime Geliebte, die auf Schlummerrollen aus feinen Daunen lag, oder auf flauschigen Bettvorlegern zwischen geschnitzten Stühlen und Tischen, zwischen Sesseln, die mit gehämmertem Leder überzogen waren; und anschließend mussten sie in aller Eile zwischen bestickten Kissen und zerbrochenen Teekannen gevierteilt und unkenntlich gemacht werden, oder in der hintersten Ecke weitläufiger, dunkler Badezimmer, in denen man sich ohne die vielen Anhaltspunkte aus Marmor und Gold hätte verlaufen können.

Aber das alles begeisterte Konrad Etzelkind nicht gerade, denn er fahndete in diesem Labyrinth nach einem Raum, in dem die geheimnisvollen und schuldbeladenen Wachszylinder in großen Regalen ordentlich aufgereiht sein sollten, eine Sammlung von Walzen, die ein einzelner, auf diesen abwegigen Gedanken verfallener Sozialdemokrat angelegt hatte, der Ministerialrat Markus Rückert; er suchte die Sammlung Markus Rückert (in den Pamphleten der Kommune Elise Dellwo auch »Gräulicher Dreck« genannt, ein Spitzname, aus dem in den codierten Schriften der Abteilung Infernus Johannes »Grelak-drk'« wurde) …

Er begann, die Bücherregale in den Wohnzimmern zu durchsuchen, er riss die Regalböden heraus, in den Herrenzimmern und in den dunklen Arbeitszimmern schlugen ihm Staubwolken entgegen, als die Bücher aufs Parkett flogen, als er Hefte und Broschüren mit schwarzen Umschlägen, zusammengeheftete Manuskripte und mit Gummibändern umwickelte Akten durch die Nacht warf. Es brodelte in Konrad Etzelkind, während er vergeblich und immer gewalttätiger nach den Raubzylindern suchte; eine heiße Lava, die bittere Auflehnung Elise Dellwos und die Aufschreie in den Schmähschriften des Untergrunds luden jeden seiner zerstörerischen Akte auf; dies war der eigentliche Grund dafür, dass er alles kurz und klein schlug, der eigentliche Grund für seine Wut. »*Wir verzichteten auf keine einzige unserer bezaubernden Granaten, wir machten weiter*«, tönte das Kommando Ulrike Siepmann, das verheerendste Heteronym der Kommune Elise Dellwo, »*wir stellten weiterhin Höllenmaschinen an ihren Wegen auf, richteten beharrlich, fast liebevoll die Flammenwerfer auf die Zentren ihres Reichtums, sprengten beharrlich Stücke aus der harten Kruste des Prunks, in dem sie umherstolzierten, wir schlugen gegen alle schmierigen Schattengestalten los, die für tausend Jahre an die Macht gekommen waren, um tausend Jahre lang jeden Entdeckergeist, jeden umstürzlerischen Geist mit ihren wohlgenährten Wampen zu erdrücken und tausend Jahre lang die Ideologie der Renaissance zu schänden, und wir trachteten weiterhin danach, ihnen die Maske vom Gesicht zu reißen, ihre Gesichter zu zerkratzen, ihre nichtssagenden Züge auszuradieren, sie niederzumetzeln und auszuschaben, ihre matten Festungen in Schutt und Asche zu legen, wir hatten vor, sie aller Lügen zu entrappen, damit sie unter ihren Pappkronen nicht länger unzüchtig glucksten, und wir wünschten uns, sie würden versengen, in Flammen aufgehen und erlöschen.*« Die Bücher gingen aus dem Leim, die Einbände platzten auf, überall lagen Blätter verstreut, die nicht einmal von einer Mannschaftsfackel beleuchtet wurden, denn Konrad Etzelkind kümmerte sich nicht um Licht; seine geübten Augen sahen genug, und trotz der fast undurchdringlichen Dunkelheit verzeichnete er die Titel im Vorübergehen. Welcher Dünkel, dachte er, auf einmal mit den Bienenstöcken in der Kultur wetteifern zu wollen, mal hier und mal da kleine armselige Gegenstücke zu den Frankhäuser-Archiven errichten zu wollen! Anstatt sich mit ihrer Pappkrone zufriedenzugeben, empörte er sich.

Und erneut tönte Ulrike Siepmann, anstatt sich mit den Vorteilen zufriedenzugeben, die die Familie Frankhäuser ihnen vermacht hat, »*mit den Hosen aus grauem Tuch, den fürstlichen Schuhen, dem Verkäuferlächeln, den eingefallenen Wangen, mit dem Gesäusel an das Liebchen, dem ungezwungenen aber hohlen Wortgeklingel, den Socken aus Grègeseide, den siegesgewissen Augenbrauen, mit dem für die Orden geschwellten Brustkorb, der Bewunderung heischenden Redegewandtheit, der feinen Unterwäsche, dem Geschenk einer Genossenschaft für Luxuswaren, mit den zwar zum Schreiben, nicht aber zu harter literarischer Arbeit fähigen Händen, den besten Ärzten für innere Organe, den Biberpelzmützen in der Mode des vorigen Jahrhunderts, den vornehm aufgedunsenen Konturen, den dunkelblauen Schlipsen im Winter und den hellblauen im Sommer, und mit dem silbernen Haken im Nacken, genau dort, wo die Fäden des Vorführers befestigt werden.«*

Schließlich stieß Konrad Etzelkind auf die Sammlung Markus Rückert. Die Zeit war rasend schnell vergangen; das Ministerium war vollständig eingenommen, alle Zeugen waren beseitigt worden; von den Benzinkanistern im Erdgeschoss, die auszuschütten man nicht länger gewartet hatte, stieg ein schwerer, unangenehmer Geruch nach oben. Die Mannschaften zogen sich eine nach der anderen zurück, ächzten unter dem Gewicht der Aktenkisten oder schafften die Köpfe des einen oder anderen Leichnams in Säcken fort, damit sie am frühen Morgen nicht mehr zwischen den Ruinen herumliegen und den Untersuchungsbeamten ihre Aufgabe erschweren würden; denn ein lästiger Kopf ist auch dann noch beredt, wenn eine Nacht lang Flammen an ihm gezüngelt haben. Die weniger aussagekräftigen Leiber, die man vorsichtshalber trotzdem verstümmelt hatte, lagen auf den Teppichen herum.

Es war keine besonders eindrucksvolle Sammlung, aber sie enthielt Aufzeichnungen mit einer Länge von vielen Stunden, ja vielleicht von Tagen oder Wochen. Alle Zylinder sahen auf entmutigende Weise gleich aus. Die meisten lagen, vor Staub geschützt, in Schachteln aus dickem schwarzem oder weißem Bristolkarton. Darauf standen undeutliche, mit Bleistift gekritzelte Inhaltsangaben. Angesichts der begünstigten Wohnverhältnisse nahm sich eine solche Schmucklosigkeit aus wie eine auf die Spitze getriebene, verächtliche Heuchelei gegenüber der Wirklichkeit in der Renaissance. Die Polizisten täuschten sich darin nicht, und ohne bewusst den Anspruch zu haben, insgeheim den Mann von der Straße, den einfachen, arbeitsamen, disziplinierten Menschen, den spartanischen, Schweres leistenden Renaissance-Menschen zu verkörpern, warfen sie diese Beute mit der instinktiven Brutalität des verbitterten Rächers auf einen Haufen, mit einer Brutalität, die sie bei den Büchern noch nicht gezeigt hatten. Etzelkind rief sie zur Ordnung. Er half ihnen, die Kisten zu füllen, wobei er gelegentlich eine Aufschrift entzifferte, die in der nächsten Sekunde schon unter einer neuen Verpackung verborgen war.

Unter diesen Umständen war ein Sichten der Walzen nicht möglich. Die mit Bleistift geschriebenen Angaben spiegelten die typischen belanglosen Themen der Sozialdemokratie wider. Und man hätte schon jede Walze abhören müssen, um herauszufinden, ob Markus Rückert mit seinen Titeln nicht eine Art Etikettenschwindel betrieben hatte. *Betrachtungen über den Geist der Frankhäuserschen Gesetze und Vermächtnisse*, las der Polizist. *Franz Frings' Rede über den freien Wettbewerb. Werner Frankhäuser und das Problem der öffentlichen Gärten in Städten und Gemeinden. Antwort Julius Freislers an seine Verleumder. Berthold Frankhäuser: Die Gesellschaft und wir,* las Konrad Etzelkind weiter. Was für ein seltsamer Schatz, stellte er fest. In ihrer Verpackung blieben die Stimmen leblos und stumm, unleserlich und mit Zweifeln behaftet; erst wenn die zuständigen Abteilungen der Archive sie auf einen natürlicheren Träger, nämlich auf Papier übertrügen, würden sie wieder lebendig werden. Was für ein lächerlicher, seltsamer Schatz ... *Die Frankhäuser und die Ablehnung des Verwandtschaftsgedankens,* las er weiter.

Am Tag zuvor war dem Handwerker-Kollektiv, das die Aufzeichnung von Klängen und die Wiedergabe der in das Wachs gebannten Schwingungen entwickelt und durchgeführt hatte, ein Unglück zugestoßen. Bevor es in Stücke gerissen und verflüchtigt wurde, hatte das Kollektiv eine Fülle von Einzelheiten angeben sowie alle Techniker-Kollektive nennen müssen, die von seinen Arbeiten Kenntnis hatten; natürlich musste es auch gestehen, wie viele solcher Geräte es hergestellt (tatsächlich nicht mehr als vier Paar) und wer diese erworben hatte. Erst dann war das Unglück über das Kollektiv gekommen; obwohl sie knöcheltief in Fässern mit Sprengstoff standen, wollten die Handwerker unbedingt mit Streichhölzern spielen, bis sie ...

Willi Frankhäuser: Vorwärts auf dem Weg zur Gleichheit aller Menschen, las er. Und weiter: *Unser Dilemma: Eine Regierung in der Mitte bilden oder das Regieren wieder in den Mittelpunkt stellen.* Plötzlich zuckte er zusammen, denn er hielt einen Zylinder mit unbeschriebenem Etikett in der Hand. Er steckte ihn sofort, als wäre es die größte Selbstverständlichkeit, in die Tasche seines Kampfanzugs. Soeben war die letzte Mannschaft mit ihrer Last verschwunden; die verwüsteten Wohnungen rochen nach Petroleum, nach Metallspänen, nach Stoff.

Über den Rest der Sammlung Markus Rückert, über alles, was mangels Platz und mangels Zeit nicht mitgenommen werden konnte, über mehrere Dutzend festgehaltener, tiefgefrorener Stimmen schüttete er den Inhalt eines Kanisters, den ihm ein Helfer soeben gebracht hatte. Er besprengte alles sorgfältig, damit den züngelnden Flammen nichts entginge, den gelben, goldbesetzten, weiß gepaspelten, orange marmorierten, gierigen, bleichen, schnurrenden, fröhlichen, plötzlich leuchtend roten, geballten, dann wieder bläulichen, sonnengelb geäderten, mit Sternen gesprenkelten, knisternden, tauben, launischen, schäumenden, plötzlich scharlachroten, unersättlichen Zungen. In ihren Anordnungen hatten die Bienenstöcke ihm freie Hand gelassen, was Form und Stil des Attentats anging, ob er es zeichnen wollte oder nicht, vorausgesetzt, er zerstörte alle Reste der Sammlung Markus Rückert, die nicht auf dem Weg in die Frankhäuser-Archive waren. Er konnte nach Belieben verfahren. Und er verzichtete nicht darauf.

Er gab dem Helfer den Benzinkanister zurück und entfernte sich ohne Eile. Als er langsam vom zweiten Stock die Treppe hinunterging, spitzte er die Ohren. Niemand geisterte mehr durch die verwüsteten Wohnungen, höchstens die fünfzehn Verlassenen, denen die Mannschaft des letzten Schliffs das Antlitz gewaltsam heruntergerissen hatte. Jetzt, dachte er, geht es mir schon wie dem Knecht Morog-Ahns am Ende seines Tages.

In seiner Tasche betastete er die einzige Walze, die den Einsatz überleben sollte – eine abwesende, nie mehr zu entschlüsselnde Stimme – und die er sich vor dem Morgengrauen heimlich zu Gemüte führen würde, deren unverständliche Rillen und trotziges Schnitzwerk er mit dem Finger entlangfahren, deren Botschaft er enttäuscht von jeder Wirklichkeit lesen würde; in Einsamkeit und Wahnsinn würde er sich diese Stimme und ihr an ihn gerichtetes Wehklagen oder Lachen vorstellen, eine befreundete und keine sozialdemokratische Stimme, und er würde ihr einen Namen geben.

Was für einen Namen? Vielleicht einen der Namen, die bald von jener Polizeistreife entdeckt werden sollten, die zur Brandstelle eilen und dort, durch die anschwellenden Rauchwolken, durch die alles verschlingenden Fackeln, voller Verblüffung gut lesbare Signaturen an den Fassaden erblicken und entziffern würde, Signaturen, die alle Zweifel ausräumten, es könnte sich um etwas anderes handeln als um ein Verbrechen aus dem Untergrund: Verena Goergens. Inge Albrecht. Katalina Raspe. Siegfried Schulz.

Draußen zerdrückten die Lastwagen den Kies auf den Wegen, während sie auf die Berthold-Frankhäuser-Straße zurollten. Die Nacht war fast vorbei; in zwei Minuten wurde sich das Informationsministerium inmitten der schlafenden Stadt in eine Feuersbrunst verwandeln.

Die Polizei hatte das Gebäude geräumt. Man hörte das Geflüster der letzten Gruppe, die den Auftrag hatte, brennende Lappen in die Flure und Gänge zu werfen.

Zu diesem Zeitpunkt befand sich das letzte Paar noch unbeschädigter Tonmaschinen in einem schützenden Ko-

kon auf der Reise. Der Lieferwagen, der sie aufgeladen hatte, müsste bald das Tor zu einem Umschlagplatz mit riesigen Lagerhallen durchqueren, eine von Stacheldraht gesäumte Straße entlangfahren und ein Kasernengelände schräg schneiden; dann würde er in eine leere, gleichfalls von Stacheldraht hermetisch abgeriegelte Straße einbiegen, vor der Tür zu den Bienenstöcken kurz anhalten, sich von ihnen schlucken lassen und verschwinden.

Konrad Etzelkind spürte die scharfe, ein wenig raue Kante des Pappkartons unter seinen Fingerkuppen. Er hätte das Ding über die Schulter werfen können und keinen Gedanken mehr daran verschwenden brauchen; dann hätte er die Treppe zum Erdgeschoss hinuntergehen, den Brandstiftern ermunternd zuwinken, über den Rasen laufen und in sein Auto steigen können. Aber er wusste, dass er die merkwürdige Walze in seiner Tasche behalten würde, und diese Gewissheit machte ihn nachdenklich: Ein solcher, wenngleich verzeihlicher Diebstahl entsprach nicht dem Ethos der Polizei.

Deshalb verweilte er, trotz des betäubenden Benzingestanks, trotz der drohenden Flammen, auf den oberen Treppenstufen.

Wenn es ihm gelingen würde, rechtzeitig aus dem Gebäude zu schlüpfen, heißt es in einem anonymen Text, der unter dem Aktenzeichen Setter WOLFF 1016 in den Frankhäuser-Archiven verzeichnet war, wenn es ihm jemals gelingen sollte, die Ehrentreppe hinter sich zu bringen und die undurchdringliche Flammenwand in der Eingangshalle zu durchqueren, säße er bei den ersten Schimmern des Morgengrauens in Einsamkeit und Wahnsinn mitten in der fast klösterlich kargen

Zelle, die ihm, wie allen hochrangigen Offizieren, Ruhe und Abgeschiedenheit in der Kaserne sicherte, die ihm, wie allen Stalkern von zweifelhafter Rasse, Einsamkeit und Wahnsinn sicherte. Reglos und nachdenklich würde er vor dieser letzten im Relief gebliebenen Rede sitzen, die kein menschliches Ohr mehr bezwingen noch jemals vernehmen könnte, reglos und unbeweglich, versteinert wie eine Gottesanbeterin vor einer Perle. Die Schachtel mit dem unbeschrifteten Etikett würde so auf dem Tisch gelandet sein, dass die in das Wachs geritzten Täler und Grate ihre wundervollen Werte und klanglichen, aber unzugänglichen Eigenschaften preisgeben könnten; er würde einen Bleistift zur Hand nehmen und damit einige Worte aus seiner inneren Nacht auf das Etikett kritzeln.

Hätte die schier unglaubliche Nachricht, im Informationsministerium habe sich eine Katastrophe ereignet, die Mannschaften erst einmal aus dem Schlaf gerissen, würde draußen bei der Kaserne große Aufregung herrschen, und der Himmel gäbe bereits ein fahles Licht. Die schwarzweiße Schachtel würde erneut auf dem Tisch landen und dem rein hypothetischen, unwahrscheinlichen Zuhörer die Stimme Katalina Raspes verheißen, eine Offenbarung Katalina Raspes über ihren Tod und über den Tod der Gesellschaft, über den Tod der Polizei und über die Bienenstöcke. Da er an jenem Morgen keinen Dienst hatte, würde er nicht auf das lärmende Durcheinander vor seiner Tür hören, sondern in seiner Zelle bleiben und träumen.

Seine vom Schmutz der Benzinkanister kaum gesäuberten Hände lägen auf dem Tisch; mit den Fingernägeln hielte er den leicht bräunlichen Zylinder auf dieselbe Weise wie das Aufzeichnungsgerät, das er in dieser Nacht im Ministerium gesehen hatte, und der Benzingeruch im Raum könnte vielleicht von den Ausdünstungen des Sabotageakts herrühren, vielleicht aber auch von den chemischen Bestandteilen des Zylinders. Langsam würde er den Zylinder sich um die eigene Achse drehen lassen und dabei die schweigsamen, missgestimmten Rillen beobachten; dazu würde er sich die tote, wie durch ein Wunder neu erschaffene Stimme Katalina Raspes vorstellen: »Die Arsenalstraße in Lissabon: Galgen säumen den Weg.«

Oder eine Geschichte hören:

»Im April war der Ring um das Allerheiligste der Bande immer enger gezogen worden. Die Sicherheitsgruppe hatte die Straßen mit Fallen gespickt, die den terroristischen Feind festsetzen und ihm ein endgültiges Ende bereiten sollten. Die mobilen Einsatzkommandos stürmten mehr Guerillanester denn je und vervielfachten die Zahl ihrer Festnahmen. In den Kellergeschossen der Fahndungsabteilungen hörte man den Regen glucksen. Er blätterte in längst überholten nachrichtendienstlichen Dateien, schaute sich Negative aus der Zeit antiamerikanischer Demonstrationen an. Plötzlich hatte sein Herz einen Stich erhalten. Statt der Literaturstudentin Ingrid Vogel taxierte ihn eine Wölfin mit ihren Blicken, ihn, Wellenkind. Während er die Aufnahme von ihr kommentarlos betrachtete, zerfaserte ein raßer, wüster Blitz seine Nerven, zerstückelte seinen treuen Glauben an die Welt, entfachte eine Glut, die sein Leben von der Kindheit bis ins Alter versengte.«

Oder einen Aufschrei:

»Du siehst dich wohl schon jubelnd vor deinen Telefonen und Wandtafeln sitzen, umgeben von all deinen Schweinekollegen aus der Sicherheitsgruppe? Aber mal ehrlich! Du scheinst vergessen zu haben, dass wir auch Jäger waren wie ihr. Und das Wild schlotterte ganz schön in seinen Unterhosen. Hab' ich Recht? Ja oder nein?«

Er ließe sich viel Zeit; die Wolken über der Kaserne würden immer schwerer und röter werden durch den Rauch, der vom brennenden Ministerium zum sich purpurn färbenden Himmel zog. Um die Staubkörnchen zu entfernen, damit die Schwingungen der Stimme reiner klängen, würde er über die winzigen Furchen blasen. Dann würde er stundenlang Satz für Satz das Gespräch mit einer Toten niederschreiben.

Seine Hände, die Blätter, das Wachs.

Wenn es ihm jemals gelänge, die ungeduldigen Hände der Brandstifter einige Sekunden aufzuhalten, ihnen über die benzintriefenden Treppen hinunterzurufen, dass ihr Chef noch eingangs der Flure zu den verwüsteten Wohnungen verweile, wenn er je den Rasen erreichen könnte, bevor die Welt hinter ihm plötzlich in die Luft ginge und alle Formen verlöre, bevor sie sich zischend zusammenkrümmte, wenn es ihm je gelänge, die Brandstifter noch rechtzeitig mit einem Zuruf zu erreichen, könnte er sich, vollkommen erschöpft zwar und schon beinahe schlafend, aber unversehrt an seinen Schreibtisch setzen und aufmerksam seine geschwärzten Finger, das gräuliche Blatt und die stille gelbe Walze betrachten. Draußen hätte sich der Himmel aufgehellt. Und wenn er das Gespräch mit einer Toten Satz für Satz niedergeschrieben hätte, hielte er ein brennendes Streichholz an die Wachsfläche, um sich, trotz seines unbegreiflichen Verrats, dem Befehl der Bienenstöcke nicht zu widersetzen.

Wir waren jung damals, hatte Ingrid auf ein Blatt Briefpapier geschrieben, das auf den Boden gefallen war, und das sie mangels Interesse nicht wieder aufgehoben hatte, das nun irgendwo zwischen Bett und Nachttisch lag, in der Dunkelheit, die ständig von den auf der Straße vorbeifahrenden Scheinwerfern durchbrochen wurde, und in der drückenden Hitze, die von den Hotel- und Körpergerüchen noch verstärkt wurde, von den Ausdünstungen der Holztäfelung und der Stofftapeten, den nassgeschwitzten Betten und dem Sperma, im Lärm der zahllosen nächtlichen Geräusche, der kreischenden Stimmen auf den Bürgersteigen, der aufgedrehten Fernseher, der dröhnenden Motoren, *und um gegen die Absurdität der Welt zu kämpfen*

Sie hatte die Augen weit offen und versuchte, bewusst zu atmen, auf ihren Atem zu achten, ihre vom dumpfen Getöse der Stadt und vom prasselnden Wasser hinter der Wand übertönte und verwischte Atmung wahrzunehmen, sie versuchte, an nichts anderes zu denken als an ihre Atmung.

Und noch etwas, eine grundlegende Wahrheit, so plump, dass sie niemandem entgehen kann: Es braucht nichts als eine gute Dusche, um sich von der Welt zurückzuziehen und nachzudenken.

Kurt hatte sich unter die Dusche verkrochen, um nachzudenken, doch aus reiner Gewohnheit war er, um sich selbst zu belauern, aus sich heraus und in der Tiefe des Wasserstrahls oder vielleicht auch daneben in eine geistige Sphäre eingetreten, in der seine Ironie keinen Abbruch erlitten und sein beißender Zynismus keinen Schaden genommen hatte, in eine Sphäre, wo die Verwirrung von allein der Klarheit wich; er hielt sich irgendwo hinter dem Wasser auf oder im Innern des Schwalls, er hörte das Wasser wieder auf seine Füße herabfallen und sah die Lache sauberen Wassers, die mit vielen kleinen, sich ständig wandelnden Kratern besprenkelt war, er gab sich ganz und gar dem Ritual des ausführlichen Duschens hin, und gleichzeitig untersuchte er von seinem verschobenen und paradoxen und streng philosophemen Beobachtungspunkt aus den künftig gemarterten Menschen, den künftig von Zweifeln heimgesuchten Polizisten, die verliebte und von einem Wahn befallene Dogge, die unter den Schutzschirm dieses warmen Regens geschlüpft war und auf diese Weise eine zweifelhafte Rückkehr zum reinen, uranfänglichen Nass vollzogen hatte; er untersuchte dieses Wesen und befand sich im Einklang mit ihm, das heißt, er verwarf die Aussicht auf die Abgründe, die ihn eigentlich von Ingrid hätten trennen müssen. In seiner großen Leidenschaft für Ingrid, die ihn bereits zum Gesetzesbruch geführt und großer Gefahr ausgesetzt hatte, war jetzt die nächste Kreislinie auf dem Weg in das undeutliche, alles verschlingende Zentrum überschritten worden, auf einem Weg, dessen einzelne Stufen er genau angeben konnte: den Funken des ersten Blicks, die gegenseitige Liebe, die romanhafte Leidenschaft, für die er jenen schrecklichen Plan ersonnen hatte, der Abgründe von fünfzehn oder zwanzig Jahren, von fünfzehn- oder zwanzigtausend Kilometern vorsah, den chaotischen Geisteszustand, in dem angesichts des Entsetzen verbreitenden Termins rasender Hass und höchste Glückseligkeit ineinander verflochten waren, und schließlich diese neue Aussicht; er hatte den in Ingrid kauernden Irrsinn erkannt und bewertet, er hatte ihn aus nächster Nähe betrachtet, während sie ihre ganze Energie daran setzte, ihn zu bekämpfen und sich gegen ihn zu stemmen, während sie sich mit aller Kraft an die Hoffnung klammerte, um nicht ihre Verzweiflung durchscheinen zu lassen; und anstatt auf eine vernünftigere Kreislinie zurückzuweichen, eine Absicht, mit der er sich einen Augenblick lang getragen hatte, anstatt Ingrid ihrem Schicksal zu überlassen und sich um die Rettung seiner selbst zu kümmern, anstatt in aller Eile und zu seiner Schande einen lumpigen Plan auszuhecken, mit dem er unbescholten aus der Sache hervorgehen und bald wieder als mustergültiger Beamter an der Spitze der Sicherheitsgruppe stehen würde, während Waltraud Stoll auf ihrem Schiff ins Verderben den Wölfen und Doggen oder jeder anderen lumpigen Spielart dieses hinterhältigen Plans ab der ersten Zwischenstation schutzlos ausgeliefert sein würde, hatte er endgültig beschlossen, sich von allen Würden und Gewichten loszureißen, an denen sein Leben hing, und mit dem abgefeimten und niederträchtigen System zu brechen, aus dem sich einerseits die Gewissheit der eigenen Unsterblichkeit speiste, die einzige Philosophie, durch die man unbeschadet einen natürlichen Tod erlangt, und andererseits eine intime Kenntnis der betrügerischen und heuchlerischen Gesetze, die in der Gesellschaft herrschten; er war fest entschlossen, die lächerlichen, hochmütigen Bahnen zu durchbrechen, in denen sein Leben verlaufen war, und mit Ingrid in den entlegensten Winkeln des räuberischen Kreises der Leidenschaft zu versinken, dem zweifellos letzten Kreis, wo sich Kühnheit, Ängstlichkeit und hitzköpfiger Taumel vermischten, wo sich selbst das Bewusstsein von der Tragödie und das Gefühl der Verzweiflung, die innere Ruhe des Glücks und die rasende Unruhe auflösten, und wo der Sinn für Humor, ob schicksalsgläubig oder sich gegen das Schicksal aufbäumend, verloren ging, denn es war der Kreis, auf den der Tod folgte, der sich mit allen Poren nach dem Tod sehnte, oder vielmehr ein Kreis, der dem Nichts so grauenerregend nahe war, dass man dem Tod ebenso gleichgültig gegenüberstand wie dem Leben und sich für die Vergangenheit ebenso wenig interessierte wie für Gegenwart und Zukunft, ein Kreis, wo das Raum-Zeit-Gefüge noch so viel Bedeutung besaß wie für einen ermatteten Träumer in einem Meer aus Flammen.

und um gegen die Absurdität der Welt zu kämpfen, gegen die menschliche Knauserei, gegen alle nicht roten Armeen, gegen den unverschämt vollgestopften Bauch Amerikas, gegen den unverschämt vollgestopften Bauch Europas, gegen die menschliche Gemeinheit, gegen den obersten Boss, gegen das totalitäre Geld, gegen alle Kriege außer den Befreiungskriegen, gegen die totalitäre Demokratie, gegen das westliche Schwein, gegen das reine Gewissen, gegen die Dummheit, gegen die ausgedehnte Prostitution der Sozialdemokratie, gegen die Schlaffheit, gegen die Blutsauger der Dritten Welt, gegen

Obwohl er sich bereits eingeseift und abgeduscht hatte, stellte er den Singsang und den Tanz des herabfallenden Wassers nicht ab, sondern ließ die Dusche weiterlaufen wie eine auf Dauer eingerichtete Vorführanlage, ließ in unveränderlicher Reihenfolge mal Nacken Schultern Achseln Brustkorb und Geschlecht (wobei er einen Teil desselben samt seiner anhängigen Organe und Nebenorgane in der für geistig Zurückgebliebene typischen Haltung mit der hohlen Hand auffing, eine Art Brunnenschale bildend, in die auf obszöne Weise das Wasser kollerte), mal Hintern und Beine besprühen, und solange das Wasser floss, errichtete es ein privates Hier und Jetzt, in dem er sich abgeschieden von jeder schmerzlichen Wirklichkeit bewegen konnte; der Nacken, die Achseln (wo seine linke oder rechte Hand erneut eine Brunnenschale andeutete), der Brustkorb – wieder setzte ein vollständiger Kreislauf ein, die blonden Härchen seiner Schenkel hatten schon den dunklen Teint von Algen angenommen; er hüllte sich in Wasser wie Unfallopfer sich in Flammen hüllen, oder protestierende Trottel, die das Schicksal an den Rand der Welt verschlagen hat und die sich nach höchstem Ruhm sehnen, was nur versteht, wer ein Phönix ist. Im Stockwerk darüber hatte jemand den Plastikvorhang zugezogen und die quietschenden Wasserhähne aufgedreht. Bei den überalterten Installationen hatte das Auswirkungen: Der Wasserstrahl wurde immer kühler und holte Kurt aus der Sphäre seiner Abstraktionen auf den nassen Boden der Tatsachen zurück. Im grellen Licht des Badezimmers sah er sich plötzlich zum x-ten Mal in einer exhibitionistischen Haltung, bemerkte er plötzlich, noch immer die Hitze ihres Liebesspiels spürend, dass er von Ingrid träumte, und da er die einfach lächerliche und unsägliche Genugtuung seiner mit einer Schwellung belohnten Männlichkeit noch einmal auskosten wollte, trödelte er noch einige Augenblicke, während das Wasser mit einem Mal kochend heiß, dann wieder lustlos lau auf ihn herabfiel.

Er trocknete sich vor dem Spiegel ab, auf dem sich kein Dunst niedergeschlagen hatte, löschte das Licht und trat ins Zimmer.

gegen die morsche Presse, gegen die Ausbeuter der Dritten Welt, gegen die Sklavenhalter, gegen die Menschenhändler, gegen die Kirchen überall auf der Welt, gegen die übereifrigen Arbeiter, gegen die imperialistischen Adler, gegen die mit ihrem Dasein zufriedenen Sklaven, gegen die Abtötung des Geistes, gegen die Reichen, gegen alle konterrevolutionären Kriege, gegen den militärisch-industriellen Komplex, gegen den König der Polypen, gegen die wiederaufbereiteten Ehemaligen der SS, gegen

»Soll ich zur Rezeption runtergehen und bitten, uns morgen früh um sieben Uhr zu wecken, damit wir den Vormittag noch ganz genießen können?«, fragte ich.

»Ja, prima«, stimmte sie fast unbekümmert zu, so unbekümmert, dass wir uns beide wunderten und lachen mussten, »genießen wir unseren letzten Vormittag.«

Alle Lampen waren gelöscht, doch durch das Fenster schienen die Lichter von der Straße herein und beleuchteten das Zimmer; es sah aus wie die Nachtszene eines expressionistischen Bühnenbilds: Der unvermeidliche helle Mondschein überflutete alle Gegenstände. Vor dem Fenster flackerte und surrte eine Straßenlampe und gab dem stark kontrastierenden, von den Stofftapeten gedämpften

Lichtschein ein nervöses, zermürbendes Zucken. Trotz der späten Stunde hallten im Haus laute Stimmen wider, unterbrochen nur vom Lärm, dem Sirenengeheul und den Schusswechseln einer Polizeiserie. Die Temperatur wurde allmählich angenehm; nach der Abenddämmerung hatte eine leichte Brise von der Trichtermündung des Tejos das Fieber der Luft gesenkt.

Katalina Raspe hatte sich auf dem Kopfkissen gedreht und ein Bein angewinkelt; mich noch abtrocknend näherte ich mich ihrem nackten Körper und hüllte ihn in einen Blick, der dem Blick einer kraftstrotzenden Dogge entsprechen sollte. Etzelkind besaß viel zuverlässigere Augen als ich, er besaß die schneidenden Augäpfel eines Stalkers, mit denen er auch durch die Dunkelheit oder durch die Sonne sehen konnte, mit der grauen Iris einer Hunters und den klaren Pupillen eines Beaters. Katalina aber sagte: Du hast dieselben Augen wie deine barbarischen Vorfahren in den Steppen. Und ich: Du hast dieselben Augen wie deine barbarischen Nachkommen in den Ruinen der Städte.

gegen die wohlhabenden Kleinbürger, gegen die Pressemagnaten, gegen die Arbeitsteilung, gegen den König der Kampfflugzeuge, gegen das System der sensorischen Deprivation, gegen die ehemaligen Nazi-Schergen, die die Konzentrationslager füllten, gegen die Computer des BKA, gegen die Vorherrschaft des dicken Graus im Alltag, gegen den neuen Faschismus, gegen die gestiefelten Hampelmänner, gegen die Stiefel-Ideologen, gegen die Stiefel-Gewerkschaften, gegen die Stiefel-Unternehmer, gegen die von Schlafwandlern gewählten Parlamentarier, gegen die kurze Dauer des Lebens, gegen

Tropfen glänzten auf der muskulösen Brust Konrad Etzelkinds, im Gesicht des Rächers der Nomaden, der viele Generationen lang rastlos durch die Hügel europäischer und asiatischer Steppen gezogen war, der von Ost nach West wie durch seine Heimat gestreift war und mit einer grenzenlosen und unerschütterlichen Verachtung das asiatische und europäische Wild gehetzt hatte, das seine gleichfalls von einer tausendjährigen Bestialität beseelten Chefs ihm stets bezeichneten. Auf ihrem Körper und neben sich spürte sie noch andere Tropfen und die Feuchtigkeit der Laken, die kalten, klebrigen Flecken, den stehenden Schweiß, der nach banger Erwartung, nach Sexualität, nach gezügelter Höllenangst und ungezügelter Leidenschaft roch.

»Ich gehe auch duschen«, sagte sie.

»Das Wasser ist kaum noch lauwarm«, warnte er.

Während ihres letzten Tages, der sich soeben dem Ende zuneigte, hatten sie weder das holländische Frachtschiff noch seine Abfahrt, weder die indonesischen oder vietnamesischen oder chinesischen Häfen noch das unendliche Schweigen des Exils noch einmal erwähnt, als hätten sie sich darauf verständigt, dass diese Möglichkeit nicht mehr in Frage kommen, dass sie sich als unannehmbare Ungeheuerlichkeit von selbst verbieten würde, als hätten sie von heute auf morgen, von heute auf den verhängnisvollen Samstag (dem Tag, an dem Waltraud Stoll sich mit einem vollständigen Satz gefälschter Papiere und einem Teil der Kriegskasse aus dem Guerillakampf einschiffen und Kurt Wellenkind nach Bonn zurückkehren sollte) eine glänzende, rettende Alternative entdeckt. Sie hatten kaum über die Wirklichkeit gesprochen; umso mehr war von Ingrids Werk *Einige Einzelheiten über die Seele der Fälscher* die Rede, das zu schreiben sie niemals Gelegenheit finden würde, ein rein virtuelles Werk, das dennoch so viel Misstrauen in Kurts vorausschauendem Geist erregt hatte. Nach und nach hatte sich der Polizist davon überzeugt, dass jede mechanische Übertragung von Ingrids hochkomplizierten Phantasiegebilden auf die Gegenwart unmöglich sein würde; entweder die Analogien stimmten nicht ganz oder sie wurden in den Kommentaren der Kritiker von ihrem eigentlichen Ziel abgelenkt; Ingrids Texte (die Texte Gudrun Schuberts oder Elise Dellwos oder Katalina Raspes oder Sabine Hausners) würden kein kindisches System von Allegorien bilden, wie er anfangs befürchtet hatte, sondern eine Parallelwelt beschreiben, der selbst die hartnäckigsten Entschlüsselungsspezialisten nur ein paar allgemeine und wenig aufschlussreiche Gegebenheiten entnehmen könnten: die Undurchsichtigkeit des Staats, seine grenzenlose Gewalt, seine Funktion als Schutzschirm für ungeheuerliche Machenschaften, die tragische Einsamkeit der Wahrheitssuchenden, die angeborene Dürftigkeit der Marionetten an der Macht, das Schweigen derjenigen, die hinter der Bühne die Fäden ziehen. Es würde kein Kielwasser geben, anhand dessen man zu einer verdächtigen Quelle gelangen, auf eine kriminelle Handlung stoßen könnte.

Und: Du könntest den Text sogar veröffentlichen, gab er zu, es wäre völlig ungefährlich. Darauf sie: Mach dir keine Sorgen, meine Dogge, ich werde höchstens den unleserlichen kleinsten Bruchteil des Eisbergs schreiben und ich werde ihn ohnedies niemals beenden. Darauf er: Nichts kann dich daran hindern, ihn in deinem hübschen Kopf zu beenden, zumindest nicht im Augenblick. Und sie: Aber ich weiß noch immer nicht, ob ich ihn zum Scheiterhaufen verurteilen soll oder nicht. Sollen die Brandstifter die Fackel werfen, während er es sich, wie ein Schwachsinniger, mitten in der Verwüstung bequem macht, oder sollen sie nicht? Soll er die Zeit bekommen, um zu den Doggen zurückzukehren und unter meinem Diktat ein Pamphlet zu verfassen, das auf der Stelle jede menschliche Gesellschaft einäschern würde, oder nicht? Und er: Du musst dich entscheiden, Herzallerliebste, die Uhr läuft. Sie: Ein Aufsatzthema: *Kann ein Brandstifter als lebende Fackel die Brandstiftung verhindern?*

Und:

gegen die glücklichen Dummköpfe, gegen die Verschleierung der geschichtlichen Wahrheit, gegen den Kolonialismus, gegen den Neokolonialismus, gegen die Teilung in Tag und Nacht, gegen die Anmaßung der Pfaffen, gegen die Internationale der Polizei, gegen die Marktwirtschaft, gegen das Recht auf Gedankenlosigkeit, gegen den Tod

Ich beugte mich über sie, über Katalina Raspe, ich küsste sie auf die Stirn, ich küsste ihre Haarwurzeln, ihre Brüste, ihren Brustansatz, ihren Bauch, die ebenmäßige Wölbung ihrer Leisten.

»Warte«, sagte sie. »Ich möchte noch duschen, bevor ich endgültig einschlafe.«

»Ein Aufsatzthema«, schlug er vor: »*Wozu schlafen, wenn wir doch eines Tages sterben müssen?*«

Etzelkind liebte schöne Frauen und er konnte sich nicht erinnern, will man dem stets eitlen Gedächtnis eines Mannes von dreißig Jahren Glauben schenken, jemals ein unauffälliges Mädchen, irgendein x-beliebiges Mädchen in seinen Armen gehalten zu haben, das einfach nur nett und gesund aussah. Er küsste die Haarwurzeln Adelheid Mohnhaupts, den Brustansatz Astrid Luthers, die Leistenbeuge Silke Poensgens.

»Ja, wozu noch schlafen?«, erwiderte sie. »Wie wäre es«, schlug sie vor, »wenn wir noch ausgingen? Es fahren bestimmt noch Züge zur Küste, zum Strand. Und wenn nicht, können wir ja auch ein Taxi nehmen. Lass uns die letzte Nacht am Strand verbringen, hm?«

»Eine ausgezeichnete Idee!«, antwortete ich begeistert.

»Hör zu, meine Dogge, meine liebe Dogge«, fuhr sie fort, »und wenn wir ertrinken?«

Sie hatte sich mit einem Fuß in der Bettdecke verheddert und, anstatt ihren entscheidenden Vorschlag mit einem flehentlichen oder irren Blick zu unterstreichen, richtete sie sich halb auf und versuchte, ihren Fuß von der Decke zu befreien.

Ich setzte mich auf das Bett. Der Wackelkontakt einer Straßenlaterne sorgte für ein Zittern des Halbschattens, sodass sich die Lichtverhältnisse im Zimmer alle Augenblicke änderten. Ich ließ meine Hand über ihre Wade gleiten, die in den wenigen Tagen noch nicht richtig braun geworden war.

»Noch ein Aufsatzthema: *Kann Selbstmord vor dem Ertrinken retten?*«, stimmte ich ihrem Vorhaben von ganzem Herzen zu.

Wir waren jung damals, um gegen die unverzeihliche Absurdität der Welt zu kämpfen, und WIR HATTEN WAFFEN.

NACHBEMERKUNG

die welt ist nicht aus porzellan gemacht

Einige Einzelheiten über
die Geschichte
dieser Übersetzung

Paris, Place de la République, September 1990. Ich frühstücke auf der Terrasse des Café Pierre und blättere in der linksliberalen Tageszeitung Libération. *Es ist die Zeit der »Rentrée«: der Rückkehr aus den Ferien, die Zeit Ende August, Anfang September, wenn Schulen, Universitäten, Theater und Konzerte wieder loslegen, die Verlage ihre Bücher ausliefern und die neuen Romane ins Rennen um die begehrten Literaturpreise im Herbst schicken. In den Auslagen und auf den Tischen der Buchhandlungen liegt die Literatur der »Rentrée«.*

Damals kannte ich französische Gegenwartsliteratur kaum. Zuletzt hatte ich als Werbetexter gearbeitet, nach ersten Übersetzungen neben Studium und Arbeit aber Feuer gefangen: Literaturübersetzen, das war mein Ding. Doch was übersetzen? Bis 1989 hatte ich mich nur mit den Avantgarden des 20. Jahrhunderts beschäftigt, Dada, Surrealismus, Lettristen, Situationistischer Internationale und Poststrukturalismus. Auf diesen Feldern war fast alles geerntet, blieben nur noch ein paar Randwerke zu übersetzen. Aus den siebziger und achtziger Jahren war mir kein interessantes Werk, kein großer Roman bekannt. Als wäre die Literatur mit dem Solitär Pierre Guyotat, bis heute häufig als »letzter Avantgardist« bezeichnet, und dem »Nouveau Roman«, dessen Autoren die Literatur mit Argwohn betrachtet ha-

ben und in ihren ausgeklügelten Erzähltechniken steckengeblieben sind, an ihr Ende gelangt.

Wenige Monate vor dem Fall der Berliner Mauer und dem vorschnell verkündeten Ende der Geschichte, belehrte mich eine Veranstaltung im Berliner Literaturhaus eines Besseren: Der Literaturwissenschaftler Jürgen Ritte, die Übersetzerinnen Gisela Lerch und Christine Baumann und der Verleger Dirk Hemjeoltmanns stellten französische Gegenwartsliteratur vor: François Bon, Patrick Deville, Philippe Djian, Jean Echenoz, Christian Gailly, Leslie Kaplan, Christian Oster, Yves Ravey, Marie Redonnet, Olivier Rolin, Jean-Philippe Toussaint, Namen, von denen ich zuvor nie gehört hatte. Es gab sie also doch. Das Neue an ihnen: Sie erfanden und erzählten wieder Geschichten, Fiktionen, sie griffen zurück auf die Erzählweisen der verpönten Unterhaltungsliteratur: Krimi, Abenteuerroman, Agententhriller, Historischer Roman, Science-Fiction, Liebesroman (Antoine Volodine nannte es dann die »Mülleimer-Literatur«). Keine Autofiktionen, keine neue Subjektivität, keine Selbstbespiegelung. Und sie erzählten in einer neuartigen Sprache, seltsam distanziert, sehr verknappt, ironisch gebrochen, viel Umgangssprache, mit filmschnittartigen Brüchen, nicht ohne Poesie und verbunden mit radikaler Gesellschaftskritik. Viele von ihnen veröffentlichten bei den Éditions de Minuit, dem von Vercors in der Résistance gegründeten Verlag von Samuel Beckett, Claude Simon, Marguerite Duras. Ihre Nach-*

* *Siehe den Sammelband* Extreme Gegenwart. Französische Literatur der 80er Jahre, *hrsg. von Christine Baumann und Gisela Lerch, Bremen 1989.*

folger subsummierte man später literaturwissenschaftlich unter dem Begriff der »Minimalisten«.

Bei allen Unterschieden verband viele dieser Autoren eine Vergangenheit in linksextremistischen Gruppen, Zirkeln und Kleinstparteien trotzkistischer, antirevisionistischer, maoistischer oder anarchistischer Prägung, die aus der 68er Studentenbewegung hervorgegangen waren. Kein Wunder, dass später die Enttäuschung über das Scheitern der radikalen Utopien ein verbindendes Merkmal war und untergründig zum Motor ihres literarischen Schaffens wurde. Bestes Beispiel war Jean Echenoz, der seit 1979 vier Romane veröffentlicht hatte. Und es gab einen Vorgänger, den ehemaligen Situationisten, Film- und Literaturkritiker Jean-Patrick Manchette, der Anfang der siebziger Jahre in seinen Krimis auf jede Psychologisierung seiner Figuren verzichtete, an die Tradition der *hardboiled detective novel* anknüpfte (Raymond Chandler, Dashiell Hammett und Ross Thomas, den Manchette selbst übersetzt hat) und mit pointierter Darstellung sozialer Realitäten und schwärzestem Humor den »Néo-Polar« begründete.

Ein Jahr später sitze ich wieder in einem Pariser Café und studiere den Literaturteil der »Libé«. Aufmacher ist ein Bericht über den Autor Jean Rouaud und seinen ersten Roman *Les Champs d'honneur* (dt. »Die Felder der Ehre«), der bei Minuit herausgekommen ist und eine stark autobiografisch geprägte Familiengeschichte erzählt. Hängen bleibe ich bei der Rezension *La Fraction Volodine*, so der Titel, von Jean-Didier Wagneur. Schon der erste Absatz fesselt meine Aufmerksamkeit: »Es gibt nur selten Bücher, die wahre Attentate auf die Lektüre sind, die der Verständlichkeit Ge-

walt antun und mit dem stillschweigenden Nichtangriffspakt zwischen Autor und Leser brechen. Um ihren atypischen Charakter einzuordnen, klassifiziert man solche Texte gern als schwierig (…). Aus diesem Holz ist Antoine Volodines Buch Lisbonne dernière marge *geschnitzt, ein ebenso gefährliches wie faszinierendes Buch, etwas zugleich Obskures und Schönes, ein Rätsel, das aus einer Betonwand hervorkragt.« Das Buch ist ebenfalls bei Minuit erschienen.*

Meine Neugier ist geweckt, und so besorge ich mir in der Librairie Tschann, Boulevard Montparnasse, neben dem allseits bejubelten Erstling von Jean Rouaud (der bereits als Favorit auf den Prix Goncourt gehandelt wird, den er im November schließlich auch bekommt) den etwas ominösen Roman von Antoine Volodine. Zurück in Berlin beginne ich mit den Lektüren. Während mich Rouauds sehr betuliche Familiengeschichte dann doch zu langweilen beginnt, fasziniert mich Volodines Roman immer mehr, obwohl ich zunächst vieles nicht verstehe, vieles darauf angelegt ist, mich fortwährend in die Irre zu führen. Eine Faszination, die von einer Lektüre zur nächsten größer wird, und nach der vierten Lektüre weiß ich, dieses Buch will ich unbedingt übersetzen.

Worum geht es in diesem Roman. Bei vielen Werken der Weltliteratur lässt sich keine Handlung, keine Fabel beschreiben. Wie bei Kafka, Bulgakow oder Borges herrscht bei Volodine das Prinzip der Unsicherheit, und abgesehen von der Rahmenhandlung lassen sich weder Ort noch Zeit bestimmen. Den Rahmen bildet ein seltsames Paar, das in Lissabon gestrandet ist, der Stadt des Dichters Fernando

Pessoa und seiner Heteronyme, der deutschen Emigranten auf der Flucht vor den Nazis nach Amerika, der Stadt der von linken Offizieren vollbrachten Nelkenrevolution. Hier warten eine deutsche Terroristin auf der Flucht namens Ingrid Vogel alias Waltraud Stoll, und ihr Gefährte, Kurt Wellenkind, ein Zielfahnder des BKA, der sich in ein Fahndungsbild von ihr verliebt und ihr den Fluchtweg geebnet hat, drei Tage auf einen Frachter, der die Frau ins Exil nach Südostasien bringen soll. Ende der Liebe, Ende der Geschichte, könnte man meinen.

Doch während ihrer Spaziergänge durch die pittoreske Altstadt von Lissabon entspinnt Ingrid einen virtuellen Roman, in dem sie von ihren Erfahrungen aus der Stadtguerilla erzählt. Dieser Roman spielt in einer Gesellschaft namens Renaissance. Hinter einer sozialdemokratischen Fassade wird die Renaissance von einer geheimnisvollen Macht beherrscht, den Bienenkörben. Sie agieren im Verborgenen und kontrollieren die Gesellschaft, die von einem kollektiven Gedächtnisverlust befallen ist, in der niemand um seine individuelle Herkunft weiß, sich niemand an sein Kindheit erinnert.

Wissenschaftler und Intellektuelle forschen zu verschiedenen Zeiten in Kollektiven nach ihrer Herkunft und ihrer Geschichte. Ihr Schrifttum, niedergelegt in Archiven, bildet die dritte Handlungsebene des Romans. Im Übrigen spiegelt sich auf jeder Ebene das Geschehen der anderen Ebenen, in jeder Geschichte die Paarkonstellation der Rahmenhandlung. »Kryptische Texte, verwickelte Handlungsabläufe, ein Romanwerk, dessen überraschende Wendungen und Botschaften alle verschlüsselt« sind. Vor allem aber präsentiert

Volodine mit viel Selbstironie das Schrifttum dieser Kollektive in irrsinnig schönen Texten, erfindet dafür neue Gattungen wie die Schaggå und fasziniert mit einer Sprache, die ihre poetische Kraft aus einem seltenen Vokabular und alten Sprachen wie dem Quechua schöpft.

Zwei Fragen stellen sich zu Beginn meines Vorhabens: Welcher deutsche Verlag kommt für einen solchen Text in Frage? Und: Wer ist der Autor, der sich hinter dem offensichtlichen Pseudonym »Volodine«, versteckt, einer französischen Transkription des russischen »Wolodin«?

Auf die erste Frage fand ich schnell Antwort: Der Rotbuchverlag, 1990 der letzte im Kollektiv betriebene deutsche Verlag mit linker Vergangenheit, war ideal. Doch nicht nur die Lektorin Gabi Dietze, der ganze Verlag musste von dem Buch überzeugt werden. Monatelange Diskussionen gingen dem Rechteerwerb voraus. Im Herbst 1991 erhielt ich endlich den Übersetzungsauftrag. Während der Arbeit daran erschien bei Minuit der nächste Text von Volodine, Alto Solo, *eine längere Erzählung, ein hochpoetischer Text, ebenfalls weder geografisch noch zeitlich zu situieren, aber linear erzählt, zugänglicher als der Roman zuvor. Rotbuch wollte den Autor deshalb lieber mit* Alto Solo *in den deutschsprachigen Literaturbetrieb einführen. Ich unterbrach die Übersetzung von* Lisbonne, *schob* Alto Solo *dazwischen, das dann im Herbst 1992 erschien und es auf eine respektable vierstellige Verkaufszahl brachte. Volodine kam zu einer kleinen Lesereise nach Deutschland, und ich hatte das Glück, bei einer Lesung in Hamburg mit ihm auf dem Podium zu sitzen. Da kannte ich ihn bereits.*

Der Weg zu ihm führte über seinen Verlag. Ich bat um Volodines Adresse. Die Antwort lautete, ich möge bei meinem nächsten Parisaufenthalt in den Verlag kommen. So wurde ich als unbekannter, junger Übersetzer vom legendären Verleger Jérôme Lindon in seinem Büro in der Rue Bernard-Palissy in Saint-Germain empfangen. Dabei fühlte er mir gehörig auf den Zahn, er wollte wissen, was genau mir an Volodine gefalle und warum ich ihn übersetzen wolle. Zum Schluss eröffnete er mir, er müsse Volodine erst fragen, ob er mir seine Adresse geben könne, der Autor lebe sehr zurückgezogen und wahre seine Anonymität. Tatsächlich rief mich Lindon am nächsten Tag an, er dürfe mir die Telefonnummer des Autors geben, Volodine freue sich über mein Interesse.

Eine paar Tage später besuche ich Volodine 100 km von Paris entfernt in einem Wohnblock, wo er zusammen mit seiner Frau, einer Literaturwissenschaftlerin aus Lissabon, heute noch lebt. Natürlich war er kein Russe, Anfang der siebziger Jahre hat er aber in Moskau studiert, sich für russische Literatur und die Revolution begeistert. Nach dem Studium arbeitete er zunächst als Russischlehrer, bevor er sich dem Übersetzen, beispielsweise der Romane der Brüder Strugazki, und dem eigenen Schreiben widmete. Tatsächlich hatte er vor Lisbonne dernière marge *vier Romane in einer Science-Fiction-Reihe bei Denoël veröffentlicht und 1987 für* Rituel de mépris *den »Grand Prix de l'Imaginaire« erhalten. Allerdings betrachtet er seine Romane nicht als Science-, sondern als Polit-Fiction: Die Handlung entwickelt sich aus der Vorstellungswelt ihrer Protagonisten, Verweise auf historische Ereignisse und Orte sind viel-*

deutig, Namen und Zeitangaben führen den Leser auf Holzwege, durch metonymisches Gleiten entstehen phantastische, poetische Parallelwelten. Sinn und Zweck dieser literarischen Strategie ist die Verunsicherung, Volodine vermeidet die Identifikation und sabotiert die Integration in bestehende Systeme, um der Literatur ihre subversive Kraft zurückzugeben.

Auf der Suche nach einem Verlag außerhalb des Gettos der Science-Fiction-Literatur schickt er das Manuskript von Lisbonne *an zwei Dutzend Pariser Verlagshäuser. Von Jérôme Lindon, der dafür bekannt war, dass er alle eingehenden Manuskripte umgehend sichtete, bekommt er bereits am nächsten Tag eine positive Antwort. Um den Autor gar nicht erst mit Science-Fiction in Verbindung zu bringen, unterschlägt Minuit Volodines vorausgegangene Romane und präsentiert* Lisbonne *als »Erstlingswerk«. Und Lindon weigert sich, dem Buch den von Volodine ursprünglich vorgesehenen deutschen Titel zu geben:* Einige Einzelheiten über die Seele der Fälscher. *Ein Titel in deutscher Sprache im französischen Literaturbetrieb, dazu in einem Verlagshaus, das seine Gründung dem Kampf der Résistance gegen die Nazis verdankte, das war undenkbar.*

Nach Fertigstellung wurde meine Übersetzung im Frühjahr 1993 vom Rotbuchverlag lektoriert, die Veröffentlichung aber verschoben, nachdem der Verlag wirtschaftlich ins Schlingern geraten war. Um den Konkurs abzuwenden, verkaufte das Kollektiv die Marke Rotbuch und alle Rechte an die Europäische Verlagsanstalt (EVA). Dort zeigte sich die für das neue Imprint zuständige Lektorin anfangs begeistert von Volodine, ließ das Manuskript aber liegen, bis es schließlich durch eine schwelende Zigarette in Rauch und Flammen aufging. Ihr Nachfolger gab den Durchschlag des Manuskripts schließlich in den Satz, ohne es gelesen zu haben – nach der Lektüre bekam ich einen Anruf, das sei ja ein vollkommen unlesbarer Roman, damit finde er keine hundert Leser! Er gebe mir deshalb Manuskript und Rechte an der Übersetzung zurück. Seither versuchte ich unentwegt einen Verlag für dieses »unlesbare Werk« zu finden, besonders dann, wenn sich der »Deutsche Herbst« in Zehnerschritten jährte, 1997, 2007 2017, … 1997 beschied mir ein bekannter Lektor eines renommierten Verlags, das Werk sei großartige Literatur, aber mit den darin verwendeten Namen nicht zu verlegen. Neben dem schlichten »unverkäuflich« bekam ich dieses Argument noch häufiger zu hören, das poetische Spiel mit den realen Namen historischer Personen aus der RAF ist freilich konstitutiv für den Roman, die Namen zu ändern, kam nie in Frage. So hat es dreißig Jahre gedauert, bis diese Übersetzung dank des Engagements der Verlegerin Monika Lustig doch noch seinen Weg zum deutschen Lesepublikum findet.

Antoine Volodine ist heute der Fixstern eines literarischen Universums, das er 1998 in seinem elften Buch, Der Post-Exotismus in zehn Lektionen, Lektion elf, *mit einem halb selbstironischen Label versah. Das Werk endet mit der chronologischen Aufzählung von 343 Werken desselben Autors unter verschiedenen Heteronymen, darunter die Romånze* Ingrid Vogel *von Maria Soudaïeva oder Schaggås des Kollektivs Infernus Iohannes unter dem Titel* Leichenspiegel.

Neben den 21 Romanen von Antoine Volodine bevölkern bis heute 5 Werke von Eli Kronauer, 14 Werke von Manuela Draeger, 5 Werke von Lutz Bassmann, 1 Werk von Maria Soudaïeva in der Übersetzung von Antoine Volodine und jüngst (2022) ein Buch des Kollektivs Infernus Iohannes die Welt des Post-Exotismus. Ein nicht unerheblicher Teil der Namen, die einen eigenen poetischen Kosmos aufspannen, gehen auf russische, kirgisische mongolische, chinesische, lateinamerikanische, afrikanische und auch deutsche Quellen zurück; diese basieren teils auf Funden in einem Berliner Telefonbuch, das ich Volodine 1992 schenken konnte.

Unter dem Autor all dieser Bücher muss man sich einen Berserker der Literatur vorstellen, der in seinen Schubladen fast noch mehr Werke liegen hat als veröffentlicht wurden. Nach eigener Aussage übt Volodine, der seit seiner Jugend unentwegt schreibt und als einziges Steckenpferd jahrelang auf höchstem Niveau die japanische Kunst des Schwertkampfs, das Kendō, betrieb, die Literatur aus wie eine fernöstliche Kampfsportart, asketisch, mit Entschlossenheit und Charakterfestigkeit. Er verbringt, vielleicht trägt das zu diesem besonderen Charakter bei, fast jedes Jahr einige Monate in China und Ostasien. Volodine liebt die Anonymität in der Menschenmasse.

In Frankreich gewinnen die Werke des Post-Exotismus immer mehr Anhänger, manche werden vertont sowie auf Opern und Theaterbühnen inszeniert. Inzwischen sind sie in viele Sprachen übersetzt, allein auf Englisch wurden bisher 8 Werke von Antoine Volodine, 6 von Manuela Draeger und 2 von Lutz Bassmann veröffentlicht, etliche Werke auf Italienisch, Spanisch, Russisch, Japanisch und Chine-

sisch. In Deutschland hingegen sind nach Alto Solo *bisher nur die Romane* Dondog *(2005) und* Mevlidos Träume *(2011) erschienen, beide bei Suhrkamp; das literarische Universum des Post-Exotismus bleibt hierzulande noch zu entdecken.*

Holger Fock

ANTOINE VOLODINE, geb. 1950, Chalon-sur-Saône. Sein russischklingendes Pseudonym erklärt er so: *Stets hat der Westen »Russland« und »Bolschewismus« gleichgesetzt. Mein Name also ist eine Herausforderung ein Rest jugendlicher Aufmüpfigkeit, die erhobene Faust vor den trübsinnigen Gesichtern der westlichen Erwachsenen.*

1987: Grand Prix de la Science-fiction. 2001 für *Des anges mineurs* (Du Seuil) den Prix Wepler 2000 und Prix du Livre Inter 2000. 2014: Prix Medicis für den Roman *Terminus radieux* (Du Seuil).

Seit 1986 zahlreiche Romane und Erzählungen, viele unter den Heteronymen Eli Kronauer, Manuela Draeger und Lutz Bassmann. Übersetzungen in mehr als zehn Sprachen. Auf Deutsch *Alto Solo* (1992), *Dondog* (2005), *Mevlidos Träume* (2011).

HOLGER FOCK, geb. 1958, Ludwigsburg, Promotion über Antonin Artaud, Übersetzer u. a. François Bon, Patrick Deville, Mathias Enard, Pierre Guyotat, Alain Mabanckou, Pierre Michon, Clément Pensaers, Pablo Picasso, Jacques Rigaut, Jean und Olivier Rolin, Antoine Volodine, Cécile Wajsbrot.

Zahlreiche Arbeits- und Reise-Stipendien; 2008 Förderpreis zum Europ. Übersetzerpreis der Stadt Offenburg, 2009 Anerkennungspreis der Dialogwerkstatt Zug, 2011 mit Sabine Müller den Eugen-Helmlé-Übersetzerpreis, 2015 den Prix Lémanique de la Traduction der Universität Lausanne, 2019 das Barthold-Heinrich-Brockes-Stipendium des DÜF.

Finanziert von der
Europäischen Union

MIX
Papier aus verantwortungsvollen Quellen
FSC® C107574

Deutsche Erstausgabe

Originaltitel: Lisbonne Dernière Marge

Herausgegeben und übersetzt von Holger Fock
Korrektorat: Judith Krieg
Umschlagmotiv: *Camouflage Hasenbraut (8)*
© Cornelia Schleime 2008.
Umschlag, Layout und Satz: Fagott, Ffm
Gesetzt aus der Aldus Pro
Gedruckt auf säurefreiem und chlorfrei gebleichtem Papier (100 g/qm Munken Pure)
Druck und Bindung: Balto Press, Vilnius

Printed in Lithuania
ISBN 978-3-949558-14-6